マイ・プレシャス・リスト

カレン・リスナー
川原圭子 訳

CARRIE PILBY
BY CAREN LISSNER
TRANSLATION BY KEIKO KAWAHARA

ハーパー
BOOKS

CARRIE PILBY
BY CAREN LISSNER

Originally published June 2003 by Red Dress Ink.

Published by K.K. HarperCollins Japan, 2018

マイ・プレシャス・リスト

おもな登場人物

キャリー・ピルビー――IQ185の天才
キャリーの父親――投資銀行家
ペトロフ――セラピスト
ロナルド――コーヒー・ショップの店員
サイ――役者
カーラ――校正の派遣スタッフ、女優
マット――コンサルタント
ショウナ――マットの婚約者
ジョゼフ・ナット――宗教団体のトップ
デイヴィッド・ハリソン――大学教授

1

食料品店ではなぜかいつも買い物袋をくれる。ガムやバナナなんかはすでに包装されているから必要ないのに、気づいたときには店員が袋に入れはじめているのだ。資源の無駄なのにと罪悪感を覚えながらも、結局、何も言えずに受け取ってしまう。

それなのにレンタルビデオ・ショップでは必ず「袋に入れたほうがいいですか」ときいてくる。理論的には袋に入れなくてもDVDは持ち帰れるし、もちろん資源の無駄なことに変わりはないのだけれど、そこではいつも「いります」と答える。DVDはすべて、袋に収めるべきだと思う。

今日はレンタルビデオ・ショップから出て半ブロックも行かないところで、ロナルドにばったり会ってしまった。ロナルドは角のコーヒー・ショップで働く、おどおどした青年だ。「キャリーじゃないか」ロナルドはわたしが手にしているDVDに目を落とした。「何を借りたの？」

「教えられないわ」そう答えてから続ける。「教えられないのには理由があるの。たとえ今日借りた映画が名作で、教えても恥ずかしくないものだったとしても、次に借りるのは見せづらいものかもしれないでしょ？　だから今日ここで答えたのに、今度同じ質問をされたときに答えられなかったら、それだけで何か隠していると思われる。わたしはポルノだってアニメだってバイオレンス映画だって、なんでも好きなのを自由に借りたいの。本だってそう。ドストエフスキーだって軽い小説だって、自由に選びたい。それによくあることだけど、〝何を読んでいるの？〟ってきかれて本の名前を答えても、『白鯨』みたいにその人がよく知らないものだと、内容を説明しなきゃならない。で、いい本だと二秒でなんて説明できないから、二十五ページ分の博士論文みたいに長々と説明しないといけない。だから、読んでいる本と借りた映画についてはしゃべらないことにしてるの。相手があなただからっていうわけじゃないのよ」

ロナルドは目をぱちくりさせた。それから立ち去った。

そういう理にかなったわたしの〝ルール〟は、人には奇妙に思えるらしい。でも、だからと言ってルールを変えるつもりはない。わたしがこの世間を完全に理解しているわけじゃないのと同じで、世間もわたしのことを完全に理解しているわけじゃないのだから。

周囲からは、十九歳の女の子――もしくは女の人――にしては変わっていると思われている。ひどく若ぶろうともしないし、女の子らしくふるまおうともしないからだろう。実際、自分では性別を意識していない。言ってみれば、眼鏡をかけて長い髪で、達者な口がついたＩＱ１８５の〝歩く頭脳〟みたいなものだ。ちなみに〝性別〟の意味ではないほうの〝ＳＥＸ〟について言うなら、あまり考えたことがない。もともと小さいころから男の子に夢中になるタイプではなかった。そういう点でも、わたしはほかのみんなと違う。とはいえ、大学では教授に熱をあげて、ちょっとした関係にもなったけれど……その話はまた今度にしよう。結果だけ言っておくと、〝痴情のもつれ〟に混乱しただけだった。この世界はものすごくセックスに取《と》り憑《つ》かれている。セックスのために人は行動し、それをジョークにし、芸術にもする。同じように考えられない人は、存在すら疑われてしまう。もしセックスが世界を動かしているのだとしたら、わたしのように性を超越した人間のために、世界は動きを止めるべきじゃないだろうか。

一年前にわたしは大学を卒業した。同い年の人たちより三年早く。今はほとんどの時間をニューヨークのアパートで過ごしている。家賃を払っているのは父だ。もっとしょっちゅう外出してもよさそうなものだけど、そんな気になれずにいる。父はわたしに働いてほしいようで、でも父にとやかく言う権利はない。なぜならわたしが中学校で三年飛び級したのは父の提案で、そのおかげで成績はクラスでトップだったけれど、身長は低いほうから数えて五番目、社交性は最下位になってしまった。

それに、父はわたしに〝大きな嘘〟をついた。教授との関係と同じように、それもあとで話すことにする。

アパートに戻ると、管理人のボビーが「やあ」と声をかけてきた。ついでにわたしのお尻をじろじろ見てきたので、無視して正面階段を上る。ボビーはいつもわたしのお尻をじろじろ見てくる。それに〝ボビー〟という名前にしては年をとりすぎている。十二歳を過ぎたら、使ってはいけない名前というものがあると思う。たとえば〝サリー〟。そんな名前の人は、思春期に入ったときに改名したほうがいい。〝ハリー〟は十歳まで、もしくは五十歳を過ぎてからなら許せるけど、その間の年齢にはふさわしくない。逆に、十代の少年で〝ボブ〟というのも許せない。〝バディ〟はビーグル犬の名前ならいい。〝マット〟は平たいゴム板を呼ぶのならいい。〝フォックス〟は狐《きつね》の名前ならいい。

玄関のドアを開けてようやく部屋の中に入ると、ほっとした。アパートの正面玄関に階段のドア、部屋の玄関ドア——ニューヨークでアパートの部屋に入るまでの面倒くささは、鎮痛剤の安全装置つき容器を開けるのと同じくらいだ。

セラピストのペトロフ先生のところには週に一度通っている。ペトロフ先生と父はともにロンドンで育った幼なじみだ。ペトロフの頭は白髪混じりで、顎には髭《ひげ》、かすかなイギリス訛《なまり》がある。別にセラピーに通う必要はないのだけれど、父が払っている治療費がもったいないから、こうして毎週通っている。

DVDを借りた日の翌朝、いつものようにペトロフ先生に会いにアパートを出た。外は霧雨が降っていた。じめじめした空気が頬に触れ、木の枝にちょっぴり残っていた葉っぱが雨で重たくなり、ぽとりと落ちる。アパート前の舗装された道がその葉を受けとめ、湿った交響曲を奏でる。

ペトロフ先生のクリニックが入ったビルはなかなかすてきな雰囲気の古い通りにあって、ニューヨークのほかの地域がどんなにみすぼらしいかを、いっとき忘れさせてくれる。道の両側には堂々とした家が立ち並び、明るい色に塗られた雨戸の横にはプランターが置かれ、花が元気よく咲いている。蔦《つた》が格子に巻きつき、歩道の注意書きの文言までもが、〝ここでの犬の排便はご遠慮ください〟〝ここでは騒音に対し五百ドルの罰金が科せられます〟といった具合にとても丁寧だ。この通りに住めるのは、宝石をふんだんに身につけた裕福なマダムか、レント・コントロール・アパート（家賃上昇幅がニューヨーク州法により安く規制されているアパート）を譲り受けた人くらいだろう。

クリニックの待合室は、居心地のいいリビングルームといった感じだ。黄金色のカーペットは踏みならされ、仰々しい形をした脚つきの椅子が並んでいる。壁際に置かれた棚には古典小説がずらり。一回の待ち時間で『ユリシーズ』を読み切るのは無理があるし、読み終えるには三百回以上は通院するはめになるだろうけれど。とはいえ、どんな本を読むにしたって、待合室は読書の場所としてふさわしくない。すべての本には読むのに適した〝時と場所〟があると思う。たとえばヘンリー・ミラーを読むなら、他人に見られないところでなければいけない。カーソン・マッカラーズは暑い夏の夜、窓辺で読むのがいい。

待合室のテーブルには、ほかにも読み物が置いてある。通販カタログに、心理学の専門誌。それから、バイアグラで一躍有名になった製薬会社の株主総会レポート。ごみ箱行きになりそうなものまでこんなふうに利用できる先生の能力には感心してしまう。

ペトロフ先生のオフィスのドアが開き、背の低い男性が出てきた。わたしの横を通り過ぎるとき、ふと視線を落とす。このオフィスに入るときにすれ違った中で、わたしと目を合わせた人はひとりもいない。セラピーが終わったところを見られるのが恥ずかしいらしい。

ペトロフ先生は入り口に立っていた。「今日の気分はどうだい、キャリー」わたしに部屋の中に入るように手招きしながらそうきく。机の上には何冊もの本が積まれ、壁には卒業証書がかかっている。先生は赤い椅子に座り、膝の上に大きな黄色のノートを置いた。わたしも先生の向かい側に置かれたリクライニング・チェアに深く腰かけた。

「元気です」

「今週、新しい友だちはできたかね？」

おなじみの質問だ。わたしには友人があまりいない。でも、それにはちゃんとしたわけがある。

「今週は雨でした。だから、ほとんど家の中にいました」

先生の手がページの上を走る。いったい何を書いているのだろう？ 今週ずっと雨だったのは本当のことなのに。

「で、アパートの外には出なかったと。来週は？ 誰かと会う予定はある？」

「今日はこのあと、就職の面接があります」

「それはすばらしい！ どんな仕事だい？」

「さあ。面接官は父の知り合いなんです。きっと頭を使わなくていい、たいして意味のない仕事だと思うわ」

「もしかしたら、そう思い込んでいるから、そうなってしまうのかもしれないよ」

「ロバート・K・マートンの〝自己充足的予言〟だと言いたいなら、ちゃんちゃらおかしいわ。あんなの心理分析もどきです。〝頭を使わない仕事かもしれない〟とわたしが言ったところで、その仕事の本質が変わるわけじゃないんだから」

「変わるかもしれないよ。きみは暗示をかけてるんだ」ペトロフ先生は椅子に深く座り直した。「きみはよく自分で自分の邪魔をしている。友人関係にしてもそう。きみは誰かに会うたびに、あれこれと理由を挙げて、その人は知的じゃないとか、偽善者だとか言うね。たぶんきみの知性の定義は狭すぎて、偽善者の定義は広すぎるんだ。要領がよくて世渡りがうまい人間もいる」

「要領がよくて世渡りがうまい相手とは、知的な会話はできません。たとえ頭がいい人、つまり、ものすごく頭がいいと思える人に出会ったとしても、偽善者だったり嘘つきだったりするんです」

本当のことだ。頭がいいとされている人がたくさんいる大学に行ったけれど、みんな、いつももっともらしい理屈をつけるばかりで、愚かで、危険で、偽善者ぶっていた。酔っぱらったり、いろんな相手と性交渉をしたり、ドラッグをしたり。学校が始まった直後は誰もそんなことはしない。でもいったん誘惑にかられると、クラスメートはすぐにそういう生活にはまっていき、やがて言い訳をしはじめた。〝偽善〟は大学内にも外の世界にも蔓延《まんえん》している。特にニューヨークという街では。

「じゃあ、何かポジティブなことを話してほしい」ペトロフが要求する。「なんでもいいよ。好きなものを挙げてみて。たとえば〝夕日が好き〟とか〝マイアミ・ビーチが好き〟とか」

「人がグリーティング・カードに書くような、白々しい台詞《せりふ》が好きです」

ペトロフがため息をつく。「もっとよく考えてみて」

「そうですね」少し考えてから言う。「平和と静寂が好きです」

彼はわたしを見る。「続けて」

「わたしが言った意味をわかってもらえなかったようですね」

ペトロフはまたため息をついた。「ほかには？」

「あとは……ベッドの中で体を伸ばすこと。車のクラクションも人の話し声もテレビの音もしなくて、ただ、電気の配線か何かのブーンっていう音だけを聞きながら。でも、実は通りの音も好きです。気分がいいときは」

「いいね。じゃあ、きみを悲しくさせることについて話してくれないか。偽善者と頭がよくない人を除いてだよ。最近泣いたことは？」

ちょっと考える。「長いこと泣いてません」

「だろうね」

まだ話してもいないのに、わかっていたよと言いたげな口調が癪《しゃく》にさわる。「どうしてわかるんです？」

「きみは用心深いからだよ。十五歳で大学に入れられ、周りはみんな三歳から七歳年上だった。十五歳のきみはまだ社会性が発達していないし性意識も低かった。それなのに大学では、ありとあらゆることをするもんだ。酒を飲んだり、初体験をすませたり。だからきみは完全にそういう輪の外にいることを選んだ。そうする気持ちは理解できる。でも、きみはもう卒業して一年になるのに、まだ社会になじめてない。頭がいいからって、人とうまくつきあえるわけじゃない。天才は気楽だと言った人はいない」

外では雨が激しくなってきた。先生は立ち上がって窓を閉め、ふたたび椅子に座った。

「お父さんの〝大きな嘘〟について何度かふれたね。そのことについていつか話したほうがいいと思うが……今日はやめておこう。代わりに宿題を渡そう」

絨毯《じゅうたん》に目を落とした。絡みあう糸状の繊維を見つめる。

「ほんの少しのあいだでいい、ほかの人とも過ごしてみてくれないかな。妥協点みたいなものがあるのかを探るためにさ。もちろん危険なことや非倫理的なことはしてほしくないが、パーティに行くとか、何か組織やクラブに入るとかしてみないか？　そういったことを経験して、その感想を教えてほしい。すぐに始めなくても、気持ちの準備が整ってからでいい」

「わかりました。来年からでどうですか？」

ペトロフが微笑《ほほえ》む。「悪い考えじゃないね。大晦日《おおみそか》は友だちと過ごすのにふさわしい夜だ。大晦日のパーティに行けるよ」

「もしかしたら、浴びるほどお酒を飲んでタイムズスクエアで吐くべきかも。そうしたら周囲に溶け込むはずだもの」

ペトロフは首を振る。「わかってるだろう、何か危険なことをしろと言っているわけじゃない。ただ、もっとほかの人と接してほしいんだ。よし……目標は〝大晦日を誰かと過ごすこと〟にしよう。小さなことから始めるんだ。五項目プランがいいな」

ペトロフは抗鬱剤メーカーのロゴが上に印字してあるメモパッドを取った。タダならなんでも取っておくらしい。

「まず、好きなものや好きなことを十個挙げてみて。〝通りの音〟がひとつ。あと九個挙げてほしい。二番目に、何か組織かクラブに入ること。そうすれば同じ趣味の人、もしかしたら頭がいいと思える人にだって出会うかもしれない」彼はしゃべりながら書き留めていく。「三番目に、誰かとデートをすること。四番目に、誰かに――相手は男でも女でもいいから――その人のことをとても大切に思っていると伝えてほしい。皮肉っぽく言うんじゃなくて」

「皮肉？　わたしが？」

ペトロフはメモを一枚破って、わたしに渡した。

1　好きなものを十個挙げる
2　クラブか組織に加入する
3　デートする
4　誰かに、その人のことを大切に思っていると伝える
5　大晦日を誰かと過ごす

「きみが社会に適応するのに役立つ五項目だ。人との交流にはポジティブな面もあるってことをわかってもらうためだよ」

「もし社会が道理にかなって機能しているなら、適応するのにこんなに苦労するはずないわ。ひょっとしたら社会がわたしに適応するべきじゃないんでしょうか」

「とにかくやってみよう」ペトロフは根気よく言う。「ちなみに、誰か新しい人と知りあったとき、横柄になっちゃいけないよ。持っている知識すべてを一度に披露する必要はないし、何でも議論する必要もない」

「でも、一緒にいて心地悪い相手だったら？　向こうがわたしのことを嫌ったら？　そういうことは早くわかったほうがいいのでは？」

「気が合う相手というのは大事だよ。でも、出会ってすぐにテストすることもない」

「考えてみます」と肩をすくめる。

ペトロフはうなずいた。「とにかく、やってみよう」

外はどしゃぶりだった。コートの襟を頭に被《かぶ》り、地下鉄の駅まで走る。早くアパートに戻ってシーツに滑り込み、うとうと眠ってしまいたい。でも面接が待っている。

地下鉄の駅に近づいたところで、レインコートを着た男がしかめっ面のわたしに目を留め、大声で声をかけてきた。「ほらほら、笑って！」

おかげでもっと嫌な気分になる。わたしは考え事をしていただけ――自分のことにかまけていただけだ。それなのに、こんなふうに邪魔をされると、何か悪いことをしているような気がして、ますます笑う気になんてなれないことが、彼にはわからないんだろうか。泣き叫んでいる子供を殴るようなもので、どういう結果を招くかは誰にでもわかるはずだ。

わたしなら他人に干渉するようなことはしない。それなのに、誰も彼もがどうしてわたしに、ああしろこうしろと言ってくるんだろう。


ブラッド・ニッカーソンと会うことになっているカフェは、地下鉄でふたつ先の駅の近くにあった。店に入ると彼はもうテーブルについていた。オールバックのブロンドの髪に特徴のない顔。それに、予想していたよりも若くて、仕事の面接というより実はブラインド・デートじゃないかと疑ってしまう。

ブラッドが立ち上がって微笑んだ。「はじめまして」

「はじめまして」

挨拶のあとふたりとも椅子に座った。ブラッドが脚を組んだ――長い脚だ。それから、ひどい雨だが大丈夫だったかとわたしに手短にきき、クリップボードを見た。

いくつかパソコンのスキルについて質問されたあと、彼がふときいてきた。

「いくつだったっけ?」

「十九歳です」

「十九歳にしてはずいぶん生真面目そうだね」

どう答えていいかわからず黙り込んだ。嫌な気分になる。見知らぬ男に「笑って」と大声で言われたときのように。ただ世界に存在しているだけなのに、何か悪いことをしているような気分だ。

ブラッドも何も言わず、わたしをただ見つめ、何かしらの返事を待っている。辛抱強く。面接に誰かをよこすなら、少なくとも面接相手の半分は能力のある人間をよこすべきだ。

「その、よければ、仕事内容について説明してもらえると」とわたし。

「ああ、そうだったね！　最初は上司の秘書的な仕事をしてもらう。文書を作成したり、オフィス・ワークを手伝ったりね。でもいずれ、もっと大きな責任を任される可能性もある」ブラッドはコーヒー・カップを持ち上げた。「どうかな？」

わたしの正直な答えを本当に聞きたがっているとは思えない。「すばらしいですね」

「ふむ」ブラッドはコーヒーをすすり、一瞬考え込んだ。「じゃあ、きみの長所と短所について話してくれないか」

ついにまともな質問が来た！　わたしはすかさず答えた。「何が正しいのか、何が正しくないのか、常に見きわめようとしています。その点にはとてもこだわります。他人や自分に害のあるような活動はしません。それから、相手のことを簡単に判断しないようにしてます」

「ぼくはきみを判断しようとはしてなかったよ」だしぬけにブラッドが言う。

「そうだったとは言ってません」

ふたたび膠着《こうちゃく》状態。

「タイピングの速さは？」

「一分間に六十から六十五ワードです」彼が何も言わないので、尋ねてみた。「メートル法に直したほうがいいですか？」

ブラッドが肩をすくめる。「そうだね」

「一分間に六十から六十五ワードです」

わたしはそう言ってにっこりしてみせたが、わたしがそれほど生真面目な人間じゃないことを証明するのには役立たなかったらしい。ブラッドはコーヒーを飲み干した。「さて」立ち上がりながら微笑む。「会えてよかったよ。たぶんあとで連絡がいくから」

「よかった」これは本心だ。この件を終わりにしてくれた彼の配慮に感謝していた。

やっとアパートに戻ると、信じられないほどほっとした。ああ、やっと終わった。

寝室のドアを閉めてバッグを床に放り、雨で濡《ぬ》れた服を脱ぎ捨てる。ウエストあたりについたパンツのゴム跡を消そうとこすりながら、服を椅子にかけ、ベッドのほうに歩く。

これで、世界でいちばん好きな活動に専念できる。眠ることだ。

ベッドは広い海みたいで、大きな、糊《のり》のきいた枕が置いてある。真っ裸になったわたしは、ゆっくりと布団の中に体を滑り込ませた。ひんやりしたシーツにくるまれ、コットンの感触が背中に心地いい。両目を閉じ、背骨の一本一本までリラックスさせる。心はもう空っぽで、体のすべての細胞が沈み込んでいく。何も考えなくていい。何も聞かなくていい。何も感じなくていい。何も心配しなくていい。

もしかしたら大雨で屋根が落ちて、崩れたコンクリートの下敷きになるかもしれない。ジグザグになった壁の割れ目は天井まで大きくなっていくかもしれない。でも、望みさえすれば、わたしはここに永遠に寝そべっていられる。邪魔する人は誰もいない。

ベッドの中には心理学者もいないし、就職面接もないし、偽善者もいない。

他人と接するためのリストを作る必要もない。にっこりする必要もない。自分の信念が正しいと説明する必要もない。きちんとした靴を履く必要もない。国旗に忠誠を誓う必要もない。HBの鉛筆を使う必要もない。細かい字を読む必要もない。人生を乗り切るのに百六十三センチ以上の身長である必要もない。

確かにベッドに寝そべっているのは知的な活動とは言えないかもしれない。でも、ベッドの外での活動の九十五パーセントが痛みを伴う可能性があるのに、こうして痛みを感じずにいられるのは、この世でいちばんの至福と言っても過言ではない。

一時間ほどベッドに横になって、雨粒が窓に打ちつける音に耳を傾ける。嵐が少しおさまると、上半身を起こした。

サクランボのかすかな匂いがする――どこから漂ってくるんだろう。もしかしたら、窓の外からかもしれない。その匂いでふとチェリー・ソーダを思い出した。もう何年も飲んでいない。炭酸がシューッと内臓にしみわたる、あの感覚を思い出す。

あれはまだわたしが子供のときに父が開いた、新年を祝うパーティ。大人がハイボールを飲んでいるとき、チェリー・ソーダがわたしたち子供に許された飲み物だった。テッドという名前の男の子がいて、チョコレートとポテトチップスとピーナッツをチェリー・ソーダの中に落とし、わたしたちをはらはらさせた。テッドはそれを飲み干すと言い張ってものすごい注目を浴びたけれど、別に無理して飲まなくてもよかったのにと思う。

ステレオの上からノートを取り、ペトロフのために〝好きなもの〟を書きはじめた。いくつかは、すぐ思いついた。

1　チェリー・ソーダ
2　通りの音

3　自分のベッド

これまでいちばんよかったベッドは、八歳のときに使っていた淡いブルーの天蓋つきのものだ。当時のわたしの部屋は最高だった。毛足の長い黒い絨毯が敷かれ、部屋には巨大な元素周期律表、プログラミングの参考書、『ローマ帝国衰亡史』全巻、ヘーゲルの弁証法の図式、太陽系のモデル、抽象画の油絵、六分儀なんかがあった。

4　プールの青緑の色
5　金魚
6　ヴィクトリア朝時代の人々
7　アイスクリームのレインボー・トッピング
8　昼間の雨（眠りやすくしてくれる）

そこで手が止まり、もう少し考えてみた。けど、出てこない。嫌いなものを挙げるなら、ノート三冊分は書けてしまうのに。それこそきっと面白い。嫌いなものリスト。

まず、通りの向こうに住むカップル。ふたりとも二十代後半か三十代初めで背が高く、よく一緒に台所に立っている。いつもオーブンの前でお互いをつねったり、つついたりしながらいちゃつき、それからようやくほかの部屋に移っていく。夢うつつのじゃれあいを隣人に見せないようにするぐらいの配慮はあってもいいのに。でも、わたしがふたりを嫌いな理由はそんなことじゃない。

理由は、通りで会っても一度もわたしに〝こんにちは〟と挨拶しないこと。この部屋には一年近く住んでいるのだから、わたしが近所に住んでいることは知っているはずなのに。とはいえ、わたしのほうからも〝こんにちは〟と言ったことはない。

好きなものについてもう少し考えてみたけれど、あと二つがどうしても出てこない。ノートを置いて、ベッドにごろりと横たわる。

クラブに加入する、デートに出かける――ペトロフはきっと、わたしにはそういったことはできないと考えているのだ。できないわけじゃなくて、そうしないだけなのに。

確かに、ずっとひとりでいると退屈にもなる。でも、どうしてわざわざモラルも倫理観も知性も低い人たちに会いに出かけ、彼らのレベルに合わせなきゃいけないの？　街に出ても、そんな人たちしかいないのに。

やろうと思えば、ペトロフが間違っていることを証明できる。問題はわたしにあるのではなく、ほかの人たちにあるのだと証明できる。

デートに出かけたりクラブに入ったりすれば、わたしもほかの人が毎日経験している状況に押し込まれることになるだろう。きっと、そんなに大変なことじゃないと思う。たとえペトロフが、わたしのことを理解してくれる人にわたしが出会う確率はほんの〇・〇〇〇一パーセントしかないと信じていても、努力はしてみましたと、言ってのけることができるし。

面倒だけど、難しくはないだろう。つきあいのいい人たちの中で、スパイになってやればいいのだ。そうすればペトロフにも自分自身にも証明できる──たとえひとりぼっちでも、外に出かけるよりはずっとましだってことを。

その夜、電話が鳴った。悪いニュースかもしれない。父からで、さっきの面接はだめだったという知らせか、もっと悪いことに面接に受かって仕事が決まったという知らせか。でも、マッカーサー財団の選考委員会から助成金をもらえることになったという知らせかもしれない。あわてて電話に飛びつき、三回目のコール音の途中で受話器を取る。かけてきたのはやはり父だった。

「ブラッドと話をした。おまえはあの仕事にあまり興味がなさそうだと言っていたよ」

「ああ、思い出した。あのまぬけで、未熟な男ね」

「あまりいい態度を取らなかったようだね」

「面接を頼んだのはわたしじゃないわ」

「じゃあ説明してもらおうか。将来、どうやって自活《サポート・ユアセルフ》するつもりなんだい？」

「大丈夫、今使っているマットレスは背骨を支えてくれるっていうのが謳《うた》い文句だから」

「キャリー」

「今朝、ペトロフ先生のところに行ったわ」

これは父を喜ばせたみたい。「で、彼はなんて？」

「わたしに人づきあいの実験みたいなことをさせたがってるわ。デートに出かけるとか、クラブに入るとか」

「なんて答えたんだ？」

「努力はしてみますって」

「それこそわたしが聞きたかった言葉だ」

「ところで、パパはわたしに借りがあるわよ」

「どうして？」

「どうしてかは知ってるでしょ」

父が黙り込む。〝大きな嘘〟のことだと父にもわかっているのだ。

「わかってる」

「なら、いいわ」

「どんな仕事なら気に入りそうだい？」

「わたしの知性が役立つような仕事がいい。勤務時間が長すぎなくて、人が起きているときにわたしが寝ていられて、人が寝ている間にわたしが起きていられる勤務形態の仕事。見下す人が職場にいなくて、それから――」

「それから?」

「嫌いなことをしなくていい仕事」

2

「ここでの仕事は初めて?」

「はい」

その女性はデスクの向こう側から、小さくて丸い眼鏡越しに、わたしをじっと見すえた。何が問題なんだろう。このオフィスにいる誰だって、ここで初めて働いた日があったはずなのに。

書き入れるようにと三種類の書類を手渡された。被雇用者税金控除申告書や所得税控除申告書、機密保持誓約もあって、その記入に二十分も使ってしまった。残りの仕事もこんな調子なんだろうか?

歯磨き粉みたいに真っ白な紙がどっさり積まれた山をふたつ手渡される。「一語一語比較してくれって弁護士からの指示よ。きっちり読んで。二、三時間はかかるかもね」

あのあと父が法律関係の文書校正の仕事を取ってきてくれたのだ。父が言うにはこの仕事は、給料がよくて毎日出社する必要もなく、昼夜に関係なく働けるらしい。弁護士の九十五パーセントよりわたしのほうが頭がいいのだから、簡単な仕事に決まっている。

作業場は仕切り板で区切られた個室で、デスクには引き出しもない。オフィス家具に階層をつけるなら、製図机よりも下だろう。うしろでは角張った眼鏡をかけたおじさんが、目を左右に走らせながら二種類の文書を読んでいる。

デートの相手としては、少々年を食いすぎているみたいだ。でもどう転ぶかなんて誰にもわからない。おじさんは禿《は》げていて、警戒心を与えるタイプじゃない。もしかしたらその気にさせて、ディナーまで持っていけるかも。そうしたらペトロフ先生からの課題をひとつ終えたことになる。

デスクの上には事務用品がいっぱい置かれていた。黄色いリーガルペーパーが一枚破られ、一行おきに赤いフェルトペンと修正液で隙間なく塗りつぶしてある。左上の隅は青いインクで塗られ、星が描いてあった。旗みたいだ。誰がやったにしろ、仕上げるにはゆうに三十分はかかったんじゃないだろうか。

職務を詳しく説明するために、スーパーバイザーがやってきた。書類の原本とプリントアウトを一語一語見比べ、そのふたつがまるっきり同じであることを確認するのがわたしの仕事だ。全部で二百十ページをチェックすることになっている。

この技術進歩の時代に、もっと効率的な方法があってもよさそうなものなのに。なるほど、弁護士が一時間あたりの依頼に四百ドルも請求するわけだ。校正者をじっと椅子に座らせて〝間違い探し〟をやらせ、給料を払っているんだから。

固い椅子に背をもたせかけて目を閉じる。一分もかからずに答えが出た。けど、うしろのおじさんがコーヒーを取りに立つまでは、わたしがあみ出したもっと簡単な方法は使えない。しばらくすると、おじさんはなんと十分おきにコーヒーを取りに立つことがわかった。父は、わたしには働く気がないと思っているけれど、実のところ、ちゃんと働いている人なんていないんじゃないだろうか。この世界はごまかしだらけ。みんながそうしているから、誰も何も言わない。アメリカ人の一日の勤務時間から、あんないい加減なことに費やす時間を差し引いたら、実質勤労時間は三時間くらいでは？　まったく、世界は秘密でいっぱいだ。わたしにはやっと氷山の一角が見えはじめたところだけど。

おじさんが消えた間に、原本の山のいちばん上の一枚を取り、写しの最初のページの上にのせて、照明にかざした——完璧に一致する。合わない行や単語どころか、合わないピリオドさえない。終わったページを置いて次のページに移る。照明にかざすと、曲がった行もなければ、筋やシミもない。この方法ならたぶん、全部を読む時間の二パーセントですむ。

すぐに全ページのチェックが終わったけれど、デスクの上には三分の一までやった状態で文書を広げておき、働いているように見せかけた。

残った時間はいろいろなことを考えるのに使う。

合衆国の最高の制限速度は百二十キロなのに、どうして二百四十キロ近くも出せる車を売っているのか。

ココナッツの中の液体は〝ミルク〟と呼ぶべきか、それとも〝ジュース〟と呼ぶべきか。ペンステーションはニューヨークとメリーランドにはあって、どうしてペンシルベニアにはないのか。

権力の諸相についての仏哲学者ミシェル・フーコーの見解は、理解可能なのか、それとも理解される可能性があるのか。

わたしのうしろではおじさんが受話器を取って番号を押し、エドナという名前の人を呼び出している。少しは退屈しのぎになるだろうと思い、聞き耳を立てることにした。

「ああ、いまちょっと話せるかな。今朝ジャッキーに電話したら留守で、代わりにレイモンドが出たんだよ。きけば、病欠を全部ためていたからだと得意げに言うんだ。教師は病気欠勤日をためられるようになっていて、三週続けて金曜日に学校を休んでるそうだ。しかもリゾート地にスキーをしに行くところらしい。だから言ってやったんだ。〝レイモンド、それって嘘じゃないか。病気休暇は病気をしたときに取るもんだろ？〟って。ああ、そうさ、レイモンドは生徒を騙《だま》してるんだ。レイモンドが急に弱腰になって〝たまにしかやってませんよ〟と言うから、〝ちょっと待ってくれ、三週続けて金曜日に休んだと言ったばかりじゃないか。今になって撤回しないでくれよ〟と言ってやったよ。どうしてぼくらの娘はあんなやつと結婚したんだろう。驚きだよ、あんなふうにずる休みを自慢するなんて。本当に驚きだ。ああ、もちろん言ってやったよ。〝きみみたいな職業倫理を持つ人間が、アメリカを堕落させてる。みんななんでもやり放題さ〟って――」

しばらくしておじさんがやっと電話を切ったので、わたしはうしろを振り向いた。

「あの、聞こえてしまったんですけど。あなたは義理の息子のずるに腹を立ててますよね。だけど、校正しなきゃいけない時間を二十分も私用電話に使った。それもずるじゃないんですか?」

人が自分で張った蜘蛛《くも》の巣に自分で引っかかるところを見るほど、愉快なことはない。

おじさんは目を丸くした。「ぼくたちには休息を取る権利がある」そう言いながらも、声は震えている。

「つまり認めたってことですね」

おじさんは鼻を鳴らした。「きみには関係ないことだろ」そう言い捨てて仕事に戻る。

新しい仕事もまだ来ないので、わたしは目を閉じて椅子に深く腰かけた。周囲からパソコンやファクスがたてるブーンという音が聞こえてくる。じきに、ふさふさした黒い髪の男が、仕切り板から頭を突き出した。ぐるっとあたりを見回したが、いると思っていた人物が見つからなかったらしい。戻ろうとして、ふとわたしに気づいた。「こんにちは。学生さん？」

「いいえ、もう卒業しました。派遣スタッフなの」気晴らしができた喜びをやっとの思いで隠す。うしろでおじさんが、ふんと鼻で笑った。

「今晩だけ？」

「たぶん」

黒髪の男が手を差し出す。「ダグラス・P・ウィンターズだ。受付にいる」そう言って鼻を鳴らす。〝頭がいい不良青年〟という印象だ。能力を生かしきっていない怠け者のインテリは、どこにいても見抜ける。

「キャリー・ビルビーよ」わたしは名乗る。

「朝までいるの？」

「だと思うけど」

「卒業したって言ったよね。どこの大学？」

この質問はいつもジレンマだ。ハーバードと答えると、自慢に聞こえるか、逆に冗談だと思われるかのどちらかなのだ。たいていのハーバード卒業生はまず〝ボストンの大学〟と答え、もっと具体的にきかれたら〝ケンブリッジにある〟と言う。それでまた追及されてから、初めて学校の名前を明かす。

今回は一度ですませることにした。「ハーバードよ」

「マジで？」

こくりとうなずく。

「じゃあ、なんか難しいこと言ってみて」

これにもげんなりだ。プエルトリコ人の血が入っていると明かしたら「何かスペイン語をしゃべってみて」と言われるようなもの。別に一流大学に行ったからって、複雑な数学の公理がすらすらと出てくるわけじゃない。もちろん出てくるには出てくるけど、それはもともと知っているからで、大学に通ったおかげじゃない。

でも少しつきあってあげることにした。「キルケゴールのカミュへの影響は過小評価されてるわ。ホッブスは、暗い鏡に映るルソーね。超越は同化だというヘーゲルには賛同」

ダグラスは突っ立ったままつぶやいた。「すげえ」

すべて作家デイヴィッド・フォスター・ウォレスの『無限の冗談《インフィニット・ジェスト》』からの引用だということは黙っておいた。ふと、おじさんが顔を上げてわたしを見た。「きみらふたりとも、仕事をする気があるのかね？」

「そんなことより、マスコミに電話して義理の息子のことをチクったら？」とわたし。おじさんはふんと鼻を鳴らして、仕事に戻った。

「出ておいでよ」とダグラス。「ぼくは受付にいる」

厄介なことになったら彼のせいにすればいい。わたしはダグラスのあとについてガラスのドアを通り、待合室に入った。豪華な椅子が置いてあり、壁には法律事務所の名前が金文字で書いてある。くだらないご立派さだ。ダグラスに身ぶりですすめられ、警備デスクの横の肘掛け椅子に座った。「就職先を探してるの？」

「いずれはね」話の要点がわからないうちに、会話が長引いている。「あなたはどこの大学？」

「州立ヘムステッド」と彼が答える。一瞬その大学の偏差値を考えたが、きみはすぐに人を判断しすぎる、というペトロフの言葉を思い出した。「ハーバードに行く気がしなかったんだ」と彼はつけ加え、ピスタチオの袋を開いてテーブルの上にいくつか落とした。

「なるほど」

「恋人はいる？」

わたしのことが好きだからきいているのか、それともわたしの恋人になりたがる人なんていないと知っていて、からかっているのか。「いないわ」と答える。

ダグラスがテーブルの上でピスタチオの殻を割ると、それはチューリップみたいに開いた。「じゃあ、遊びまわってるの？」

「一日のほとんどは寝てる」

ダグラスが笑う。「できたら、ぼくだってそうするな。ベッドで過ごす時間って充実してるもんね」

ダグラスがピスタチオを食べる間、沈黙が続いた。それから彼は新しいピスタチオをデスクにあてて割った。「ピスタチオはオーガズムに似てるって知ってた？」

ぞっとして、わたしはそっぽを向いた。壁にかかっているのはエドワード・ホッパーの絵だ。

ダグラスは殻の中から緑色の実をつまみ、口に放り込んだ。噛《か》んで、飲み込み、断言する。「しょっぱいかと思えば、次の実はバターみたいな味だったり、しなびて茶色くて、妙にすっぱいものもある。オーガズムそっくりさ。ひとつひとつまったく違うけど、どれも最高なんだ」

「面白いわね」わたしは目をそらした。

「困らせちゃった？」ダグラスは笑う。「ごめん。でも、ひとつくらい味わってみて」

わたしは手を突き出した。

「違うよ。オーガズムをさ」

ぎょっとして目を上げると、ダグラスは「冗談だよ、ほら」と言ってピスタチオを一粒わたしに手渡した。こんな話を、まるで歯磨きみたいな日課のように話題にするなんて。

わたしは小声で礼を言い、自分の席に戻った。

その夜は、目がかすむまで法律用語辞典を読んで過ごした。おかげでこれからは、〝公正と正義に基づけば〟とか〝法はつまらぬことには関与しない〟と言って、会話にパンチをきかせられそうだ。

仕事は、夜が明けて朝日がオフィスの色つきガラスから射し込んだときに終了した。このガラスは、ここで働くたったひとつの喜び――見晴らしを奪うために作られたんだと思う。オフィスの中は退社組と出社組とが交じって騒がしい。うわさ話をしたり、新聞の見出しに目を走らせたり、コーヒーを取りに行ったりで、そんな状態が三十分は続いた。一晩中起きていると、口の中は粘膜が張ったみたいになり、目がかすんでくる。唇をぬぐって立ち上がり、伸びをしたら、節々が痛んだ。

リュックを肩にかけ、カーペット敷きのロビーに向かう。エレベーターには、ドーナツを山ほどのせた金属製カートを押した男が乗っていた。おいしそうな匂いだ。チョコレートクリームがたっぷりのったもの、砂糖がけ、ジャム入りで粉砂糖が振ってあるもの、ストロベリーの砂糖衣の上に粒状チョコレートをかけたものもある。ひとつ食べたら、口の中のこの不快な味は消えるのに。けどドーナツ男は三階で降りてしまった。わたしはいちばん下まで降り、太陽がまぶしい外に出た。

気持ちのいい一日になりそうな天気だった。公園ではホームレスの人たちが、段ボール箱でできたマンションから出てくるところだ。わたしは凝った造りの金属製の階段を上り、ごちゃごちゃした建設現場の足場の下をぐって進んだ。通りの壁には雑誌広告の破れたポスター、太陽の光がぴかぴかの大理石の像に反射して、ビルのガラスのドアに射し込んでいる。街はグレーとネイビーブルーのスーツを着た通勤者の大群であふれ、わたしとは反対の方向に――よくあることだけど――全員が歩いている。

道角では禿げて気弱そうな男が、何やら声をかけながら黄色いビラを配ろうとしていた。だがみんなそっぽを向いて、その脇を通り過ぎていってしまう。一日中、あんなに断られ続けたらどんなに嫌だろう。自分に差し出されたら受け取ろうと心に誓ったが、彼はわたしをちらっと見ただけで、横にいる人にビラを渡した。

仕方がないのでその場に立ち止まり、じっと待つ。やっとそれに気づいた男は「あっ」と言って、ビラをわたしの手に押しつけた。〈最初の予言者たちの教会〉といちばん上に書いてあり、一九九八年、聖公会の牧師ジョゼフ・ナットが自分の説教に何かが欠けていたことにひらめいたのだと、長々と説明してある。

見上げると禿げ頭の男は、通りかかった南米系の女性を勧誘しているところだった。彼がわたしにも改宗を持ちかけてこないか、待ってみる。もし彼が、宗教についてのわたしのさまざまな疑問にきちんと答えてくれるなら、それも悪くないかもしれない。その確率は低そうだけど。

そのときふと奇妙な感覚がこみ上げてきた――こんなふうにときどき感じてしまう、空っぽで冷えきった感覚。もしかしたらこの宗教は彼にとって、人生のすべてなのかもしれない。そんな状況をからかうなんて、いったいわたしは何様なんだろう。彼はただ好きなことをしているだけなのかもしれないし、それほどまでに孤独なのかもしれない。

こうして何かがわたしの心をどんどん悲しくさせていく。でもそれが何かはわからない。

やがて、その感覚は消える――ああ、よかった。

禿げた男が話しかけてくるのを待ち続けたけれど、結局最後まで無視されたので、ついにあきらめた。持ち帰ったビラは、部屋に突き出たクローゼットの横にテープで留める。下には教会の住所が書いてあった。

これも〝組織〟なんだから、入会したらペトロフ先生のリストのふたつ目をクリアできる。でももっといいことに、礼拝に出席したら、この組織に潜入してカルトの正体を暴くことができる。人の無知につけ込んでほしくない。騙されやすい人たちを、わたしが守ってあげるのだ。


数日後、ようやく〈好きなものリスト〉をペトロフのところに持っていくことができた。正確には十個ではなく、わたしの好きなもの八つのリストだ。

リストについて話す前にペトロフ先生は、新しい友だちができたかとまたきいてきた。いつもどおり「できなかった」と答えたが、ペトロフを喜ばせるために、ダグラス・P・ウィンターズとの会話を披露することにした。

「彼はきみに気があって、いちゃついたみたいだね」

「ええ」

「きみは？　関心があるの？」

「あの人はちょっと……性依存症みたいでした」

ペトロフは椅子に深く腰をかけた。「みんながみんなそうだって、きみが考えてるのは知ってるよ」彼は続ける。「それがあながち間違っていないことも否定しない。けど、きみも年をとって、もっと性的な経験を積めば、今ほど気にならなくなるだろう」

もちろん、ペトロフには処女だと思われている。世界はセックスに取り憑かれていると考えるような人間には性体験などないはずだと、みんな決めてかかるらしい。

ハリソン教授との経験は、ペトロフ先生にも話したことがない。守秘義務があるから父に漏らすことはないだろうけど、それにしたって話さなきゃいけない理由はないはずだ。少なくとも、まだ話せない。

「わたしに性体験がないって、どうしてわかるんですか？」

「あるのかい？」

「人が性依存症かどうかっていう話に、その件がどう関係するのかわかりません。わたし自身に性経験があるかないかに関係なく、意見を持っていたっていいはずでしょ」

「そうだね。でも一度も地上から離れたことがなければ、飛行機に乗るのがどんな感じかコメントするのは難しいよ。だけど、もしきみに性体験があって、そのことについて話したいのなら……」

「いいえ」先生が言い終わらないうちに答える。さっさと話題を変えたほうがよさそうだ——とにかく、今は。「先週、ある組織に入ろうかと考えてみました」

「ほんとに？」ペトロフ先生がそう言って、興味を示す。

わたしは禿げ男との出会いと彼が通う教会、それから、そこが暴露すべきカルト教団かもしれない可能性を話した。

「どのみち、きみはビラを受け取っただろうな」

「どういう意味ですか？」

「その教会がカルト教団だと暴露する気がなくても、きみはビラを手にしただろう。必要ないと言いながら、ぼくのところに通い続けているのと同じ理由でね」

わたしのやることなすこと、すべての行動に動機づけをしたいみたいだ。「ここに通うのは、父のお金がもったいないからです」

ペトロフは続ける。「きみはぼくと話をしにここに来ている。ぼくは話を聞くことで、お金をもらう。自分の話を聞きたがる人なんて誰もいないと、きみは不安に思っているかもしれない。だけど、ぼくは耳を傾ける。もし本気でここに来るのをやめたければ、やめているはずだ。しかし、きみはやってくる。ちょうど宗教ビラを手にしたのと同じようにね。……何をしてるんだい？」

「時計を見てるんです。今まで気づかなかったけど、わたしのうしろの棚の上にわざわざ置いてあるんですね。それもこんなに大きな時計が。患者に視線を合わせているように見せかけて、残り時間を確かめる。一秒だって長居されたくないんだわ」

「別に自分のためにそうしてるわけじゃないよ。ひとりの患者が長引けば、そのあとの全員の時間がずれ込むからね」

「ずっと不思議に思ってたんですけど、もし誰かがものすごく大事な話をしてるのに、時間切れになったらどうするんです？」わたしは続ける。「〝自殺願望は来週まで抑えておくように〟とでも言うとか？」

「セッションの最後のほうは、あまり深刻な話題にふれないように心がけているんだよ」

「それって詐欺だわ。深刻な話ができるのは、四十五分のセッションのうち四十分しかないなら、残りの五分はぼったくりになる」

「キャリー。ぼくたちは、きみの話をするためにここにいるんだよ」ペトロフはため息をついた。「さあ、好きなものリストを持ってきたかい？」

わたしは紙を取り出し、彼に手渡した。「はい。でも、十個じゃなくて八個です」

「きみは、何かしら反抗しないと気がすまないんだな」

1　チェリー・ソーダ
2　通りの音
3　自分のベッド
4　プールの青緑の色
5　金魚
6　ヴィクトリア朝時代の人々
7　アイスクリームのレインボー・トッピング
8　昼間の雨（眠りやすくしてくれる）

「教えてくれないか、最後にチェリー・ソーダを飲んだのはいつ？」

考えてみた。「子供の頃に飲んだのが最後です」

「レインボーのトッピングは？　最後に食べたのはいつかな？」

あれはどこの浜辺だっただろう――父とわたしで、コーンにのったバニラのソフトクリームをよく買って食べた。

「それも、子供の頃に食べたのが最後です」

「だけど、好きなものベスト8に入っているよ」

「あえて優先しなかっただけかも」

「思うに、きみの鬱病の原因のひとつは、我慢してしまう点だ。または、自分を幸せにしてくれるものを見つけ出そうとしないからじゃないかな」

「で、わたしが鬱病だなんて、いつ決まったんですか？　一度だってそんな話をしたことないのに。世間が偽善者であふれていることや、頭がよくない人間が多いこと、人は大事な問題を話題にしないことについて、話してきただけです。それにこの前先生だって言ったじゃないですか。大学でみんなより年下だったから苦労したのかもしれないって。なのに、どうして突然、鬱病だなんて話になるんですか。製薬会社で働くお友だちから無料の抗鬱剤でも大量に届いたんですか？」

ペトロフはやり込められたみたいな様子だ。「確かに決めつけるべきじゃないね。だけど好きなことをするようにしたら、今より人生が楽しくなって、世間とももっとうまくやっていけると思うんだ。ずっと家に引きこもっていたら楽しくないだろう？　学生時代のきみはいい成績を取って、人より前を進んできた。でも学校を卒業した今、ちょっと手詰まりの状態になっていると思うんだ。もっと自分の好きなものにふれるようにしてみれば、似たような考えの人と知りあって、意義のある交友関係や恋愛関係を築けるかもしれないのに。だから組織に入ったらいいんじゃないかと思ったんだ」

「チェリー・ソーダ同好会を探したほうがいいですか？」

「よし、最初の課題に〝段階〟を加えよう。次は外に出て、リストに挙げた好きなものを実行するんだ。たとえばレインボーのトッピングなら、レインボーのトッピングがのったアイスクリームを買う。金魚なら、金魚を買ってくる」

「わかりました」

先生はまたリストに目をやった。「それからきみは眠ることと、雨についてふれてる」

「雨に打たれて眠る、ですね。今すぐそうします」

「よろしい」

間違いない。ペトロフ先生はうわの空だ。


家に戻ると、すぐさま郵便受けを開けた。郵便受けはベッドと同じくらい好きだ。十四種類の雑誌を購読しているから郵便受けにいろんな色が詰まっているだけで嬉《うれ》しくなるし、何より毎日新しい驚きの可能性を運んでくれる。ほかに何もない今、わたしの唯一の生き甲斐《がい》だ。

だけど今日は、白くて薄い封筒が一通だけ。

Eメールがこれだけ普及した今、手紙だなんて珍しい。立派な網目透かし入りの上質紙の封筒に、わたしの名前と住所がきれいに記入されている。差出人はハーバードの学長だ。ようやくわたしの要望に返事をくれたらしい。

親愛なるキャリー

　返事が遅くなって申し訳ありません。また、提案をありがとう。しかし昨年あなたのお父様のパーティで話したように、ハーバードに名誉学生プログラムは必要ないという考えは変わりません。手紙に、ハーバードの中でも〝最高の学生〟同士が交流できるようにするべきだとありましたが、我が校では全学生が〝最高の学生〟だと信じており……。

　ばかばかしい。わたしだって入学する前はそう思っていた。みんな天才で、たとえばパーティや寮のラウンジでいきなり哲学や時事問題について話し出しても、わたしを変な目で見たりはしないだろうと。確かにましな学生もいた。でも、わたしの話がちょっとでもインテリっぽいと感じると、ヒューーッと口笛を吹いてお手上げと言わんばかりのジェスチャーをする学生や、試験でわたしよりずっと低い点数の学生にも出会った。そのうちの何人かは、金持ちの親も卒業生だとか、ラクロスをやっていたとか、飛び込みがすごく上手だとか、そんな理由で入学できた人たちだ。ビールを一気飲みするやつや、まぬけや、四六時中性行為のことばかり話している連中も大勢いた。だから名誉学生プログラムがあれば、本当に頭のいいハーバードの学生が集まれるのに。

まれに頭のいい人間に学内で出会うこともあった。わたしと同じように飛び級をしたほかの神童たちと、見渡す限りの酒飲みや色魔が集まったパーティで、つらさを語りあったこともある。親近感を覚えたけれど、すぐに彼らは適当に周りに合わせるようになっていき、わたしにはそれができなかった。

ハリソン教授がわたしに学業以外の関心を見せはじめたのは、そんなときだった。ニムジック学長の手紙を折り畳み、コンピュータとプリンタの隙間に挟んだ。学長はわかっていない。というか、わかっている人はほとんどいない。自分で頭がいいと信じている人間はいっぱいいるけれど、その中に、本当に頭がいい人はいないものだ。

それが父の〝大きな嘘〟だ。

正確には、父はこう言った。「大学に行けば、自分と同じような人間に出会えるよ」中学や高校での生活はつらいだろう。でも大学に行けば、みんなおまえとそっくりだよ。だから大学に入るまでの辛抱だ、と。

だけどそうではなかった。同じような人なんていなかった。四年間大学に通い、卒業もしたけれど、たまに人に会っても、スノーボードを文化活動だと考え、『テレビガイド』を愛読書にしているような人ばかり。どう接したらいいのかわからない。

だからわたしは、だいたいベッドの中にいる。

3

ニューヨークに友だちがひとりもいないのには、ちゃんと理由がある。たいがい、大人になってからも続く友だちは、大学時代に出会った人たちだ。で、大学で友だちになる人は、たいがい一年生のときに出会った人たち。一年生のときに出会う人は、たいがい学校が始まって最初の数週間で出会った人たちなのだ。

わたしにも一年生の初めの頃には、わずかながら友だちがいた。ルームメートのジェイニーもそのひとりだ。でも彼女は十一月に中退して、その後どうなったかは知らない。もうひとりはノーラという女の子で、わたしみたいな神童だった。授業が始まる一週間前、神童のために開かれたあるレセプションで、わたしは炭酸飲料が入ったコップを持ったまま窓際で外を眺めていた。そこにノーラがやってきた。「退屈そうね。誰かここにいる人と知り合い？　わたしは誰も知らないの」それからノーラは、ほかの人が集まっている輪へわたしを引っ張っていった。ノーラが会話の中心になるのに長くはかからなかった。とても親しみやすい人というのは、言い換えれば、誰とでもすぐ仲良くなれてしまう人だ。ノーラは学校が始まるとすぐに輪の中心的存在になり、ボストンを歩きまわるとか映画に行くとか、何かイベントを思いついては仲間に声をかけた。わたしもその輪にいて、よくみんなで出かけた。でも、そういう外向的で目立って人気がある人は、同じタイプの人たちにすぐ取られてしまう。ノーラはだんだんわたしに電話をしてこなくなった。それに、きっとボーイフレンドができたんだと思う。一緒にいるところをキャンパスで見かけた。

最初は、たとえ一緒には遊ばなくなっても、学内ですれ違うと手を振りあっていた。しばらくすると会釈するだけになり、やがて、お互いに知らんぷりするようになった。いったん相手との関係が〝こんにちは〟を言いあうレベルから落ちたら、気まずくならないように見ないふりをしなきゃいけないなんて、おかしい。たぶん、リスクがともなうからそうなるんだろう。〝こんにちは〟と言い返してもらえるかどうかわからないし、言い返してもらえなかったら、ばつの悪い思いをする。キャンパスで教授とすれ違うときもそうだった。だだっ広い講義室での授業を受けていても、学生は絶対に担当教授のことを知っているのに、教授が学生を本当に知っているかどうかはわからない。だからキャンパスの中で教授に挨拶するのは、どの生徒か推測させるというある種のプレッシャーを彼らに与えることになる。でも、教授がどの学生かちゃんとわかってくれているのにこちらが何も言わずに素通りすれば、それはそれで失礼な態度と思われる。まさに板挟みだ。

ハーバード時代を振り返ると、複雑な気持ちになる。思い出すのは、新学期の初め。空気が少し冷えてきて、寮の窓から外を眺めると、フードつきの深紅のトレーナーを着た学生たちが、落ち葉の中を散策しているのが見えた。新しいクラスと新しい出会いに、わたしはわくわくした。でも学期が進むにつれて、希望はすぐに消えていった。授業では誰もわたしに話しかけてくれなかった。食堂ではひとりで食べ、土曜日の夜は、窓からほかの学生をただ眺めていた。その前の学期とまったく同じように。世界中の学生がこぞって入りたがるキャンパスにいたわけだから大喜びしてもいいはずなのに、自分だけがその中に属していないような気分だった。

そして今はニューヨークという、世界中の人がこぞって住みたがる街に住んでいる。あの頃とまったく同じ気持ちを抱きながら。

状況が違ったのは、ハリソン教授とつきあっていたときだけだ。

初めて彼を見たときの印象は、実はあまりない。二年の二学期に取った〈英文学二〇三――モダニスト〉のクラスが彼の担当だった。学生は十二人でふたつのグループに分けられ、わたしたちのグループは教授に、もうひとつのグループは手伝いの大学院生に教えてもらうことになった。

デイヴィッド・ハリソンは、身長は平均的、年齢は四十歳くらいで、白髪まじりの茶色い髪。Vネックのセーターをよく着ていた。彼は最初の授業のときに「ただ小説を読んでその解釈を論じるだけの、よくある授業にはしたくない」と告げ、きみたちにもモダニストの作品を書いてもらうと言った。それを聞いて、わたしは少々ナーバスになった。ライティングは得意じゃなかったからだ。ライティングでは自分自身をさらけ出すことが求められるけど、わたしはそんなふうに人の関心をひくために、プライベートをさらすのが嫌で仕方がない。それにライティングは、ほかの科目ほど正確に評価できない。高校時代に作文の課題にとりかかるときは、氷の上を、支えなしにスケートしているような気分になった。逆に得意だったのは、数学と科学だ。

ハリソン教授は学生ひとりひとりに出身と専攻をきいてまわった。ほかの教授も同じようにしてくれたらいいのに、と思ったものだ。だって今までのクラスでは、学生同士が知りあえることはほとんどなかったから。「読書と人間観察が好きです」と言うと、ハリソン教授はにっこりしてうなずいた。「このクラスにようこそ」

その日はさっそく作文の宿題が出た。自己紹介と、自分の性格の中で嫌だと思う点について書くこと。自身の欠点を見抜くことがモダニストのライティングの特徴だと、教授は言った。

ハリソン教授に自分を強く印象づけたくて、なんとかこの宿題をきちんとこなしてみせようと、わたしは寮に戻るなり窓のひび割れから入ってくる冷たい隙間風にさらされながら、ベッドに腹這《はらば》いになった。最初の一行を書くのに一時間も苦しみ悩んだ末、〝飛び級した三学年の中では、二年生がいちばん突然に思えた〟という書き出しに決めた。そう。わたしについて、いちばん大事なことを最初に持ってくるのだ。こうして自分をさらけ出せば、教授は気に入ってくれるだろう。それから先を続けた。〝突然、鉛筆からペンに、活字体から筆記体に、男の子から逃げまわることから、クラスメートが男の子を追いかけるのを見る側に変わった。四年生と八年生での飛び級は簡単だった〟

自分の嫌いな点を見つけるのは難しかった。そこでドストエフスキーの『地下室の手記』について考えてみた。九歳のときにフランス語の授業が自習になったので代わりに読んだ、初めての準モダニストの本だ。この主人公は、何が起きたのかを把握するために、心に浮かんだすべての極端なことを口に出さなきゃいけないみたいだ。わたしにはそんな癖はない。優れたエッセイにするには、何が書けるだろう？　何かでっちあげる？　ときどき自分が……ゴキブリになったみたいな気がするとか、ブランコになったみたいな気がするとか。いや、それよりも、学問にのめり込んでいることについて書いてみよう。二回目の授業と三回目の授業では、ハリソン教授はわたしたちが提出したエッセイについてふれずじまいだった。わたしたちは、いろいろなモダニストの作家を詳細に分析した。

でも三回目の授業が終わって、みんなが課題本をかばんにつめ込んでいるとき、ハリソン教授がわたしをデスクに呼んだ。「今、時間あるかな？　それとも急いでる？　オフィスに寄ってもらえるかな」

「時間ならあります」

廊下を歩いていくと五角形のスペースがあり、すべての壁に木の扉がついていた。いくつかの扉には黄ばんだ新聞の漫画がテープで貼りつけてある。ハリソンのオフィスの扉には、名前のプレート以外何もなかった。彼はオフィスに入ると、錆《さ》びたメタルの椅子に腰かけた。白いペンキで塗られたブロック壁には、新聞記事の切り抜きがテープで貼ってあり、壊れた椅子の上に書類がうずたかく積まれている。以前、学者は敬意を払われていないと聞いたことがあったけど、ハリソンのオフィスの狭さがそれを証明していた。高く評価されている教授のはずなのに、これが彼の働く環境だった。

ハリソンは背もたれに寄りかかった。「きみの自己紹介文はとても面白かった」

「ありがとうございます」教授のデスクの上には写真が一枚もない。

「作文の中で、勉強をしすぎると書いてあったね」

「ええと、実際はそんなことないのかもしれないけど」もじもじしないように気をつけながら続けた。「けど、そう言う人もいます」

教授がその日、えび茶色のセーターを着ていることにふいに気づいた。よく似合っている。ちょっとウェーブがかかった髪に、茶色い目。その目つきは真剣だ。「十五歳で大学生活を始めるって、簡単じゃなさそうだね」

「学業に関してはそんなに難しくありません。ただ……」

「周囲とのつきあいは大変かもしれないね」

わたしはうなずいた。

「本当に、何か予定があったわけじゃないのか？」

「はい。木曜日の最後の授業なので」

「きょうだいの中ではいちばん上？」

「ひとりっ子です」

「ぼくには弟がいたんだ。ぼくばかり学校で目立つようになると、弟との仲もぎくしゃくしはじめたよ」

「教授も飛び級をしたんですか？」

「一学年だけね。それでもつらかった。きみは三学年も飛び級したんだから……本当に大変だっただろうね」

わたしはもう一度うなずいた。

「学校はどうだい？」

教授はわたしをまっすぐに見つめた。大学の面接を受けて以来、これほどわたしに関心を持ってくれる人はいなかった。

結局、一時間以上おしゃべりしてしまい、誰にも話したことのないことまでしゃべった。

ルームメートのジェイニーが退学していなくなったあと、寮の部屋でひとりみじめな思いで座っていたこと。大人をびっくりさせるような発言をしたときのこと――たとえば七歳のとき、図書館でユダヤ文学の傑作と言われる『コール・イット・スリープ』を借りようとしていた女の人に、〝とてもいい本ですよ〟とおすすめしたこと。

こんな話は退屈じゃないかと、何度か話を中断したのに、ハリソン教授は続けるようにと促した。ときには教授も、子供の頃に大人を驚かせた出来事や、場違いに感じたときのエピソードを話してくれた。

「ある日、隣に住んでいた男の子が玄関の階段で漫画を読んでいたんだ。どうしても見せてくれなかったから、ぼくはその子の前に立って、大きな声で逆さに読みはじめた。逆さに読むなんて難しくなかったけど、その子はびっくりしていたよ。ぼくを天才だと思ったらしく、すぐに友だちを何人も集めてきて、ぼくにいろいろなものを逆さにして読ませた。ぼくはスーパーマンになったみたいな気分だったよ」

わたしも、近所に住んでいた子供との間で起きた出来事について話した。

「一年生のとき、近所に住んでいた六年生が、レポートを書くのを手伝ってほしいと頼みに来たんです。そんなふうに、みんなから助けてほしいとよく頼まれたわ。わたしをいじめていた子にまで。その六年生の彼は、憲法修正第一条が適用されない例を挙げないといけなかった。それで教えてあげたの。憲法修正第一条は言論の自由を認めているけど、混んだ劇場の中で〝火事だ〟と嘘をついて叫ぶのには適用されないって。そうしたら次の日、お昼休みにその子が息を切らして駆け寄ってきたの。〝キャリー！　信じないと思うけど、百科事典もおまえが昨日挙げた例を載せていたぞ〟って」

ハリソン教授は頭をのけぞらせて笑い、わたしも笑った。ふたりとも、互いにつられるようにしてさらに笑った。笑えば笑うほど、ただ笑っているだけで楽しくなった。こんなふうに子供の頃の出来事を振り返って、誰かと一緒に笑えるなんて。これまでの人生、嫌な出来事はたくさんあった。そのすべてを、こうやって面白い話に変えられたらいいのに。けど、そろそろおしゃべりはおしまいにするときだ。ハリソン教授がわたしを見つめて言った。「さて、きみも次の予定があるだろう」

「特にありませんけど……」と言いかけたわたしの手を教授は握り、微笑んで立ち上がった。その手は温かかった。わたしは〝議論の時間をありがとうございます〟と伝えてオフィスを出た。

歩きながら、いろいろなことを考えた。

彼は頭がいい――ううん、とても頭がいい。

それに、わたしの話を喜んで聞いてくれた。もっとしゃべるようにと促してくれた。

教授との会話は、ここ数年に交わしたどの会話よりも楽しかった。でも、一緒にこんな時間を過ごすことはもうないだろう――それもわかっていた。きっと、課題のエッセイについて話すためにすべての学生をこんなふうに呼び出し、話し終えたあとはみんなわたしみたいに彼にうっとりしたのだろう。そうしてノーラのときと同じように、わたしはすぐにハリソン教授の世界から消え、もっと目立ってもっと楽しい学生の陰で見えなくなってしまう。教授は本当にすてきな人で、彼の周りにはたくさんの人が集まるから。

本当は教授をひとりじめして、何時間でも質問して彼のことをもっと知りたかった。もちろん、わたしの話ももっと聞いてほしかった。誰かにいつか聞いてほしくて何年もため込んでいた話が、いっぱいある。

ハリソン教授はわたしがしゃべることを何ひとつからかわなかった。口笛を吹いてみせたり、難しい言葉を使っても〝試験に出てくる単語だ！〟と大騒ぎしたりしなかった。わたしの話に共感してくれた。それまでの人生のすべてを話さなくても、自分がどんな人間か理解してくれる人と出会えるなんて、この世界でいちばんの驚きだ。

でも、わたしの時間はもう終わってしまった。

ハリソン教授の次の授業で、それは明らかになった。教授からはウィンクも意味深な微笑みももらえず、特別扱いされることもなかった。

がっかりせずにはいられなかった。ふたりは秘密を共有したんじゃなかったの？　ほかの学生は彼にとってただの学生でも、わたしたちは友だちになったんじゃないの？　子供の頃、疎外感を覚えて孤独だったと話してくれたのに。こういう話を彼は誰にでもするの？

その日、教授の注目を一身に浴びたのは、よくしゃべるブライアン・ブックマンという男子生徒だ。激しい嫉妬にかられたけれど、わたしもほかの学生も、このおしゃべり男がいては口を開くチャンスなどない。ハリソン教授は一度だけわたしのほうをちらっと見た。なんだかみじめな気持ちだった。

授業が終わってもブライアンと教授はまだしゃべっていて、わたしはそっと教室を出た。広場のほうに歩いていくと、キャンパスにいる誰もが楽しんでいるみたいだった。ダウンジャケットを着たふたりがフリスビーを投げあっている。エリート社交クラブの男子学生たちの一団はどっしりしたセント・バーナード犬とじゃれあい、図書館の前では女の子がボーイフレンドに、かわいらしく怒ってみせていた。

寮の廊下で同じフロアに住むふたりの女の子とすれ違ったので、にっこりと笑顔を向けたが、ふたりはおしゃべりに夢中で微笑み返してはくれず、ばつの悪い思いをした。部屋に入って本をドレッサーの上に置くと、すぐにベッドに入った。

胎児のように丸まった格好のまま、三十分くらい横になっていた。憂鬱だった。学期が始まってほぼ一カ月。もうみんながグループを作っていた。わたしは身じろぎもせず、風に吹かれた木の枝が部屋の窓にあたる音に、耳を傾けていた。

そのとき電話が鳴った。

「キャリー？　ハリソンだけど」

「こんにちは」わたしは勢いよく体を起こした。

「今晩、ディナーでもどうかと思ってね。たぶん、もう予定があるだろうけど……」

わたしの中の何かが止まった。ふたりきりのディナー？　これはデート？　それともただのディスカッション？　ほかの学生も来るんだろうか？　いったいどうふるまえばいいの？　何かばかなことを言ってしまったら？　少なくともコース案内に載っている本のリストの半分は読み終えたから、その点は大丈夫。それにハリソンはこの間、わたしとのおしゃべりを楽しんでくれていたはずだ。

「いいですよ」声は、たぶん震えていた。

「どんな料理が好き？」

「先生が好きなものならなんでも」

彼は笑った。「モロッコ料理を食べたことはある？」

「ありません」

「じゃあ、モロッコ料理にしよう」

わたしがまだ経験していないものを確かめたいみたいだ。あとでわかったことだが、彼は先生でいるのが好きなのだ。

電話を切って、何を着ていこうか考えた。ディナーに誘ってくれたのが年上の男性で、自分に恋愛感情を抱きそうにもない相手の場合、すてきに見せようとするべきなのかどうかわからなかった。そもそも、どうやったらすてきに見せられるかもわからない。ほかの女の子の真似をしたらいいのだろうけど、似せられるほど彼女たちを観察できていない。取り出したのは、一年前に父とフォーマルなディナーに出かけたときに着たブラウスと、大人が着るようなウールのコートだ。みんなみたいに出かける予定ができたことが嬉しくて、階段を急いでかけおりた。外は冷たい風が吹いていた。

芝生の上でハリソン教授を待つ間、振り返って寮をじっと見つめる。寮は三階建てのコロニアル様式の家に似ていて、灯《あか》りがいくつかついていた。部屋にこもって、未知の世界に足を踏み入れようとしない人たちの灯りだ。

教授の車はとても小さくて、すぐには彼が到着したのに気づかなかった。教授も最初、わたしがわからなかったみたいで、バックミラーを数秒のぞき込んでから、やっとわたしが車に近づいてくるのに気づいたらしい。車を降りるとこちらに回り込み、わたしのためにドアを開けてくれた。その必要はないのに、優しい心遣い。「やあ、キャリー」

「こんばんは」

わたしが助手席に乗り込むと、ハリソン教授はドアをバタンと閉めた。車の中は暖房がよく効いていて、信じられないくらい暖かい。車の前を通って運転席側に回り込む彼の姿が、ヘッドライトに数秒照らされた。

きく。

ハリソンはすっと中に入ってきた。「何かお好みは?」ラジオのダイヤルを回しながら

「先生がお好きなもので……」と言いかけて、これでは少々受け身すぎるかもしれないと気づいた。何しろ料理は彼に選ばせてしまったのだから。「じゃあ、クラシックを」

ハリソン教授がクラシック音楽の局に合わせる。わたしはそっと彼の横顔を盗み見た。ゆるやかなカーブの鼻筋に、感じのよい表情。わたしたちは作曲家について話した。彼は音楽そのものよりも、作曲家の生涯についてよく知っていた。自分の専門分野とまったく違う話題に詳しい人には、いつも感心させられる。わたしたちは、エドヴァール・グリーグについてしゃべった。長いこと、ちょっと興味をそそられていた作曲家だ。ハリソン教授によれば、グリーグはわたしが大学に入学したのと同じ年齢で、音楽学校に入学したという。わたしたちはその作曲家について三十分も語りあった。わたしが知っているすべてのことを。彼が知っているすべてのことを。

レストランの裏手の駐車場に車をとめ、店の中に入る。店内は薄暗かったけれど、客でにぎわっていた。ウェイターが近づいてくるとハリソン教授は言った。「奥の部屋を」

ウエイターに案内され、赤紫色のビーズの仕切りをくぐって進んだ。その部屋は狭く、壁はけばだった赤いフェルトで覆われていた。四つテーブルがあったけれど、ほかに客はいない。「ここでいいかな?」教授がきいてきた。「プライバシーがあったほうがいいと思

って」

「わたしもです」

「ほかの学生に見られて、ひいきしていると思われたくないからね」

「全員をディナーに連れていくわけじゃないんですか？」

教授はウィンクした。「いちばん聡明《そうめい》な学生だけさ」

メニューに目を落とした。金色の飾り房がついている。

「きみが酒を飲める年齢じゃないのが残念だよ。甘い赤ワインがあるんだけど……」

メニューのメイン・コースのリストを読むふりをしたけれど、本当は何も頭に入っていなかった。

「甘いものは好き？」ときかれたので、うなずく。ウェイターがグラスに水を注ぎ、ハリソンはわたしにはコーラを、自分には赤ワインを注文した。「飲んでみる？」

でもワインが来ると、わたしに差し出した。

ためらってから少しだけ飲んだ。シャープで、それでいて甘い。「おいしいです」

ハリソンもひと口飲んだ。なんと、わたしの唇があたったところに自分の唇をつけて。

それからもう一度わたしにグラスを差し出した。わたしが飲んでいるとき、ウェイターが戻ってきた。彼はハリソンと意味ありげに目を合わせたけど、ふたりとも何も言わなかった。

ハリソンはわたしの手からグラスを取り戻し、それから両手の上に顎をのせ、じっとわたしを見つめた。「いいね」

「何がです?」

「ワインできみの唇が赤くなってる」

どう応えればいいのかわからなくて、メニューをもう一度取り上げた。どうして照れもせず、こんなふうにわたしを見つめられるんだろう。

オーダーを取りにウェイターが現れたときだけ、ハリソン教授はわたしを見つめるのをやめた。わたしがまだ何を頼むか決めていないと言うと、わたしの分も注文していいかと教授は尋ねた。おすすめがあるという。

ウェイターが立ち去ると彼は言った。「それで、本当はクラスについてどう思う?」

「楽しいです。先生がわたしたちの作文を授業に取り入れてくれるから――」

「違うよ。カリキュラムじゃなくて、学生についてさ」

「ああ。あの……いいと思います」

「本当はどう思ってるのか言ってごらんよ。たとえばヴィッキーは?」

「ええと……」

「あまり頭がいいとは言えない。そう思うだろう?」ハリソンが言った。

驚いて笑ってしまった。

「ここだけの話だよ。ぼくら、秘密を守れるよね？」

「わかりました。わたしに関することは、だいたい秘密ですから」

教授は微笑んだ。「新鮮だな。きみはそんなに聡明なのに、若々しい輝きがある。どうしてもぼくの頭から離れない」

わたしはテーブルを見つめ、コーラを少し飲んだ。

「ブライアン・ブックマンはどうかな？　彼は頭がいい。違う？」

「かなり頭がいいと思います」

「でも、歴史上の文学者たちにやけにへつらうと思わないか？」

わたしは大笑いした。「彼のことを気に入ってらっしゃるんだと思ってました」

教授は目を回してみせた。「〝カミュは最高〟だからね」

ハリソンはわたしに〝若々しい輝きがある〟と言ったけれど、彼だってそう見えた。立派な学者なのに、大人になりかけていたときと変わらない不安を今でも持っている。ほかにも、どこかスリリングなところがあった。わたしたちはほかの学生のことも一緒に笑った。まるで、自分たちふたりは彼らより特別な存在であるかのように。

料理が運ばれてくると、ハリソンはわたしの皿に、すべての料理を少しずつ取り分けてくれた。「ほら、食べて。遠慮しないで」わたしたちは食べながら、二杯目のワインを交互に飲んだ。飲み終わるまで、げらげら笑った。それから、ハリソンはもう一杯注文した。

その夜は、よく食べ、よく飲み、よく笑った。ばかみたいにふるまっていると自分でもわかっていたけれど、初めてそれが気にならなかった。

店から出ると、外の空気はすっかり冷たくなっていた。「心配しないで。すぐ車の暖房を入れるから」一瞬、彼の手が背中に触れ、背筋がぞくっとした。いろいろな感情が――ぼんやりとした期待のようなものがこみ上げ、でもそれにどう対処していいかわからなかった。何しろ初めてのことだったから。

ハリソンは駐車場の外に車を出した。暖房が効きはじめたおかげで車内は暖かい。窓ガラスの向こうの闇に、一列の松の木が尖《とが》った正弦波みたいに並んでいて、空には星もいくつか見えた。キャンパスから遠く隔たった世界にいるような気がした。

「きみといると落ち着くよ」車を道路に出しながらハリソンが言った。

「よかった」ほかにどう言っていいかわからず、そう応える。

「ほんとだよ」ハリソンはにっこりした。

「いつもはリラックスできていないんですか?」

「きみだって、いつもリラックスしているとは思えないな」ふいに見つめられ、また背筋がぞくりとした。

ラジオを聞きながら、わたしたちは音楽の話をした。わたしは四年間受けたピアノのレッスンについてしゃべり、ハリソンはいとこのピアノのコンサートに行ったときの話をした。いとこはベートーベンの第五番を弾いていて、もうすぐ曲の終わりというときに天井板が落ちてきて、ピアノも何もかも白い埃《ほこり》まみれになったという。ネイビーブルーのスーツに蝶《ちょう》ネクタイ姿だったいとこが〝ジャム・ドーナツみたいに白い粉まみれになった〟と言うのを聞いて、わたしは笑った。それから学校の音楽の授業や、学校外でのレッスン、変わった音楽教師たち、ほかの課外活動について長いことしゃべった。気づいたときには寮に戻っていた。

ワインをいっぱい飲んでいたから、今が何時なのかよくわからなかった。灯りがついていたのは二、三の部屋だけ。アルコールが体じゅうに回っていて、わたしは助手席に座ったまま目の焦点が合うのを待った。

「楽しかったよ」とハリソンが言う。

「わたしも」

「鍵はちゃんとある？」

「たぶん」そう答え、バッグの中を探す。

すると伸びてきたハリソンの手に左手をつかまれた。わたしははっと目を上げた。

「ほんとに帰りたい？」彼がきいた。

ハリソンはゆっくりとわたしの手のひらを親指でマッサージしはじめた。丸く円を描きながら。わたしは視線をバッグに戻し、その中をじっと見つめた。

「今、何をしてもいいなら、何したい？」

教授はわたしに、どこか別の場所に行きたいと言わせたいのだ。それなら違法性もない。でも、どう言えばいいのかわからなかった。

決心がつかずにいると、ハリソンは上半身を乗り出し、片手をわたしの頭のうしろにあててキスをした。つかのま唇を離し、今度は手をわたしのうなじに回してまたキスをする。車のエンジン音が聞こえる。

それから彼は体を離した。「この間オフィスで話したときから、こうなっちゃいけないって自分に言い聞かせていたのに」

一週間前のあの日からずっと、こうしたいと考えていたの？　自分がそんなにも誰かに求められるなんて信じられなかった。しかも、綴《つづ》り字《じ》コンテストのメンバーになってくれと頼まれるのとはわけが違う。

「どうする？　このまま帰ってもいいし、どこかに行ってもいい」

わたしはためらった。

でもほかに選択肢はなかった。「どこかに行きたいです」

ハリソン教授のリビングルームには暖炉があり、床には厚い絨毯が敷き詰められ、ソファやベッドには大きなクッションがいっぱいのせてあった。子供の頃、わたしが寝室にかけていたのと同じ絵もいくつか飾ってある。

「何か飲む？」カウンターのほうに行きながら、ハリソンがきいた。

「もうさっき飲んだと思いますけど」ワインのおかげで口がなめらかに動き、震えを抑えてくれた。

ハリソンは何かの瓶を開けながら笑った。中身を自分のグラスに注ぐ。

「暖炉を使ったことはありますか？」そうききながらソファに近づき、端に座った。チャコールグレーの布地で、よく座るのであろう箇所は色がまだらになっていた。

「今年はまだだね。ここぞというときを待っているんだ」

いったいどんなふうに始まるのだろう――わたしを寝室に誘うために、彼はどんな手を使うの？　それとも、そもそもそんなことは起きない？　自分がそれを望んでいるかどうかはわからなかったけれど、きっと起きるだろうとは思った。わたしが未経験だと彼は絶対わかっている。だから、そんなに大きな期待は持てないはずだ。でも、もしかしたら彼は〝未経験〟だという点を気に入ったのかもしれない。

「何を考えてる？」ときかれた。それまで、誰かにそんな質問をされたことはなかった。ただ、何を考えているかなんて。ハリソンは空になったグラスをキッチンのカウンターに置いて近づいてきた。真剣で、どこか緊張しているみたいだ。足取りが少々心もとない。

「先生の講義の概要についてです」わたしは嘘をついた。

「ああ」彼はソファの反対側の端に座った。「それで思い出したよ。『スピーチと現象』に論文を発表したんだけど……」と、そのことについてしゃべり出した。リビングルームにこうして座っているときにも仕事のことを考えているなんて、好感が持てた。でも、なんだか変だ。車の中でキスをしたあとも、以前と同じようにふたりの間にきっちりと距離を置くなんて。もしかしたらソファに寝るように言って布団をかけ、おとぎ話を読んでくれるつもりかもしれない。

「ねえ、ぼくがきみのことをしゃべるとき……たとえば、きみはとても賢いとか、唇がワインで赤く染まってきれいだと言うのは、本当にそう思ってるからだよ。お世辞で言ってるんじゃない」

わたしはカウンターの上にある空になったグラスを指さした。「それ、ほんとに効くんですね」

ハリソンは笑った。「アルコールのせいじゃない。きみはただ、とっても……」

わたしは首をかしげた。

「緊張してる？」彼がきいた。

彼は返事を待たずに身を寄せ、わたしの顎の下に片手を置き、顔を持ち上げてキスをした。手でわたしのブラウスの前を撫《な》で下《お》ろし、そのまま腿のあたりまで下ろしていく。それから両手をわたしの体に回し、わたしの息が切れるまでじっとしたあと、寝室に入った。

その後の出来事に、彼は満たされ、わたしは満たされないままで終わった。とはいえ、さほど驚きはしなかった。その行為はむしろ研究対象のようなもので、つまり、どんなものか経験して知っておくべきことだから。でも、眠りについた教授を見ながら、布団の上を手で撫でていると、ここにいられることを幸運に感じた。

それからの授業はより刺激的なものになった。ハリソンは講義中に教室の中をゆっくりと歩き回り、ふと立ち止まって生徒たちの席を眺める。唇にかすかな微笑みを浮かべ、ごくさりげなく。それはわたしたちのささやかなゲームだった。ときどき、わたしはこっそり彼と視線を合わせて眉を上げた。めったにないけれど、彼がさっとわたしにウィンクをすることもある。

柔らかいセーターを着て歩きまわる彼を見ているだけで、嬉しくなった。クラスのほかの誰もそれに鼻をすり寄せたことがないのがわかっていたし、その夜遅くに自分がそうするのがわかっていたからだ。ブライアン・ブックマンがだらだらとしゃべり続けても、もうみじめな気持ちにはならず、むしろ幸福感に包まれた。だって、あとでハリソンと一緒に笑いながら、彼の話ができるから。

ある日、ハリソンが数分授業に遅れた。みんな、ぺちゃくちゃとしゃべり出した。

「先生が来ないなら、ぼくたち帰ってもいいのかも」ロブという名前の生徒が言った。だいたい、彼は授業の半分しか出席していなかった。

「わたしはこのクラス、好きよ」ある女の子が言った。

「ぼくもだ」とブライアン。

「きみは先生に好かれてるからな」そう言いながら、ロブが彼の脇腹をつつく。

「そうよ。で、先生はわたしたちほかのみんなを無視してる」別の女の子が文句を言った。

「たぶん忙しいだけよ」とヴィッキー。

「先生って結婚してるの？」

「してないと思う」

「もしかしたら、ゲイなんじゃない？」

「だとしたら残念だわ。あんなにかっこいいのに！」

あとで一部始終をハリソンに話して聞かせ、ふたりで大笑いした。

ほかの授業では白昼夢を見ているみたいにぼんやりしていた。どうにかノートを取ることはできたけれど、ほとんどうわの空。寮に戻ると、たいてい留守番電話にメッセージが入っている。これから来ないか、という誘いか、わたしがいなくて寂しいという内容だ。メッセージがないときは、うつぶせになってベッドに寝転び、宿題に目を通すふりをしながら電話を待つ。そうすると、さほど待たずして電話がかかってくる。

それから寮の外に迎えに来た彼の車に乗り込み、外食に出かけるか、彼のアパートに行く。彼が仕事をしなくてはいけない夜は、寮で勉強をした。彼と一緒にいないときは勉強しかしなかったから、いい成績は維持された。ほかに何もいらなかった。無理してクラブに入ったり、人が集まる場所に行って友だちを作ろうとしたりする必要はない。広場をひとりでぶらついて、誰もが楽しそうにしているのを眺めながら、どうしたら自分もあの輪に加われるだろうと悩む必要もない。わたしのことを大事に思い、わたしの考えを聞きたがっている人がひとりいる。それで充分だった。

その冬は雪がよく降った。寮では宿題をやり、暖炉の前でハリソンと過ごした。

肉体面で言えば、行為はいつも不快で、本当にすぐに終わった。でも、ほかのことすべてがすばらしかったから、気にならなかった。週末にはマサチューセッツ中をドライブしてまわり、植民地時代からある町や歴史的に有名な村を抜け、田舎道を走り、ときどき車を止めてアップルジュースやチャウダーやパイを味わった。手を取りあって港を歩き、旅に行ける可能性のある場所、行ったことのない場所、子供の頃夢見た場所についてしゃべった。ウォーターフロントのレストランでは、港にきらきらと反射するオレンジ色の光を眺めながら食事をし、彼は次の学期の講義に取り入れる本についてわたしに意見を求めた。信じられなかった。彼の授業の課題図書に自分の意見が反映されるなんて。そんな提案をできるほどわたしのことを知的だと思ってくれているなんて。彼はいつも熱心にわたしの話に耳を傾け、うなずいたり、新しい見解を述べたりした。いい気分だった。

人は一生のうちにたった一度でも、そういう感情を味わうべきだ。お互いにすごく夢中になって、どんなにつまらないことでも、とても楽しいことに変わってしまう相手がいるという感情。心に溜まった古びたゴミだって、輝き出す。

ハリソンとわたしは、賢すぎること、考えすぎることの危険を哀れんだ。小さな町を車で走り抜けていたとき、灰色がかった茶色の枝がまるで剣のようにフロントガラスにかぶさったときがあった。わたしは七年生のとき、数週間くしゃみができなくなったことを話した。

「きっかけはなかったの。七年生の、社会科の時間よ。くしゃみが出そうになって、でもそのことを考えたら出なくなっちゃった。鼻柱の下に引っかかったみたいに」それからは、くしゃみが出そうになると、くしゃみについて考えないようにした。でも、考えないようにすればするほど考えるはめになって、くしゃみができなかった。ついにある晩、父にすべて相談したら、父は学校の心理カウンセラーと緊急アポを取った。そのカウンセラーは父に、わたしは強迫神経症にかかっているのかもしれないと言った。それからは四週間連続でカウンセラーに会わなくてはならなかった。けど、どういうわけか、くしゃみのことは忘れるようになって、始まったときと同じくらいの速さでその問題もなくなった。

ハリソンは微笑んだ。「どんなことでも、考えすぎるとだめになる。キスだってそうさ。ふたりの人間が唇を合わせていろんな動きをする……考えてみれば、まったくおかしなことに思えてくる」

「きっと、キスしている最中に考えはじめたら、もっと悪いわね」

「試してみよう」彼はそう言って車を道路脇につけた。

ハリソンの家に定期的に泊まるようになってから一カ月した頃、ハリソンはわたしにいくつか〝新しいこと〟をしてほしいと言いはじめた。

どれもたいしたことではなかったから、ささやかな犠牲と受け止めて応じた。彼の関心を維持するためなら、なんでもするつもりだった。過激な要求をされない限りは。

だけど、すぐに彼は、わたしにいくつかの〝言葉〟を口にしてほしいと頼んできた。

嫌だった。それまで一度も口にしたことのない言葉で、できれば一生口にしたくなかった。卑猥《ひわい》なだけじゃなく――生々しくて不快な言葉。言いたくないけれど、彼に背きたくもなかった。

「ゆっくり始めてみよう」ハリソンはある晩、寝室で優しく言った。「ほかの言葉と同じだよ。これをきみに言ってほしいだけさ」

わたしは黙っていた。

「キャリー？」

いったいどうしたの？　ただの言葉にすぎないでしょう？　なんてことないはずよ。

でも、わかっていた。仮に声に出して言えたとしても、不自然な感じになる。ハリソンが望んでいるような効果はもたらされないだろう。

「さあ」ハリソンは額に汗をかいていた。「言って」

「そういう言葉は……わたしらしくないわ」

「ただ言うだけだよ」彼はささやいた。「一度でいいから」わたしの唇に、それから首にキスをした。手でわたしの胸を撫で、股間に這わせ、人差し指で円を描くようになぞる。

「言って。ぼくにどうしてほしい？」

「〝あなたに……あなたにしてほしいのは……〟」

「続けて」

「できないわ」

ハリソンは体を起こした。さっきまでの優しさは消えかけていた。「どうしたんだ？」

「そういう言葉はわたしらしくないわ」

「じゃあきみが好きなように言ってみて」ふたたびわたしにキスをした。「さあ」

何も言わず、ただハリソンを見上げた。

「いったい、どうしたんだ？」

「わたしには……できない」

体を起こすと、ハリソンは遠くを見つめた。

「デイヴィッド？」

彼はわたしを無視した。

「ねえ、聞いて。わたし……」

ハリソンは横向きになり、毛布を引っ張った。「もういいよ。役立たず」

「怒ってるの？」

また無視された。しばらくしてわたしも横になった。でも、寝つけなかった。

背中をハリソンに向けたままじっとして、彼が心変わりしてくれるのを待った。沈黙していればきっと、彼がしゃべり出す必要性を感じてくれるんじゃないかと思って。息をするのさえ怖かった。デジタル時計の赤い数字が変わるのをじっと見ていた。

やがてわたしは眠りについた。夜中に目が覚めたのでTシャツを着て、それからまた眠った。

朝目覚めると、もうハリソンはキッチンにいて、コーヒーを温めていた。そっと近づくと、彼は何も言わずにうなずき、コーヒーを飲んだ。寮に戻る車の中でも彼は黙っていた。

わたしは気が動転したまま授業に出た。集中する努力はしたけれど難しく、急いで寮に戻った。留守番電話のメッセージ確認ライトは点滅していなかった。

哲学の入門書を取ってきて、ベッドで読んだ。電話がこないまま一時間が過ぎた。怖かった。どうして、あんなばかなことをしてしまったんだろう？

だけど、彼はわたしにもう一度チャンスをくれるはず。そうでしょう？

デカルトの『方法序説』を読もうとしても、目は同じ箇所を何度も行き来するだけ。ニスがきいた床を滑るように、目が文字の上を滑っていく。何も頭に入らず、数分ごとに時計を見た。夕食の時間が近づいていた。このままでは食堂に下りていって、テーブルの端っこにひとりで座らないといけない。そんなときはいつも、みぞおちのあたりが空虚になった。彼が電話をくれたら、そうしなくていいのに。

空腹を無視して、ふたたび『方法序説』に集中しようとした。もしかしたら、もっと軽い読み物が必要なのかもしれないと思い、今度はニーチェの『ツァラトゥストラはかく語りき』を選んだ。

そのとき電話が鳴った。

駆け寄りながら、落ち着いた声を出すようにと自分に言い聞かせる。「もしもし」

彼の声を聞いたとき、喜びで飛び上がりたくなった半面、怖くなった。

「暖炉用の薪《まき》を買ってきたんだ。火をつけるのにちょっと手伝いがいるかな」

彼に伝えたかった。電話をかけてきてくれてどんなに嬉しいか、どんなに怖かったか、どんなに彼に会いたかったか。そして彼が望むことならなんでも言うつもりだと。けど、そうは言わずに、十分以内に外で会う約束だけした。

その晩はイタリアン・レストランで山のように盛られたリングイネを食べてから、彼のアパートに行った。リビングルームに入るとすぐに、ふたりで暖炉の前の絨毯に寝そべった。ふたりの間にワインのボトルを置いて。彼はグラスを茶色のタイルの上にのせ、膝を曲げて体をS字形にし、横向きに寝た。わたしは彼の胸のあたりをじっと見つめた。何も問題がなくて本当によかった――彼が息をする音を聞きながら一緒に横たわっているだけで、気持ちがいい。わたしは目を閉じ、じっとしていた。しばらくすると彼の指が、ワインで赤くなったわたしの唇をなぞった。

「おいで」ハリソンはささやき、わたしの顔を彼の顔に近づけた。「気分転換に今日はここで寝そべっていよう」わたしはうなずいた。でもすぐに彼が言った。「言ってみて。昨日ぼくがきみに言ってほしかったことを。お願いだから」

電話がかかってくる前は、そうしようと自分に言い聞かせていた。でも、いざとなるとやはりできなかった。口にすべき言葉ではない気がする。わたしにも、わたしたちにも合わない。彼はどうして、そこまでわたしに言わせたがるのだろう。こんなにも嫌がっていることはわかっているくせに。

「言って！」

「わたしは……」

「わたしは？」ハリソンは目を閉じて続きを促す。「どうした？　続けて」促されても、どうしてもその先が言えない。

ハリソンが体を起こした。「それだけ？」

「わたし……」

「それがきみの限界か？　やってみようともしないわけか？」

わたしはただ彼を見つめることしかできずにいた。

「きみに教えたはずだよね？　何度も何度も。それなのに、どうして学べないんだ？　そんなに難しいことか？」

ようやく答えた。「だって……絶対にわたしが口にしそうにない言葉だから」

「だったら学べばいい」

「今は授業中じゃないわ」

「いいから言って！」

視線を落とし、絨毯を見つめた。「わたしには……」

「まったく、いつもそんなふうに上品ぶってるのか？」

何も言えずにいると、ハリソンはぱっと立ち上がり、大股でバスルームに入ってドアを閉めた。わたしはまだ絨毯の上で固まっていた。急にひどい寒気を覚えた。

すぐにハリソンは戻ってきた。そして、寮まで車で送ると言った。

車の中ではふたりとも黙ったままだった。わたしが車を降りたときも、ハリソンは何も言わなかった。

部屋に入ると、灯りもつけずにベッドで丸くなり、電話をじっと見つめた。きっと彼は電話をかけてくる。心の中で、彼に伝える言葉をいろいろとリハーサルした。ふたりで考えればこの問題を乗りきる方法が何かあるはずだ。彼にだって、わたしが頼んでも口にしたくないことがあるかもしれない。これまでは妥協してきたし、彼のためだったら喜んでもっと歩み寄るけれど、今回のことだけはどうしても嫌だ。そう彼に伝えたかった。わたしが彼の頼みに応じることができないのはどうしてか、説明したかった。

けど、そのどれひとつとして話すチャンスはなかった。ハリソンは電話をしてこなかった。彼と話したのは授業中、みんなで課題図書についてディスカッションしているときだけ。それっきりだ。そうして二度と個人的に会話をすることがないまま、学期は終わりに近づいていった。

成績はAをもらった。ハリソンは怖くてそれより悪い点をつけられなかったんだと思う。今回の件がなくても、どっちみちAだったとは思うけれど。

それからしばらくのあいだ、学内でカップルがキスをしているのを見るのがつらかった。彼らの日常はごく普通なのに、どうしてわたしの日常だけがいつも変なのだろう？　あののんきそうなカップルは知っているんだろうか。世界中の誰もが、そんなふうにうまくいくわけではないことを。

ハーバードでの日々は、その後もよくはならなかった。わたしはとにかく懸命に勉強し、卒業し、父が探してきたアパートに引っ越したのだった。

こうしてハリソン教授との関係を思い返してみても、つらさがよみがえるだけだった。そこで、アイスクリームとレインボー・トッピングを買いに行こうと、スーパーマーケットに出かけた。

薄汚れたニューヨークの空気の中を通り、香水とニンニクの匂いが漂うスーパーマーケットに入った。冷凍棚から冷えたチェリー・アイスクリームの一パイント容器をさっと取り出し、通路をゆっくり歩きながら、レインボー・トッピングとチェリー・ソーダもかごに入れる。

アパートに戻るとすぐ、チェリー・ソーダにアイスクリームをのせてクリームソーダを作った。シュワッと音をたてて泡がコップの上のほうに立つ。ひと口味わうなり、後悔した――こんなにも長いあいだ、この喜びから遠ざかっていたなんて。口に入れたアイスクリームが喉から内臓へと滑り落ちていく。最高の気分だった。これよりすてきなことなんて思いつかないくらいに。

寝室に戻ろうと鏡の前を通ったときに気がついた。チェリー・ソーダのせいで唇が赤くなっていた。

4

朝はいつも落ち込んでしまう。理由はわからない。今日もセラピーの予約があるけれど、どうせなんの役にも立たないだろう。

歩道は雨のせいで濡れていたけれど、空には太陽が出ている。目覚めたときと変わらない憂鬱な気分のまま、わたしは地面に目を落として歩道を進んだ。地下鉄の駅には、人はわたしのほかにひとりしかいない。その男をちらっと盗み見た。

男はグレーの山高帽を被っていた。三十代初めだろうか。長いレインコートを着ている。髭はきちんと剃《そ》ってあり、異常なまでにこぎれいだ。けど、驚いたのは帽子。グレーの山高帽を被っている人なんて最近はめったにいない。まるで昔の探偵映画から出てきたみたいだ。ブロードウェイの広告の前を行ったり来たりしながら、ときどき、ひとりごとをぶつぶつつぶやいている。

わたしは壁に寄りかかって床に視線を落とし、あまりに長いことこびりついていたせいで真っ黒になったチューインガムや、ゴミや小石や捨てられた包み紙をじっと見つめた。

帽子の男はまだぶつぶつ言いながら行ったり来たりをくり返している。見つめていると思われたくなくて、わたしは違う方向に顔を向けた。ありがたいことに目を向けるべき場所はたくさんある。これがエレベーターの中だったら大変だ。ほかに見るべきものなんてほとんどないのだから。会社を立ち上げて〝隣の人に話しかけないために、この円をごらんください〟と書かれた青い円のステッカーでも作ったら、大金持ちになれるかもしれない。ふと、エレベーターの中ではどんな話をするべきか考えてみた。〝この点字がただの悪態だったらおかしいでしょうね〟〝統計によれば〈閉〉ボタンの九十五パーセントが、実は機能していないと知っていました?〟〝この緊急電話を使ってピザを注文しませんか?〟〝建設業者が迷信深いせいで、たいていのビルには十三階がないんですよ〟きっと話題はつきない。

最初に地下鉄のライトがトンネルの先に見え、やがて車両がホームに入ってきた。帽子男が飛び乗り、わたしもそれに続く。わたしたちはリング上のボクサーのように、それぞれさっさと車両の隅の席に向かった。帽子男は平べったい紙袋から薄い本を取り出し、またぶつぶつつぶやきはじめた。

ペトロフのところには予定よりも数分早く着いた。オフィスのドアは閉まっている。わたしはかがみ込んでドアに耳を押しつけた。

中から男の声が聞こえた。「いつもそうなんです。セックスの夢を見て、その……いざ本番というときに、電話が鳴り出すんです」

「夢の中でセックスしようとすると、電話が鳴って邪魔される」とペトロフ。

「そうです」

「夢の中で、その電話に出るんですか？」

「いいえ。でもそれでムードは台無しになって、夢も終わってしまいます」

「おそらくあなたは、女性と親密になることに関して何か問題を抱えているんでしょう」

「どうしてそう思うんです？」

ばかばかしい。こんなくだらない話を一日中聞いているくらいなんだから、ペトロフはわたしに診療代を請求すべきではないのに。

ドアに近づいてくる音が中から聞こえたので、あわててドアから離れた。出てきた小柄な男性は、気まずそうにこちらをちらりと見た。

「やあ、キャリー」とペトロフ先生。「気分はどうかな？」

「まずまずです」わたしはオフィスに入って椅子に座った。

「〝でも〟と続きそうだね」そう言いながらペトロフはわたしの向かい側に座った。

「ちょっとした問題があって」

「なんだい？」

「セックスの夢を見るたびに、電話が鳴るんです」

ペトロフは不快そうに身じろぎした。「セッション中は立ち聞きしないでほしいね」

「仕方なかったんです。わたしの耳に聞こえるくらいドアが薄いから」

「どれ、課題リストのほうは何か進展があったかかな?」

1　十個挙げた好きなことをやってみる
2　組織かクラブに加入する
3　デートする
4　誰かに、その人のことを大切に思っていると伝える
5　大晦日を誰かと過ごす

「アイスクリームを食べました」と答えた。「リスト一を達成するために」

「そりゃよかった。レインボーのトッピングをちゃんとかけた?」

「ええ。チェリー・ソーダを使ってクリームソーダまで作りました」

「で、どんな気分だった?」

認めないわけにはいかなかった。「とってもいい気分でした」

ペトロフがにっこりと微笑んだ。まるで勝ったと言わんばかりに。むっとしてつけ加え

た。「でも、デート相手を見つける件はまったく進展していません。組織に入るのも」

「法律事務所の校正部の男はどうなった？　きみといちゃついた男」

「いちゃついてなんかいません。あれから一度も会ってないし。また会うでしょうけど」

「けっこう。相手がきみのことをもっと知ろうとしてきても、尻込みしないようにするんだよ。彼とは似た者同士ではないかもしれない。でも、友だちにはなれるんだから」

「わかりました」

「入ってみたいクラブは見つかった？」

「探しているところです。やっぱり例の教会がいいかなと」

「あのね、きみは今ニューヨークにいるんだ。『ウィークリー・ビーコン』紙を開いたらいろんなイベントの情報が載ってるよ」

それで思い出した。『ウィークリー・ビーコン』には個人広告を載せられる人気の欄がある。あそこで募集をかければ、すごく簡単にデート相手が見つかるかもしれない。インターネットで募集するよりも信頼性がありそうだし、写真は載せなくてもいい。まずはそこから始めてみよう。

ペトロフが尋ねてきた。「大丈夫？　今日はちょっと元気がなさそうだ」

わたしはこの一週間の出来事や父の様子、ニューヨークという街についての当たり障りのない話をした。もちろんハリソンの話はしなかった。今日のセッションのあと、名作映画のDVDを借りるつもりでいることも話した。最近は、そうやって映画鑑賞をして夜を過ごしている。名作文学はこれまでにいっぱい読んだけれど、名作映画は実はまだそんなに観《み》ていない。映画は、アメリカ映画批評家協会が発表したベスト一〇〇のリストから選んでいる。協会は、映画ベスト一〇〇、映画音楽ベスト一〇〇、主演男優のベスト一〇〇、主演女優のベスト一〇〇とか、いろいろなリストを発表したのだ。映画にはすばらしい人たちが登場する――彼らのほうが、現実世界に存在する人間よりよっぽどすばらしい。

ペトロフのオフィスを出ると、汚い地下鉄には乗らずに歩いて帰ることにした。そうすれば途中でレンタルビデオ・ショップに寄って映画を借りられる。歩ける距離だし、もしかしたら大晦日の夜、一晩中起きているためのいい練習にもなるかもしれない。

ペトロフのオフィスから数ブロック歩いたところで見覚えのある人物を見かけた。行きの地下鉄で会った、あの帽子男だ。彼は角で姿を消した。まさか、わたしをつけているの？　でなければ一日のうちにこうして二回も見かけるなんて変だ。

わたしを尾行しろと父に頼まれたんだろうか。そこで、こちらが男のあとをつけてみることにした。彼を追って角を曲がる。男はその先の角にまた姿を消した。そうして結局見失ってしまった。きっと、わたしの思い過ごしだろう。

アパートに戻ると、ボビーが外に出て、泥と湿った葉っぱで被《おお》われた地下室の窓のところにかがみ込んでいた。股の間からのぞいて、わたしに気づく。「やあ、美人さん《ビューティフル》」わたしはさっと顔を背け、何も言わずに横を通り過ぎた。正面のドアを開き、階段を急いで上がる。何年も踏まれたせいで、階段に敷いてあるカーペットはゴムの下敷きがはみだし、色も黄色から黄土色に変色している。

ようやく階段の上にたどりつくと、足を止めた。なんだかお腹《なか》に穴が空いたような感じがする。ボビーはただ「やあ、美人さん《ビューティフル》」と言っただけ。もう老人だし、もしかしたらそう口にすることで、楽しい気持ちになれたのかもしれない。どうしてあんな意地の悪い態度をとってしまったんだろう。ボビーが本当にわたしのことを美人だと思っていたとしたら？　ただ好意的な態度をとってくれたのだとしたら？

ほかに誰も、わたしのことを美人さん《ビューティフル》と呼ぶ人はいない。

吐き気が襲ってきて、わたしはその場に立ちすくんだ。

しばらくすると吐き気は消えた。いつものように。

その晩、前回とは違う法律事務所での校正の仕事が入って呼び出された。前回よりも、より単純作業に思えた。まず味気ない部屋に入れられ、三人の校正者と座る。まるで小学校からくすねてきたみたいなデスクで、上板は黄土色、ほかの部分はメタルグリーン。床は埃っぽく、とにかく部屋の中が寒い。きっとクライアントには見せない部屋に違いない。ほかの校正者はわたしよりもずっと年上だった。残念ながら、ひとりとしていいデート相手にはなりそうもない。早くあの広告を出さないと。

こうしていると、自習室で課題を渡されるのを退屈して待っている生徒みたいだ。ほかの校正者たちはいろいろなトピックを議論している。ウォルト・ディズニーは本当に冷凍されているのかとか、市販の野菜ジュースに入っている全材料の名前を挙げられるかとか、最近の子供たちは給食でチョコレートミルクを飲んでいるらしいとか、日本の漫画のキャラクターや、ひどいテレビ番組についてとか。

最近のテレビは昔よりもひどい内容だと話しているのが聞こえた。よくそう言われるけれど、テレビはいつだって十二歳の頃までがいちばん楽しくて、そのあと大人になるにつれてひどくなったように感じるものだってことにみんな気づいていない。それでも、わたしはテレビが大好きだ。テレビを持っていないと得意げに宣言する人たちに会ったことがあるけれど、彼らの口調は独善的で、まるで自分たちはほかの人よりも道徳的に優れていると主張しているみたいだった。一度も嘘をついたことがないとか、一度も法に反したことがないと宣言しているみたいに。テレビは不道徳なわけじゃないし、不健康でもない。もしかしたら退屈で無意味かもしれないけど、でも、みんなときにはテレビが必要だ。少なくともわたしには必要だとわかっている。わたしの知性は生まれてから十九年間、ずっと酷使されてきたから、脳を休ませる枕があってもいい。

午前三時、部屋はしんと静まり、みんなは新聞を読んでいる。わたしはというと、すごくお腹がすいている。たぶん、空腹というよりは退屈しているんだけど。そこで部屋を出ると、キッチンに置いてある自動販売機で、袋入りのプレッツェルを買った。さっそく席に戻って食べはじめる。二、三人がこっちを向いたけれど、仕方ない。プレッツェルはバリバリという音がする食べ物なのだから。

だんだんみんなの視線が気になりだし、袋を置いた。でも、プレッツェルから目をそらせず、口の中によだれがあふれてくる。やがて我慢ができなくなって袋をつかみ、キッチンにかけ込んでプレッツェルをむさぼった。周囲からのプレッシャーって大嫌いだ。

食べ終わると席に戻って、『ウィークリー・ビーコン』に載せる個人広告の原稿の下書きを書くことにした。ペンを取り出し、活字体で書く。

神童が天才を求む――十九歳独身女性。聡明。タバコは吸わずドラッグもやらない、哲学と人生をともに語りあえる十八歳から二十五歳までの聡明な独身男性を求む。偽善者、宗教フリーク、マッチョとサイコパスはお断り。

反応が待ちきれない。手帳を取り出して『ウィークリー・ビーコン』に個人用広告の原稿を送る〟と来週の予定に書きとめた。もっと楽に人に出会えるかもしれないので、一週間の猶予を設けたのだ。うまくいかなかったらこの広告を出すか、ほかの人の広告に応じるかすればいい。

翌日の晩はダグラス・P・ウィンターズが働く法律事務所での仕事が入ったので、わくわくした。気をしっかり持って彼の猥褻《わいせつ》なコメントは無視するようにしないと。だって彼はたったひとりの、大晦日のデート候補なのだから。でもそうなる前に、わたしにはまだモラルがあると彼に気づかれて、捨てられなければいいけれど。ハリソン教授のときみたいに。

ハリソンのせいでずっと、すべての男が彼みたいなのだろうかと疑問を持ち続けている。人が嫌がることを強制し、従わないとあっさり冷たくはねつけるのかと。男に屈服して、彼らの好き放題にさせる女はずっと嫌いだった。世にいるすべての男が最低だとは思っていないけれど、いい男は美人を手に入れられるんだから、たいして美人じゃない女は水準をどんどん下げなくてはいけない。どんどん下げて、それこそ足首まで届くくらいに。そんなの不公平だ。でも、それが人生というもの。

ときどき、女がいちばん偽善的なんじゃないかと思う。朝九時から夕方五時までは働きながら男をブタ呼ばわりして不満たらたらなのに、そこから夜九時までは、男が欲しがるものを簡単に与えてしまう。たぶん生理的なものなんだろう。フェミニストは〝女は男を必要とするべきじゃない〟と言うけれど、女は男を必要としている。というか、みんな〝誰か〟が必要で、女の場合、同性愛者でなければ、その選択肢が男に限られる。そうして、どんな相手でも選べるような美人でない限り、選択肢は〝自己中心的な男〟に限られるのだ。まあ、実際はそこまでひどくないのかもしれないし、それぞれがちゃんとした自分なりの基準を持ってそれを貫こうとすれば、少しはましになるはずだ。わたしがハリソンの頼みを断ったみたいに。

法律事務所に行くと、ダグラス・P・ウィンターズは元気そのものだった。「ピスタチオがあるよ！」と言って、意地悪そうに大笑いする。

「もらえるのが楽しみだわ」と言い返し、ごちゃごちゃしたデスクの間を通って担当者のところに行き、薄い文書をピックアップする。すべきことは、校正者がつけた訂正箇所がしっかり直っているかの確認。例のおじさんはほかの仕切り板の中にいるので、彼とやりあう必要はない。

文書を読んでいるうちに、意外と面白い内容だと気づいた。〈社外秘《Confidential》〉とスタンプが押されている。合併しようとしているふたつの大手銀行についてだ。高く売れそうな情報なのに。

　ひと通り作業を終えたので上司に提出した。今はまだほかに仕事はないと言われ、ダグラスのところに向かった。

　ダグラスの前髪は汗で濡れていた。身ぶりで、わたしに椅子に座るようにとすすめる。

「暑いの？」とダグラスに尋ねた。

「風邪をひいてるんだ」

「この間、わたしが会ったときもひいてなかった？」

「仕事アレルギーなんだ」

「早く帰ったらいいのに」それから続けた。「銀行の大合併に関する文書を読んでたの」

「ずいぶん面白かったみたいだね」

「高く売れるのにって思っただけ」

「たぶんね。でも〝インサイダー校正〟になるかもな。八〇年代にそれで刑務所送りになった人がいっぱいいた。初めてここに来たとき、機密保持誓約書に署名した？」

「ええ」

「本名で？」

「小切手は本名でもらいたかったから」

「じゃあだめだ」とダグラス。「ちなみにぼくは同意書にいっさい署名しなかったよ。だから、ぼくにその文書を渡せ《スリップ》ばいい」

話をデートのお誘いに持っていきたければ、ハスキーな声で「あなたも何かわたしに入れ《スリップ》てもいいのよ」とつけ加えればいい。でも、まだそこまで絶望的じゃない。まだ個人広告の手がある。

〝わたしに入れる〟と考えると笑いがこみ上げてきた。

「何？」とダグラス。

「別に」

「言ってよ」

こんなジョーク、人に話せるわけがない。

「言ってよ」と、ダグラスはしつこい。

ここは何か嘘でごまかそう。「昨日地下鉄で子供たちがしゃべってたジョークを思い出しちゃって」

「それで？」とダグラス。

「ええと……」

タイミングよく上司が顔をのぞかせた。「キャリー、仕事が入ったよ」

次の仕事には一時間かかり、それからまた暇な時間が訪れた。フルタイムのスタッフ（義理の息子をこてんぱんにやっつける暇があり、デスクに残されたものから判断するに、消しゴムと五本の押しピンで小さな犬を作る暇のあるスタッフ）が読み散らかした雑誌の山に手を伸ばす。いちばん上にあった雑誌はページが開いたままになっていて、ヒトパピローマウイルスについての記事が載っていた。このウイルスは女性の過半数が持っていて、性的接触でうつり、コンドームを使っても防げず、場合によっては子宮頸癌《しきゅうけいがん》を引き起こす。そのうち、セックスをするだけで死んでしまうような病気が出てくるに違いない。でもきっと、人はそれでもセックスをするんだろう。

午前二時の〝ランチ休憩〟の時間になると、キッチンで一緒に食べようとダグラスに誘われた。彼はひどく疲れているらしく、シャツの袖をやたらと引っ張り、髪もぼさぼさだ。天井では蛍光灯がまぶしく光っている。ダグラスは何も食べない代わりにコーヒーをぐいぐいと飲む。こんなにたくさんの人がコーヒー中毒なのに、それを認めないのは驚きだ。現代人の大半は、朝はカフェインを取らずにはいられず、夜はアルコール漬けになっている。たぶん人生を乗りきるために、そのふたつの薬物を必要とするのかもしれない。でも、薬物がないとみんなが乗りきれない人生って、なんだかおかしくないだろうか？

自分が当面の問題を無視していることはわかっていた。デートの相手を探す件だ。こっそりとダグラスを盗み見ては、この人とキスできるだろうかと考える。髪はふさふさしているし、顎の形もいい。でも、惹《ひ》かれるほどにはまだよく知らないし、早すぎる。最初のデートなら、すぐにキスしなくてもいいかもしれない。

ダグラスにヒトパピローマウイルスの記事の話をした。「想像できる？　セックスをやめないと人類が絶滅するっていう病気が現れたら、どうなるか」

「冗談じゃないよ」とダグラスが言う。「それなら死んだほうがましだ」

「だったらセックスで死ぬほうがいいかもね」

ダグラスはコーヒーをすすった。「そのウイルス、男同士でもうつるのかな？」

「たぶん」

「ちぇっ」

つまり、彼はゲイだということ？

ダグラスをまじまじと見つめる。きっとそうだ。考えれば考えるほどそう思えてきた。

「もしかしたら昔、そうやって世界は終わったのかも」とダグラス。「文明は今みたいに発達していたのに、セックスでみんな死んじゃったんだ。人は性欲よりも核兵器のほうがうまくコントロールできて……」

とりとめのない話に耳を傾けているふりをしながらも、ダグラスがゲイだという事実を理解しようと必死だった。ダグラスと食事に出かけたら、それも〝デート〟のうちに入るのだろうか？　そもそもデートって何？　ロマンティックな何かが起きる可能性があること？　男の人にしか興味のない男とディナーをするのは、なんて呼べばいいの？

こうなったら来週、個人広告を載せるしかない。

仕事は午前四時に終わり、会社が帰宅用のタクシーを手配してくれた。シカゴまで行ってほしいと運転手に言ったら、どうなるだろう？　運転手が上司に泣きつかない、ぎりぎりの距離ってどれくらい？　これからタクシーで帰るたびに少しずつ行き先を遠くして、実験してみたらいいかもしれない。

この世でいちばんの喜びのひとつは、夜タクシーの後部座席に乗ること。ここから見る街はまるで眠れる悪党だ。車内は暖房がよく効いていて、でこぼこのない道を楽々と進んでいく。音楽はかかっていない。今、世界はわたしと、まだ起きている数少ない人のためだけに存在している。配達用トラックの運転手にも、仕事熱心な通勤族にも早すぎる時間帯だ。

アパートに戻って着替えていると、通りの向かいに住むカップルの部屋の電気がまだついているのに気づいた。ほんの一瞬、つながりを感じる。ふたりはわたしと同じように、こんな変な時間に起きている。この共通点を面白がって、窓から顔を出して手を振ってくれたらいいのに。わたしたちは夜の静けさという秘密を共有しているのだから。

暖房を〈強〉に設定したまま出かけたため室内は暑く、下着姿になった。喉が乾燥するので炭酸水をコップに注いで飲む。それからベッドにもぐり込んだ。数時間後に目を覚ましたときには、カップルのアパートの電気は消えていた。

朝の九時になっても、疲れきっていてベッドから出られずにいた。仰向けになり、布団を顎まで引っ張り上げる。頭上には太陽の光が射し込んでいる。しばらく通りの音に耳を傾け、自由に思いをめぐらせながら、ただ寝そべっていることにした。前にもやったことがある――寝そべったまま、心を遊ばせるのだ。集中すると、はるか遠くの音や異常な騒音を聞き分けることができて、驚く。

ここのところちょっとした刺激で、おぼろげだった子供の頃の記憶がはっきりとよみがえるようになった。最近よく思い出すのは、幼い頃のことばかり。もしかしたら、もう子供に見られる年でもないけれど、自分の子供がいるような年でもないので、子供らしい感情を経験できるのが、空想や思い出の中だけだからかもしれない。きっとペトロフ先生だったら何かうまい説明をするんだろう。

思いっきりリラックスして目を閉じる。何もかもが静まり返っている。ふいに小鳥の鳴き声が聞こえてきた。二羽いて、高く弾むような声で何やら報告しあっている。三歳のときにロンドンの祖父母と、ふたりが住んでいたアパートの庭を散歩したことを思い出した。草の茂みともつれあった根っこの中に、ひび割れたコマドリの卵があった。ものすごくきれいな薄青色で、それを見たわたしはなぜか泣きそうになった。ふたりに卵を拾ってみたらと言われて手にしたけれど、卵の中には何もなく、ただ真っ白だった。それまで見たことがないほどの白。以来、祖父母のアパートに行くたびに卵を探したけれど、一個も見つからなかった。

幼い頃のわたしはいろいろなものに魅せられた。回転ドア、鏡、時計、列車、扇風機、エレベーター、消火栓――すぐに、どうやってそういうものが動くのか知りたくなった。おかげで家は科学の本でいっぱいになり、わたしはむさぼるように読んだ。小説も同じくらいたくさん読んだ。自分では覚えていないけれど、父が言うには二歳のときは、子供向けの本を読んでいたらしい。でもすぐにそれは卒業して、もっと大人向けのものを読むようになった。

今度は、ガラスが割れる音が聞こえてきた。誰かがリサイクル用のゴミでいっぱいの袋を出しているに違いない。その音で、昔、隣人が家の裏のポーチにかけていた風鈴を思い出した。ハリケーンが来たある日、その風鈴は一日中、回り続けていた。チリンチリンと音を響かせて、狂った回転木馬みたいにぐるぐると。その日の午後はテレビから目が離せなかった。やがて腹這いに寝転んで、嵐のチャートを作った。風の方向と速さから、ハリケーンがいつ上陸して、どれくらい居座るかを計算したのだ。夜、停電になり、父が蝋燭《ろうそく》をつけた。わたしたちはキッチンに一時間ほど座って、暗闇の中で話をした。雨が窓に打ちつけ、風が屋根に吹きつける。でも、家の中にいれば安全だった。わたしは、もうすぐ始まる新しい学期について話した。父は、自分が学校に通っていた頃は、どんなだったかを話してくれた。それからふたりで、わたしが二歳半のときにロンドンからニューヨークに引っ越して住んだ、最初のアパートについてしゃべった。あれが人生で、父といちばん長く話をしたときだと思う。もっと言えば、誰かと話をした数少ないひととき。とても久しぶりに、その日のことを思い出した。

目を閉じたまま仰向けに寝る。次に聞こえてきたのは消防車のサイレン音。ずっと遠くのほうから聞こえる。幼かった頃、毎年、キーキー音をたてる消防車に乗って、サンタクロースがわたしたちの住む通りにやってきたものだった。わたしは哀れみと嫌悪感が混じった気持ちで、サンタクロースのあとを追いかける子供たちを眺めた。サンタクロースの存在を信じたことは一度もない。二歳半のときにだって信じていなかった。父はわたしにサンタクロースの話をしようとしたけれど、わたしはそれは存在しないという理由を並べ立てた。父に言わせると、わたしが頭がいいとわかったのはそのときだという。ちょっとの間けど頭がよくなければ、もっと人生は楽しかったんじゃないかなと思う。ちょっとの間でも、サンタクロースの存在を信じられたらよかったのに。知らないことで喜びが得られるなら、知能指数がちょっとぐらい低くなろうとかまわない。まあ、本当はそんなこと望んではいないけれど。少なくとも、今はまだ。

外はまた静かになった。通りはわたしのもの。ほかの人はみんな仕事をしている。

こんなふうにただ寝転がって、思いを自由にめぐらせることがない人は、人生を少し損していると思う。毎日仕事に出かける人は、こんな時間は取れないに違いない。

そもそも、こんなことを考える意味なんてあるんだろうか。いつかわたしの知能が世界の役に立つ日が来るだろうと思っていたけれど、その可能性も薄まってきた気がする。自分の考えや思いつきを書きためてみようかとも思ったが、そうすると、考えたことはみんな日誌に書いておかなきゃと強い義務感を覚えるだろう。もしかしたら、すばらしい考えは一日に十項目までと制限をつければいいのかもしれない。

起きる準備がまだできないまま天井をじっと見つめる。天井の真ん中、裸電球がついているあたりに、凝った装飾がしてある。バラの花弁の形になった同心円がいくつかあり、北と南の端にユリの花。豪華な装飾だ。百年前、誰がわたしのアパートに住んでいたんだろう。歴代の住人みんなについて調べたら、きっと面白い本になる。ひょっとしたらその本を書くことこそ、わたしがすべき仕事なのかもしれない。いちばんいい方法は、わたしの前に住んでいた人を探し出すことだろう。ほかの国の人も住んでいたことがあるのは確かだ。というのも、ここに引っ越してきたときに、クローゼットの中の高い棚に古いレコードがいっぱい積んであり、そのほとんどがポルカだったからだ。もしかしたら、前の住人はポーランド人かもしれない。

ちょっと待って——ポルカってポーランドの音楽？　それとも両方とも〝Ｐｏｌ〟で始まるからそう思えるだけ？　辞書で調べてみよう。これは、日中に自分の時間を持つことがいかに大事かという動かしがたい証拠だ。八時間も退屈な仕事に時間を費やしていたら、こんなふうにわざわざ語源をたどってみるエネルギーはないはずだ。

辞書にはその語源が〝ポルカ、ポーランド人の女、ポラックの女性形〟と記してあった。ポラックって？　そういえば昔、父に聞いたことがある――〝ポラックは世の中が人種的に公平になる前に使われていた差別語〟だと。じゃあポルカは差別語の女性形ということ？

〝ポルカについて調べたんだから〝ポルカ・ドット〟についても調べよう――そんなふうにして次々に新たな言葉を連想しては調べていった。辞書の中には宝物がいっぱい詰まっていて、取り出すのをやめられない。わたしにとって〝ひとつ言葉を調べてみよう〟は〝ポテトチップスを一枚食べよう〟というのと同じなのだ。

突然、電話が鳴った。誰か知り合いからの電話ならいいのに、とむなしい期待をする。かかってくるのはセールスマンか間違い電話ばかりだ。

三回目のコールまで待ってから受話器を取った。受話器を取るときには〝かっこよく遅れる〟というルールがある。一回で取ると、いかにも待っていましたと言わんばかりだし、二回目でもまだ早すぎる。でも四回目だと切られる危険性がある。女性誌はぜひこの傾向について特集を組むべきだ。

「もしもし、ご主人はご在宅ですか？」

「いいえ、いま建設現場に出ていますが、わたしでよければ」と言ってみた。

「わたくしジョン・B・ロバートソンと申します。すばらしいサービスをご紹介するためにお電話をさしあげています。お宅さまのすばらしい信用格づけにより、無料のランチ会にご招待します。出席されれば無料で新しいビデオカメラか、おふたり分の旅行券をさしあげます。二、三の質問にお答えいただいて、三時間のセッションに出ていただくだけでいいのですが。お名前をおききしてもいいですか?」

「メアリー・ジェーンです」

いかにもありがちな名前なため、相手が怪しんだのがわかった。

「お住まいはどちらでしょう?」

「下水溝の中」

「やっぱり。あなたが本当のことを言っていないとすぐに気づくべきでした」

「嘘は言っていません。ただジョークを言っただけで」

「なるほど。では本名を教えてもらえますか?」

「わかったわ、アン・セクストンよ」かの有名詩人の名前を告げる。

「ありがとうございます」相手はそれを書きとっているらしい。「ご住所は?」

ロナルドが働いているコーヒー・ショップの住所を告げる。近々、あの店にファンレターが行くことだろう。

「次は収入についてお尋ねします。ふたつの中から選んでください。A・年収三万ドル以下。Ｂ・三万ドル以上」

「一兆ドルです」

「ではＢの三万ドル以上ですね。休暇に出かけるならどれを選びますか。Ａ・三十分以内で行ける場所、Ｂ・二時間以内、Ｃ・八時間以内、Ｄ・八時間以上かかる場所」

「その質問の仕方は正しくありませんよ。もし答えがＡなら、ＢもＣも該当することになるもの。それにＡは答えとしておかしいわ。三十分以内のところにバケーションに行く人なんていない。ラッシュアワーになれば、クリストファー・ストリートからカナル・ストリートに行くのに三十分かかることだってあるのに。Ａと答えた人なんているんですか？」

「そんなには」

「じゃあ、選択肢から排除するべきよ」

「いいご意見ですね。上司に回しておきます」

「ねえ、ところで、どこから電話しているんですか？」

「アリゾナからです」

「そうね。テレマーケターは普通、西部からかけてくるわ。こっちはもう寒くなってきたけど、そちらはいいお天気？」

「ええと、そんなに悪くはないですね」

「どのくらいのお給料をもらってるの？」

「ええと……」

「子供はいるの？」

「今は――」

「宗教団体についてはどう思う？」

カチッという音がして電話が切られた。

たぶん歴史上、わたしは初めてテレマーケターのほうから電話を切るようにさせた人間に違いない。それだけでも、マッカーサー財団の助成金をもらってもいいはずだ。

本音を言えば、ジョンとはもう少し話していたかった。テレマーケターにしてはそれほどひどい人じゃなかったから。もしかして間違って電話を切ってしまっただけで、またかけてくるかもしれない。

一分後に電話が鳴った。が、かけてきたのは父だった。

「もしもし？」

「やあ、元気かな？　いまルクセンブルクにいるんだ」

「元気よ。わたしはいま家にいるわ」

「そうか。最近は誰か新しい人と……新しい友だちと出会った？」

父はわたしの恋愛事情について尋ねたことは一度もない。わたしも父には話していない。もちろんハリソン教授のことも。

娘を持つ父親で、しかもいずれ娘の純潔が誰かに奪われるとわかっているのは、どんな感じなんだろう。十四年、十七年、あるいは三十一年かかるかもしれないけれど、遅かれ早かれプリンセスは、シルクのベッドの中にプリンスを招き入れることになるのだ。

「別に、誰にも会ってないわ」

「けど、新しい友だちを作るつもりなんだよね?」

「そうよ。ねえ、感謝祭にはいつ来るの?」

ああ。

父が口ごもる。

「それが、スケジュールが変わったんだ。その週はずっと出張が入ってしまってね。ヨーロッパでは感謝祭はない。クリスマスにはそっちに行くと約束するよ」

がっかりだった。以前、ニューヨークに帰省せずに感謝祭を大学で過ごした年が二度あった。そのときも父は外国にいた。投資銀行で海外企業の分析の仕事をしているため、しょっちゅう出張があるのだ。とはいえ、休みの間、学校に残っているのはそれほどつらくもなかった。やはり休みの間、同じく寮に残っていた何人かと知りあった。彼らはたいがい西部出身者で、たった四日間の休みのために帰省したくなかったのだ。

「クリスマスにはそっちに行くと約束するよ。どんなことがあってもね。絶対にがっかりさせないから」

「わかってる」

「でも、感謝祭にひとりでいてもらいたくはないな。わたしの友だちに、おまえを喜んで迎えてくれそうな人たちがいる」

「誰かのチャリティのお世話になるのは嫌よ」

「そんなこと言わずに。電話してみるから」

「ほんとはね、その日、丸一日ひとりで過ごすプランがあってわくわくしているの」感謝祭までまだ数週間はあるから、何かしらのプランは立てられるだろう。

「ほんとに？」

「ほんとよ。休みがあるっていいことだもの」

「わかったよ」

電話を切りながら、父がよそよそしかったのは、約束を守らなかったことをうしろめたく感じているからかもしれないと思った。たとえば例の〝大きな嘘〟の件みたいに。きっとクリスマスに真相はわかるだろう。

感謝祭の日は窓から大勢の人たちを眺めながら、ちゃんとした料理でもしてみよう。スーパーマーケットで丸焼きチキンを買ってきてもいい。

帽子男は今日もグレーの帽子を被っているが、レインコートは着ていなかった。これだけ天気がよければ当然だろう。ロナルドが働いているコーヒー・ショップの前を通りかかったら、先日の帽子男が窓際に座っていたのだ。まさか、わたしがここを通ると知っていた？　そんなことがある？

きびすを返してコーヒー・ショップに入り、クランベリー・ティーを注文する。お茶をいれながら、ロナルドがにっこりした。「調子はどう？」

この店に来たのには理由があるのだから、彼と話している暇なんてない。そこで適当に返事をしてから、帽子男に背を向けて窓際のテーブルにさっと座った。ほら、こうすれば彼がわたしのあとをつけているんじゃなくて、わたしが彼のあとをつけていることになる。

でも、そうではなかったらしい。帽子男は飲み物を飲み終えると、カップをつぶして立ち上がった。小脇に抱えている本にはそれぞれ『ピアノ』『ギター』『ボーカル』という文字が印刷してある。ブロードウェイの歌の楽譜だ。地下鉄の駅で彼がぶつぶつ言っていたように見えたのは、台詞を練習していたか、歌を歌っていたからに違いない。

紙ナプキンを取りに立ち上がる。でも本当は、ロナルドと帽子男の会話を聞くためだ。

ロナルドが尋ねた。「新しい家はどう？」

「いいよ」と帽子男。彼は歌集を落とさないように持ち替えた。

「じゃあ、また」ロナルドはうなずき、帽子男はドアの外に出た。

わたしはお茶を飲み終え、マグカップをロナルドに渡した。

「あいつはサイっていうんだ。角を曲がったあたりに住んでる」わたしが何もしゃべらずにいると、ロナルドはひとりでしゃべり続ける。「サイはここに引っ越してきたばかりなんだ。役者で、オフ・ブロードウェイでの仕事が入ったんだよ。オーディションを受けにニュージャージーからはるばるやってきていたときに、ここによく寄ってくれた」わたしが何も言わないと、ロナルドはつけ加えた。「オフなのに仕事。面白いだろ」

わざわざ説明しなくてはいけないジョークなんて、面白くもなんともない。

その日の夕方はやけに部屋の中が静まり返っている気がして、ひとりぼっちだと強く感じた。自分のせいだってことはわかっている。もっと積極的に外に出なくてはいけない。きっと新しい何か、もしくは、新しい誰かが待っているはずだ。

窓をぐいと上に引っ張って開け、新鮮な空気を吸おうと頭を外に突き出す。かなり年輩の男が、昔風のスーツと帽子姿で歩いている。ふと、小学校の同級生だったジミー・ミラーという男の子のことを思い出す。彼はある年のハロウィーンに、ぼろぼろのスーツと帽子姿で校長先生に扮《ふん》して登校してきて、すぐに家に帰されてしまった。思うに、小学校のときの思い出に登場する子はだいたい、何かひどいことをした子か、何かひどいことが起きた子だ。デイヴィッド・ロズナーは体育の時間に吐いた男の子。サンディ・アンソニーは映写機が頭に落ちてきて病院に運ばれた女の子。ケン・メルツァーは二日連続でおしっこをもらした男の子。いつかそのうちのひとりが週刊誌か新聞に〝結婚しました〟という個人記事をあげるかもしれない。その人の新郎だか新婦は、小学校時代のエピソードを知っているのかな、手紙で知らせてあげるべきかな、とわたしは考えることになる。誰かについて、夫や妻でも知らないことを知っているって、どんな感じだろう。たとえば小学校一年生のときにその人がどんなふうだったかを、夫や妻は知らない。

新鮮な空気を最後にもう一度吸い込んだ。冷たくてすがすがしくて、説明できないほどに儚《はかな》く、どこか厳しさも混じっている。まるで空気が固体に変わろうとしているみたいに。

5

翌朝テレビをつけると、今日は大雪になりそうだとニュースキャスターが言っていた。予報積雪量はだんだん増えていった。ラジオではDJが心地よい声で「十センチから十五センチほど積もりそうだ」と告げ、夕方六時のニュースでは「十センチから二十センチ」に。十一時のニュースでは「三十センチ」にまでなった。どういうわけか、うきうきしてくる。子供の頃、雪で学校が休みになると嬉しかったのを思い出した。ある年の雪が降った日には、ホーマーの詩を覚えようとして自分でも詩を書いた。思うに、子供のとき雪の日にしたことは、誰にとっても楽しい思い出になっているんじゃないだろうか。

寝る前に街灯を見上げる。まだ雪は降っていない。でも、きっと降る。ベッドの上で丸くなり、安心して眠りにつく。

目覚めたとき、世界はどんなふうに変わっているだろう。

次の日の朝、遠くで車の音が聞こえる以外、あたりは静かだった。窓から真っ白な光が射し込んでいる。

葉っぱが落ちた木の枝には、雪がうっすらと積もっていた。すごくきれい。窓際に置いたふんわりした黒いクッションに座って両膝を抱え、背中を窓の横枠につける。細かい雪がまだ激しく降り続いているので、お向かいのアパートの様子は見えない。でもきっと仲良く部屋の中にこもって、音楽を聴いたりアップル・ティーを飲んだり、ソファの上で本を読んだりしているんだろう。思い出したくないのに、ハリソン教授と暖炉の前で過ごしたことを思い出してしまう。今頃、どうしているだろう。彼も、わたしのことやふたりで一緒に過ごしたひとときを、一度ぐらい思い出したりしているだろうか。彼に電話してみようかと思ったことは何度かある。けど、ふたりの関係が終わってからは、キャンパスですれ違っても、彼は一度もわたしのほうを見てくれなかった。

ほんの一瞬、わたしもあの頃よりは年をとったのだから、彼に頼まれた言葉を今なら口に出せるかもと思ったことがある。でも、やっぱり無理。いくら好きな人が相手でも、強制されたからといってそれに屈して、したくないことをすれば、わたしがわたしでなくなってしまう。

それに、どうせ今頃、彼は誰かほかの人に夢を叶《かな》えてもらっているに違いない。そうはいかないかもしれないけど。だって、四十代初めで、まだ彼は独身なんだから。

彼のことをまだ思っているなんて認めちゃいけない。あのときよりずっと深く思っているなんて。

午前中は窓際で本を読んで過ごした。午後になってテレビをつけると、ドラマの中でも雪が降っていた。ドラマのプロデューサーの予知能力ってすごい。独自に天気予報士を抱えているんだろうか。

テレビの画面では登場人物たちが、浮気や私生児、記憶喪失になった前の恋人について話している。画面の下のほうに、白い文字がゆっくりと流れてきた。

今夜八時まで大雪警報が出ています。

今後の状況については随時お知らせしますので

チャンネルはつけたままにしておいてください。

それから〈臨時ニュース〉のロゴが点滅した。ニュースキャスターは「猛吹雪です」と話し、背後の映像にスーパーマーケットのレジ前に続く長い列が映る。生まれてから十九年間、大雪のために牛乳や卵が買えなくなったことも、近くのスーパーに行けなくなったこともない。それなのに、どうして人は一カ月分の食料を蓄えないとと言わんばかりの行動を取るのか。もしかしたら一九三〇年代に一度ひどい大雪になって、何日も食料品が買えなかったことがあったせいで、少し雪が多めに降っただけで世界の終末がやってきたかのように行動するのかも。銀行が、一生かかって貯めたお金を台無しにしてしまった大恐慌の時代に育ったせいで、マットレスの下にお金を全部隠しておくお年寄りみたいに。けど本当は、きちんと準備しているのだと自慢したいために、喜んで危機があるふりをしているんだと思う。ほら見て、わたしの窓に打ちつけた板はあなたの家のより大きいわ！　食料貯蔵庫にだって缶詰がたっぷりあるわよ！　そんなふうに。

こうなったら大雪を楽しむことにした。たいして当たらない天気予報によれば、雪は夜まで降り続くらしい。クリームをたっぷりいれたココアを用意して、布団を何枚もかけてベッドの中で丸くなっていよう。それから蝋燭をつけて、テレビをつけっぱなしにして、嵐に備えよう。

午後五時、五時半、六時、六時半のニュース（さすがにニュースが多すぎないだろうか？）の間、市長はマイクから離れられないようだ。「できる限り外出しないようにしてください。道路が凍って滑りやすくなっています。すでに、大きな事故が起きています」市長は緊急時用の勝負服を着ていた。こういう緊急事態時に、自分がいかにかっこいいか、この問題がどれほど手強いか、いかにはりきって市民のために働くつもりでいるかをアピールするための服装だ。アメリカの北東部では、ひいきの地元チームのロゴがついた野球帽にジーンズとシャツの場合が多い。

そのとき電話が鳴った。

誰か知り合いだといいなと思いながら三回目の呼び出し音が鳴るまで待つ。大雪のときは、誰かと話をしたいものだから。

「もしもし。キャリー・パルビーですか？」

「わたし、何か当選したんですか？」

「〈ラーマン・テンプスタッフ〉の者です。クライアントが忙しくなるので、来週から数週間働けるスタッフを探しているところなんです。水曜か金曜の夜、空いてますか？」

「どっちも大丈夫です」とさっさと答え、足が冷たいので布団の中で膝を曲げた。出勤は水曜日に決まった。

夕方のニュース番組でキャスターが大雪について話している。国内ニュースのトピックは、どうも北東部に偏りすぎているんじゃないだろうか。コネチカットとジョージアで起きた同じ規模の嵐も、同じくらいの頻度で報道されているのか研究したい。時間と資料、資金があったら、研究したいことは山ほどある。それができないのが悔しい。

これ以上待っていても進展は見込めないので、ついに個人広告を出すことに決めた。通りの角に『ウィークリー・ビーコン』を置いているボックスがある。さっそくトレーナーの上にコートをはおって取りに行った。

外は凍るように寒い。通りの両側にはよけられた白い雪が高く積まれ、街は静まり返っている。雪が街灯の下を舞うと、一瞬、灯りに照らされてほのかな黄色に染まる。家々の窓からは柔らかな灯りや青いテレビのスクリーンが見えた。ご近所とはいえ、その住人のことをわたしはひとりも知らない。お向かいのカップルのアパートの照明は消えている。

『ウィークリー・ビーコン』を取ってアパートに戻ると、布団の中に入ってさっそく裏面を見てみた。女性エスコート・サービスのさまざまな広告と、カメラの前でポーズを取るのが何よりも好きらしい巨乳の女性の写真が載っている。いったいどうして男って、本物でないのが見え見えなのに、こんなもので興奮できるのか。さっぱりわからない。でも広告が載るということは、こういう安っぽくて意味のないスリルにお金を払いたがる男がたくさんいるってことだろう。わたしの同窓生にもいるかもしれないし、スーパーマーケットのレジの列で後ろに並んでいる男がそうかもしれない。男はほかの惑星からやってきたという説を信じたいと思ったことは一度もないけど、そうかもと思えてくる。

世の中には本当にフェアじゃないことが多い。たとえば〝この世には誰にでもふさわしい相手が存在する〟というようなこと。小さいときは、それを信じていた。でも、それって科学的じゃない。検証するのにまだ十五年か二十年は時間があるかもしれないけれど、少なくとも大学四年間でひとりも出会わなかった。この世には、わたしみたいな人間にふさわしい男はマイナス四人、きれいで社交的で巨乳の二十代女性にふさわしい男は六人いて、平均すると誰にでもひとりずついることになる……と言われたほうが、まだ数学的に意味が通る。

男女の違いと言えば個人広告だってそう。女性側は〝知性がある〟〝繊細〟〝動物が好き〟〝海辺を長いこと散歩するのが好き〟〝美術館が好き〟〝本が好き〟といった自己紹介をする。みんな、優しくて、一緒にいて楽しそうな人物に思える。けど男は、自分が求めるものを具体的に説明することにこだわる。〝セクシーな人〟とか〝活発な人〟とか。不思議なことに男は、自分自身のルックスの欠点を隠そうとしない。〝アンソニー・エドワーズに似ている〟と書いている人がふたりほどいたけれど、それはつまり、頭が禿げているという意味だ。禿げた男がテレビに出て有名になったおかげで、間接的に表現できるようになったのだ。〝ルーベンスの絵ような女性〟を求めている男もいる。人の好みって、本当にいろいろだ。

広告欄には、既婚男性のためのカテゴリーもあった。新聞がどうしてそんなことを許しているのか、わからない。でも、そういう市場が確実に存在していて、需要があるということなんだろう。

わたしはすべての広告に目を通していった。活発な女を求める男、セクシーな女を求める男、スポーツが好きな男、音楽が好きな（そもそも嫌いな人がいる?）男、とにかく女好きな男――すべての広告が腹立たしいわけじゃないけれど、ほとんどはまったく面白味がなくて似通っている。どうやって区別したらいいわけ？
すると、ある記事が目にとまった。

二十六歳の独身男性、婚約中――でも、それ以上を求めています。一生を過ごせる親友には出会いました。浮気がしたいんです。


いったいどういうつもりだろう！　かわいそうなのはその婚約者だ。きっと彼女のほうは、ついに王子様に出会えたと思っているに違いない。相手に惹かれてもいないのに、いったいこの男は、どうして結婚するんだろう？　頭に銃をあてられて脅迫でもされたの？

結局、全部の広告に目を通したけれど、興味を引くような相手はいなかった。新聞を放り投げたが、頭からあの〝婚約中〟の広告が離れない。ますます腹が立ってくる。

なんとかして、こらしめてやりたい。

でも、どうやって？

仰向けになって想像してみる。そのカップルの結婚式に広告を持っていったらどうなるだろう？　牧師が〝異議はありますか〟ってきいた瞬間を狙ってこの新聞を振りかざしながら、言ってやるのだ。〝彼は浮気相手募集の広告を出してるんですよ〟って。でも、今では浮気や不倫は当たり前のようになっているから、そんな質問をしたら参列者のほうが異議を唱え出すかもしれない。

あれこれ考えた末、その個人広告を破り取った。

返事をしてみよう。わたしも婚約中だというふりをして、この男に会ってみるのだ。すべての人を変えることはできないとしても、この男はわたしが変えてやれる。これまで会った中で――厳密にはまだ会ってはいないけど――最低の男だ！

電話をベッドの中に持ち込んだ。九〇〇で始まる番号を押して、サービスセンターに電話をする。

「『ウィークリー・ビーコンズ』個人広告センターです。このサービスを利用する方は十八歳以上に限られます。十八歳未満の方は今すぐ通話をお切りください」

ふう、ぎりぎりセーフだ。こんなに嬉しいのは学生の頃、科学コンテストの最終選考に残って以来だ。

「ピーっという音とともに、通話料がかかります――ピー――それではアナウンスの指示に従ってください」

一分間に二ドル五十セントもかかるのに、説明を聞くあいだじっと待っていなくちゃいけないの？　ぼったくりだ。

「掲載広告に返事を入れたい方は〝1〟を押してください」

言われたとおり1を押す。

「申し訳ありません。番号が認識できません」

1をもう一度押す。

「『ウィークリー・ビーコンズ』個人広告センターです。このサービスを……」

また振り出しに戻った。ほら、すごいお金のぶんどり方だ。世の中のすべての間違いを正そうとしたら、どうしたって時間が足りない。このとんでもないお金の巻き上げ方について、ほかの誰かがクレームを入れてくれていたらいいのに。でも、みんながきっとわたしのように他力本願でいるんだろう。何の改善もされていないのは、たぶんそのせいだ。物事を変えようとする数少ない人間のひとりに、わたしがなるべきかもしれない。ペトロフのリストにはないけれど、世界をよくするための方法を探すことは、わたしが世界になじむ一歩にもなるはずだ。

電話はそのままにして、二分間の説明をやっと聞き終わり、また〝1〟を押す。男が出した広告の番号をきかれたので、その番号を押した。

「こんにちは」感じのいい声が流れてきた。「ぼくの名前はマット。二十六歳で、広告にも書いたように、すばらしい女性と結婚することになっています」

意外と声は悪くない。なだめすかされないようにしないと。この男が最悪な人間だということを忘れないようにしなければ。

「だから幸せではあるけれど、まだ若いからもっと楽しみたいとも思ってしまう。もしかしたら、あなたも同じ状況かな。もっとぼくと話がしたければメッセージを残してください」

ピー。

発信音を聞きながら、一瞬、考える。

「こんにちは、マット。とてもすてきな声ね。あなたの気持ち、すごくよくわかります。わたしも申し分ない恋人がいるのに、どうも相性が合わなくて。ふさわしい相手かどうか確かめたいんです。よかったら連絡してください。お話ししましょう」

それから自分の電話番号と、ありふれていて当たり障りのない〝ヘザー〟という名前を残した。本当の電話番号を伝えるのはかまわない。あとで彼が問題を起こしたら、ヘザーはルームメートだったけれどナミビアに引っ越した、と言えばいい。

今晩はもう一件電話をしなくてはいけない――ペトロフだ。明日はセラピーの予約があるけれど、大雪で行けそうもない。電話をすると留守番電話のアナウンスが応答した。

「もしもし、キャリーです。大雪なので明日の予約はキャンセルじゃないかと確認したくて、電話しました。今夜九時までにお電話がなければ、わたしは行きません。ではまた」

そう、ペトロフには一時間の猶予をあげよう。かかってこなければ、ほかのプランを立てなくちゃ。ひょっとしたら、さっきの浮気男マットが電話をしてきて、朝食を一緒にとることになるかもしれない。

寝る前に、自分が書いた個人広告の原稿を読み返した。

神童が天才を求む――十九歳独身女性。聡明。タバコは吸わずドラッグもやらない、哲学と人生をともに語りあえる十八歳から二十五歳までの聡明な独身男性を求む。偽善者、宗教フリーク、マッチョとサイコパスはお断り。

〝サイコパス〟は取ることにした。注意書きを入れたら、わざわざサイコパスに、そうではないふりをするようにと警告するようなものだから。これを翌朝、封筒に入れて投函《とうかん》しよう。きっといい返事がもらえると思う。そうしたら、本当にすてきな人に出会える。そんなことを考えながらいい気分で眠りについた。

除雪トラックが一晩中出ていたのか、朝には通りはすっかりきれいになっていた。ペトロフからは朝早くに電話があり、ゆうべ電話を返さなかったことを謝ってきた。今日の予約はキャンセルにはせず予定どおりだという。残念。

地下鉄は普段通りに動いていた。ゆうべの大雪の中、ペトロフは何をしていたんだろう？　奥さんとは離婚していて、成人したふたりの娘の写真をデスクの上に飾っている。ひとりでいたんだろうか。それとも恋人でもいるんだろうか。ひょっとして恋人はいなくて、密かにわたしに惹かれているのかも。だからいつもわたしのプライベートを知りたがるとか？　彼がわたしのデート相手になって、大晦日を一緒に過ごすとしたら、それこそ誰も予想しなかった結末だ。

ペトロフは父の知り合いだから、そもそも恋愛対象ではないけれど、もしかしたら彼にとっては、倒錯的に興奮させられるシチュエーションなのかもしれない。十二月三十一日、ふたりでエンパイア・ステート・ビルの、千三百三十六個の赤、白、青の照明よりもはるか上のほうで抱きあい、それから彼の自宅に行って、夜明けまでゲシュタルト心理学について語りあうことになるのかもしれない。

「きみの子供の頃の思い出は面白いね」セッションを進めながらペトロフが言う。

「ありがとう。わたしが面白い人間だからです」

「まったくだ。でも特に最近聞かせてくれる思い出は、感情と密接に関係していて感覚的だ。楽しめることを遠ざけているせいで自分自身を傷つけているんだと、またまた証明しているんだと思うよ。感情に訴えかけること、きみ自身を幸せにしてくれることを」

「そうですか」

「ほら、きみのリストに挙がったものを見てみよう。チェリー・ソーダは懐かしい味。金魚は鮮やかなオレンジ色。で、きみの思い出のほうは？　青いコマドリの卵に、赤い消防車。わかるだろう、心と同じくらい感覚も満足させる必要があるんだよ」

「まあ、もしかしたら」

「それで、次は目標のリストだ。持ってきたかい？」

「ええ」

１　十個挙げた好きなことをやってみる
２　組織かクラブに加入する
３　デートする
４　誰かに、その人のことを大切に思っていると伝える
５　大晦日を誰かと過ごす

「進展具合は？」

「デート相手を見つける準備には取りかかりました」新聞に載せる個人広告と浮気男マットへのメッセージを思い浮かべながら答える。「組織に加入する件はこれからです」

「わかった。それで、デート相手を見つけるために、何をしているんだい？」

新聞に広告を載せることを、ペトロフが気に入ってくれるとは思えない。婚約中の身で浮気しようとしている男と連絡を取ることも。「父も気に入らないだろう。「先生に話す必要はありません。デート相手はデート相手です」

「いいだろう。で、ほかには何をした？　ゆうべの大雪のときは何をしてた？」

「先生からお先に」

ペトロフはため息をつく。「友だちが家に来て、映画を一緒に観たよ」

「お友だち？　女性、男性？」

「ええと……女性だ」

「ガールフレンドですか？」

「それよりきみの話をしよう」

「なんの映画？」

ペトロフは答えない。

「ポルノ？」

「あのね、キャリー、物事には限度がある。だからあまりに個人的なことをきみに尋ねるつもりはないけれど、少しでも前進して、きみを手助けできる方法を見つけなくてはならない。きみが人に出会い、外に出て、幸せを見つけられるように。もしぼくに心を開くことができたら、ほかの人にももっと気軽に心を開けるようになれる。でもきみは、ぼくとさえ話をしない。ぼくにお金を払っているというのに」

「お金を払ってるのは父です。それに昨日の大雪の夜どうやって過ごしたかをしゃべるつもりもありません」

「個人的なことなんだね」

「そうじゃありません。先生がその質問をするのは、〝昨日の夜はひとりで過ごしました〟とわたしが答えると思っているからでしょう？　そうして先生は、心理学入門の講義でするような、いかにも高尚な説明をする。本当はわたしの問題を楽しんでいるんです。わたしがみじめな気持ちでいるとしたら、わたしが守っている日常のルールやモラルはすべて間違っていることになる。それを確認することで先生は、自分自身の生活や習慣に自信を持てる。昨日の夜、誰かと一緒に過ごしたことも含めて。確かにわたしは大雪の夜、ひとりでいたかもしれない。でもひとりでいたとしたら、それはわたしがそういう選択をしたからです。先生が誰かと過ごすという選択をしたのと変わりません」

「ぼくは、誰かと過ごしたかとは尋ねていない。どうやって過ごしたかときいただけだよ」

「でも先生は、それをきくつもりでいた」

　ペトロフは何も言わず、ただ肘掛け椅子に座っている。髪は雪で湿っていた。きっとセッションが始まる直前にオフィスに滑り込んだに違いない。

「じゃあ正直に話します。昨日の夜は、先生を含めこの街に住む人みんなが、誰かとシーツの下で仲良く寄り添っていた。スキー旅行や過去のクリスマスの思い出をしゃべったり、ココアでやけどした舌をからませたりしながら。そんな中、わたしはたったひとりで毛布にくるまっていました。これで満足ですか？」

ペトロフはため息をついた。「信じてくれないかもしれないけどね、キャリー、ぼくは本気できみに幸せになってもらいたいんだよ。ある日ここに来て〝ペトロフ先生、毎日がすごく楽しいんです。話を聞いてください〟って言ってほしい。幸せでも、話すことはまだたくさんあるはずだからね。誰かに話をしたいと思うのは、人間らしいことなんだよ。物事がうまくいっていても、いっていなくても。ことさみに関していえば、うまくいってるとは思えないが。きみは世界に大きな影響を与えるすばらしい可能性を持っているのに、どうやって今のみじめな状況から抜け出したらいいかわからずにいるんだ。その答えを見つけるには、きみの感情に目を向けていくしかない。いいのかい？　三十五歳になって人生を振り返ったとき、〝どうしてあんなに何年もみじめな気持ちで過ごしていたんだろう〟と後悔するはめになっても」

「でも、わたしはみじめじゃありません」

「そう言っているときに、ぼくのほうを見られたら、もっと説得力があるだろうけどね」

そう言ってペトロフはわたしを見つめる。

わたしも彼を見つめ返した。その目がグレーなのかブルーなのか、見分けられない。

「いずれはきみも、誰かに自分のことを知ってもらおうと決心しなくてはならない。ぼくを信用することがその一歩なんだ。きみが話した内容がこのオフィスの外に漏れることはいっさいない。近所の人にも、ぼくの友人や同僚にも、もちろんきみのお父さんにも、話すことはない。なんならセッションのときに悪態をつきまくってもいい。ぼくをののしってもいい。ぼくはただ座っていよう。批判はしない。ぼくはきみの役に立ちたくてここにいるんだから。ぼくを利用するんだ」

「もしわたしが過去に犯罪を犯していたら？　そうしたら先生は父に話さなきゃならないでしょう？」

「深刻な問題だったら、そうだね、誰かに言わなくちゃいけない」

「じゃあ、先生に話すことが百パーセント外に漏れないってわけじゃないんですね」

「いい指摘だ。だが約束するよ。犯罪に関係しないことなら、きみのお父さんにもほかの人にも言わない。だから、ぼくには心を開いてほしい」

「わかりました」

「何か、まだ誰にも話していないことを話してくれないか」

「英文学の教授と寝ました」

ペトロフが黙り込む。そういう話は予想していなかったらしい。

ペトロフはわたしがもっと何か続けるのを待っている。でも、わたしはそれ以上しゃべらない。きまりが悪いままにさせておこう。

「教授と一度寝たのかい？」

「一度じゃありません。ええと……一週間のうちに一日か二日はしない日もあったから……」

「そんなに具体的でなくていいんだよ。それは……純粋に眠ったということ？　それとも……」

意味ありげな目をペトロフに向ける。

「わかったよ、きみは性交したんだね。で、それについてどう感じてる？」

「よかったです」

ペトロフがわたしを見る。

そんなはずがない、わたしが乗りきれたはずがないと、ペトロフは決め込んでいるようだ。面白い。

「ほかに……性的な関係を持ったことは？」とペトロフ。

「わたしの前にセッションに来ている、あのすごく背が低い男。この間のセッションのあと、彼のところに寄りました。ふたりでショッピング・モールに行って、埠頭《ふとう》の横で抱きあいました。モールの裏の、あの狭い路地で」

「冗談もいい加減にしなさい」

「すみません。でも、本当です」

「なんだって？　どうして？」

「モールの正面では見晴らしがよくないからです。モールの裏には橋があるし、船も停泊していて――」

「キャリー」

「わかりました。シーポートの件は冗談です。けど、本当に彼のところに寄ったんです。彼もわたしみたいにひとりぼっちなんだと思ったから。いろいろな言い訳を作って彼のアパートの近くに行きました。そうしたらばったり会ったんで、話しかけたんです。それから一緒に出かけて、彼のアパートに戻りました。つけ加えるなら、そのあと彼の寝室に行きました」

「冗談だと願うよ」

「冗談ではありません」

「で、彼と寝たのか？」

「それが、いざ始めようとしたら電話が鳴ったんです」

「ふう」ペトロフが目元を拭う。

わたしはにっこりしてみせた。「ええ、今のは冗談です。でも教授の話は本当です」

「わかった。それじゃあもう一度きこう。きみがつきあったことがあるのは彼だけ？」

「そうです」

「よし」

「それとルディ・ジュリアーニ。元ニューヨーク市長の」

「いい加減にしなさい」

「わかりました。彼だけです」

「で……そのあと誰ともつきあっていないのは、どうしてだと思う？　彼に傷つけられた？」

「さっきからネガティブな見方ばかり。彼とつきあっていたとき、わたしは幸せでした。でも関係は終わってしまった。彼ほど頭がよくて、本をよく読んでいる人ってそんなにはいません。それだけのことです」

「その男は結婚してた？」

「いいえ」

「どんなふうに関係が終わったのか知りたいからきくけど、今きみが引きこもってるのは、彼と別れたせいだと思う？」

「その逆で、引きこもっていたから彼と関係を持ったんだと思います」

ペトロフはうなずき、何かを書きとめた。

「どうしてきみたちの関係は終わったんだい？」

その話をしたいかどうか、自分でもわからない。「原因は……本当の自分を偽って別の人間になるよう、彼に求められたからです」

「きみがどういう人間か、初めから彼は知っていたんじゃないのか？」

「初めは気に入られていました、若くて初々しいって。でも、わたしの無垢《むく》なところを好きになったはずなのに、彼はそれほど無垢じゃないわたしを望むようになった。人はみんな矛盾するものを欲しがるんです」

「言いたいことはわかるよ。でも、とにかく彼と性交したんだね」

「ええ、それがどういうものなのか知るために。知りもしないくせに不満だけ言う人間だと思われないためです。わたしには何の経験もないと決めつけている先生みたいな人に。品行方正だからといって、何も経験していないことにはなりません」

「そりゃそうだ」

心なしか、いつもよりペトロフ先生が背筋を伸ばしてシャンとしているように思える。子供としてではなく、大人として敬意を持って接してくれているみたいに。でもどうして？　わたしがセックスをしたことがあるから？

セックスをしたことで敬意を払われるなんて驚きだ。みんなの秘密を知り、みんなの世界を試し、同じような体験をしたから……それでだろうか。本当にばかげている。子供の頃のトラウマを克服するとか、自動車事故を目撃するとかのほうが、人間の状態についての理解はもっと深まるのに。

しばらくの間、落ち着かない気持ちでアパートの中で過ごした。今夜、法律事務所での校正の仕事が入っているせいだ。夜の仕事にはうんざりする。一日中、そのことを考えて過ごし、しかも夜になると出かけなきゃならない。まるで昼も夜も働いているみたい。

地下鉄の車両は静かだった。向かい側に座っているのは、大きく膨らんだハンドバッグを持った、黒いカーリーヘアのくたびれた女。ハンドバッグの大きさは、女の富と反比例している。貧しければ貧しいほどハンドバッグは大きくなり、お金持ちであればあるほど小さくなる。反対だと思うかもしれないけど、お金はそんなに広いスペースを必要としない。服とか書類とか、年をとるにつれ増えていくものは、スペースを取るけど。

女はわたしが降りる駅のひとつ前で降り、わたしは固いシートに寄りかかった。電車が動き出すときの揺れを感じながら。

地下深くの駅から地上に上がる。職場までは数ブロックだけど、このあたりはウォーターフロントに近くて治安が悪い。フェンスで囲まれた空き地を通りすぎると、古い煉瓦《れんが》のビルが見え、〈最初の予言者たちの教会——ジョゼフ・ナット牧師〉と書いてある。禿げた男からもらった黄色いビラを思い出す。教会をのぞいてみたい。けど、窓は高すぎる。それでも、あたりを見回したら、ビルの礎石のところにグレーの飛び出ている部分があるのに気づき、そこに足をのせる。

窓の鉄格子の間から、中をのぞき込んだ。薄いピンクのカーテンはほとんど閉まったままだけど、小さな冷蔵庫が見える。マグネットがいっぱいついていて、〝説教、日曜日十時半〟と印刷したビラも貼ってある。

近いうちにその教会に行き、後ろの席に座っていろいろ観察してみよう。マンハッタン区の宗教詐欺監督官に任命されてもいいぐらいだ。そう、そういう人がひとりいてもいいのに。

歩き進んでいくと、きらきら光る大理石のビルが見えてきた。その法律事務所は全九階を占めている。富の力だ。そういえば共同経営者のひとりは、前に市会議員をやっていたらしい。

エレベーターにはほかに誰も乗っておらず、そのまま六階まで上がる。受付があったけれど誰もいなくて、コーヒーテーブルの上には果物とクッキーがのった皿が置かれていた。たぶんミーティングで出した残り物だろう。クッキーを一枚失敬したいが怒られそうだ。代わりにカウンターの上を指でコツコツ叩《たた》く。

一分待ったが誰も現れない。いよいよクッキーに手を伸ばしたそのとき、女性がひとり部屋に入ってきた。「こんにちは」驚いて飛び上がったわたしを見て「ごめんなさい」と彼女は続けた。

担当者によればまだ仕事はないらしく、わたしは白い絨毯が敷かれた、ふたつのデスクしかない、狭くて窓もない部屋に通された。

リュックには雑誌と郵便物をいっぱい詰め込んできた。壁向きに置いてあるデスクの前に腰かけ、後ろのデスクを見やる。書類が散らばっていて、ぐちゃぐちゃだ。ケナガイタチの首を絞められるほど大きなクリップで留められたものもあれば、ギザギザになった茶色のフォルダーにきちんと収まっているのもある。

郵便物を選り分けていると〈ハーバード・クラブ同窓会パーティ〉と印刷してある赤いハガキが出てきた。ハーバード・クラブ。入ろうと考えたことは一度もなかったけれど、おそらく入ったほうがいいのかもしれない。クラブハウスはマンハッタンのミッドタウンにある。いっそ卒業してすぐに入ればよかったのかも。知的な人を求めて闇雲に探すより、もちろんハーバード・クラブならそういう人がいる可能性は高い。それに〝組織に加入する〟のは課題のひとつでもある。こちらのほうが、ジョゼフ・ナットの教会よりもわたしに合っているかもしれない。

1　十個挙げた好きなことをやってみる

バッグの中からペトロフが作ったリストを取り出し、改めてじっくり目を通す。

2　組織かクラブに加入する
3　デートする
4　誰かに、その人のことを大切に思っていると伝える
5　大晦日を誰かと過ごす

少なくとも、今週の『ビーコン』紙に個人広告が載る。まともな返事を、少なくともひとつはもらわなくちゃ。そういえば、まだ浮気男のマットからは連絡がない。でも、いずれ連絡が来るような予感はする。

突然、入り口に女性が現れた。わたしと同じぐらいの年齢だろうか、つやのあるロングヘアで、目つきは明るく、優しそうな微笑みを浮かべている。ふいに警戒心が消え、なぜか穏やかな気分になった。

「こんにちは」と声をかけられた。「派遣スタッフの人?」

「そのはずですけど」

彼女はドアに寄りかかった。「わたしは廊下の先のオフィスで働いてるの。退屈で」

わたしが尋ねる番だ。「あなたも派遣スタッフ?」

「そう。でも毎日ここに通ってるの。四カ月間の契約。この会社はわたしをフルタイムで雇いたくないのよ。エージェンシーに六千ドル払うはめになるから」

「ほんとは六千ドルじゃないの」とわたしは指摘した。「でも近い数字ね。時間給に三百時間をかけた分で、それは、あなたがいなくなれば会社が損する額とされているの。たぶん五千八百五十ドルね」

「たぶん五千八百五十ドル？　計算したんじゃないみたい」

「したんだけど」どういうわけか緊張する。

「カーラよ」彼女はわたしの手を取って握手した。指は長くてつややかだ。髪と同じように。彼女はわたしのデスクを見下ろした。「それ何？」

「リスト」わたしはそう言って、さっとひっくり返した。

「面白そう」

「個人的なものなの」

「もしかしたら、話してくれる気がある？」

「もしかしたら」

沈黙が流れる。

「今夜はわたしたちを入れて三人、文書作成の仕事に呼ばれたの」とカーラ。「実際はなんの仕事もないのに」

「どうしてかしら」

「とりあえずわたしたちを置いておきたいのよ。何か案件が入ったときに誰もいないと困るでしょ」彼女はもうひとつのデスクの近くにある回転椅子を見た。「座ってもいい？」

「どうぞ」

カーラは椅子をわたしのデスクの隣に引っ張ってきて腰かけた。「どうして校正者を増やしたのかわからないわ。でも、あなたはもらえるお金が増えるわね」

「まあ、お金はもらえればもらえるほどいいですから」

カーラが笑う。考えなくてもわかる――カーラは、誰もがそばにいたいと思うタイプの子だ。よく笑うし、背が高くてきれい。たぶん男性にもすごくモテる。

「それで、あなたの名前は？」

「キャリーよ。キャリー・ピルビー」

「このあたりに住んでるの？」

「ビレッジ」

カーラが身を乗り出した。「元彼のマークがそこに住んでるの。ジョーンズ通りよ。彼には新しい恋人ができたんだけど、その人、全然彼のタイプじゃないのよ」

どう答えればいいのかわからない。でも、わたしの郵便物の話より断然面白いのは確かだ。「彼と会ったりする？」

「残念だけど会わないわ。でも彼、この週末にライブハウスに出るの」驚いた。こんなに私生活を詳しく話してくれるなんて。「一緒に行く人を探してるんだけど、友だちはみんな彼の演奏は聞き飽きてるの。だからひとりでも行くつもり」カーラが身を寄せてきた。「彼、とっても……すごいの。相手に夢中だと、ベッドの中で何をされても許せちゃうものじゃない？」

　これは修辞疑問文だと思う。

「ねえ、恋人はいるの？」とカーラがきく。

「いいえ」

　カーラはわたしをじっと見つめて説明を待っている。まるで、そのことでわたしが謝らなくちゃいけないみたいに。

「わたし……自分が変わってることはわかってるの。ただ、わたしが好きなのは……」

〝頭がいい男《ガイズ》〟と続けたかった。でも〝男《ガイズ》〟が言えない。そんな言い方いかにも頭が悪そうで、ティーンエージャーがしゃべっているみたいだから。厳密に言えばわたしはティーンエージャーだけど。でも〝男性《メン》〟とも言えない。四十歳みたいに聞こえるから。

「好きなのは、頭がいい男性なの」やっと言葉が出た。「変だと思うかもしれないけど」

「それってたぶん、あなたが頭がいいからなのよ」とカーラ。「わたしも頭がいい男は好きよ。マークも頭がいいの。勉強がっていうより、生きていく知恵があるの。ああ、でもやっぱり今週末のライブには行かないかも。彼って自己中心的なんだもの。ミュージシャンはみんなそうだけど」

「ねえ、ここにいてまずいことにならない？」ふと不安になってきく。

「ならないわ。用があれば、わたしがここにいることはすぐにわかるはずだし。それより、あなたに頭のいいボーイフレンドが見つかるようお手伝いしないと。それともガールフレンドかしら。ストレートだって決め込むつもりはないわ」

「ストレートよ」と答える。「でも、あの……誰ともデートをしてないの……英文学の教授と別れてからは」

今まで誰にも話さずにいたことを、まさか今日ふたりの人間に話すなんて。でも、これでカーラもわたしを対等に見なしてくれるかもしれない。ほかの話題では無理だ。

「わかった！　あなた、学生ね？」

「去年、卒業したの」

「若く見えるわね」カーラはわたしをまじまじと見つめ続ける。

落ち着かなくなって横を向いた。「普通よりも早く卒業したの」

カーラがにっこりする。「やっぱり頭がいいのね。どこの大学？」

「ハーバード。本当よ」

カーラはまた笑った。「そう言うと、嘘をついてるって思われるの？」

「ときどき冗談だと思われるから」

「そういう人って脳味噌《のうみそ》がないのよ。わたしの学校を知らない人だっていっぱいいるわ。

有名なのに」

「どこ?」

「スミス大学」

わたしはうなずいた。

「まったく、よりによって女子大に行くなんて何を考えてたのかしら。母がそこの卒業生だったからそうしたんだけど、通ったのは二年だけ。退学したの。頭が悪かったとかじゃなくて、とにかく退屈で、ほかに勉強したいこともあったし。で、あなたの持ってるリストって何?」

わたしは肩をすくめた。「別に」

「わたしがあきらめると思ってた?」カーラの目は本当に黒い。「簡単にははぐらかされないわよ。ねえ、リストには何が載ってるの?」

「別に」

カーラは急にリストに手を伸ばすふりをして、わたしをからかった。

「さて」とカーラ。「こうやっておしゃべりしてる間に、わたしたちは五ドル稼いだわ。すごいと思わない?」

面白い考え方だ。仕事についてのわたしの理論を話すべきだろうか。それから、わたしのほかの理論も。でもわたしのモラル改革運動を知ったら、こうして話してもらえなくなるかもしれない。そんな考え方はしまっておいたほうがいいのかも。でも、それって嘘をついていることにならない？　どうして本当の気持ちを隠す必要があるの？「わたし、みんな仕事中に〝ずる〟をしてると思うの」と切り出してみた。「それがシステムの一部になってしまっていて、それが普通だと思われてる。みんながみんな、コーヒーを取りに行くとか雑誌を読むのに、できるだけ長い時間をかけようとする。そんな人がいない職場って見たことがないもの」

「ほんとね。まるで仕事をしないことが資格条件みたい。特にここではね」

カーラは肘をわたしのデスクにのせ、身を乗り出した。彼女の顔が目の前に迫る。「ねえ、教授がどうだったか教えて？　初めから終わりまで詳しく話してよ。聞きたいわ」

教授との経験がなかったら、わたしの話をこうして聞きたがってくれただろうか。

わたしはカーラにすべてを話した。どうして教授と別れたかの説明まで来ると、話の速度をゆるめた。

「……それを言ったら、わたしじゃなくなるような気がしたの」と説明した。

「気の毒に。どうしようもないやつね。ある映画で〝セックスは汚いか？〟ってきかれた男が〝正しくやったときは〟って言うシーンがあったわ。あのね、強制されない限り、汚いことなんて何もないの。セックスにルールは必要ない。でも、していることに抵抗を感じている場合は別よ。自分がしっくりこないなら、相手がどう感じるかは関係ない。大事なのは自分がどう感じるかだけ」

わたしはうなずいた。

「でも、彼との別れはつらかったでしょうね。恋人がいなくなると大学生活も寂しくなるし」

「ええ」

「女の子にキスしたことある？」

「あの……ないわ」

「わたしの女友だちが女の子にキスしたの。酔っぱらってたせいだって何度も何度も言い訳してた。でも九十五パーセントの場合、アルコールは本当にしたいことをするための口実になってるのよ」

「人はいつもそう」わたしは同意した。「自分でそうしたいからするくせに、あとで言い訳を始める」

「人間ってとんでもなく偽善的になれるものね」

「そう」

「でも、だからこの世界はすばらしいのよ」

「え？」

カーラがさらに身を乗り出す。「何が起きるかわからない。ある日感じていたことと、その翌日に感じたことが全然違っていたっていいの。間違ったっていい。あとからやっぱり間違えてたって気づいてもいい。心変わりしてもいいし、とりあえずやってみてから決めてもいいの。いざその状況になるまで、物事にどんなふうに影響されるかわからない。すばらしいことよ」

目の前にあるカーラの顔を見つめる。この件について議論したいけど、彼女にしゃべり続けてほしいとも思う。

でもカーラが口をつぐんだので、わたしは言った。「間違ってるとか危険だってわかっていることなら、絶対にやっちゃいけないと思う。そこに正当な理由があって、それから他人を傷つけないことなら、間違っていないわ。とってもシンプルなことよ」

「でも、絶対的な真実は存在するって信じてる？」

「信じてるわ」

「じゃあ、中絶は絶対に悪いと思う？　それとも絶対に正しいと思う？」

「正しくないというか……どちらかといえばそっちのほうがいい、という場合もあるわ」と答える。「たとえばレイプされてトラウマに苦しむ女性が、その赤ちゃんを欲しくない場合とか」

「それでも、罪のない赤ちゃんを殺すことにはならない？」

「わかったわ、いい指摘ね。さっき言ったことをちょっと訂正すると、客観的真実は存在するって確信してるけど、それがどういうものかはよくわからない。ひょっとしたら答えはあるのに、それがわかるほどわたしが高度に進化していないのかも」

　カーラが考え込む。

　わたしはつけ加えた。「すべての物事を正しいか間違っているかで分けられるのかはわからない。でも、何をしたいかという気持ちだけで決めたりはしない。決めるときは納得したうえで行動するわ。不健康なことや有害なこと、愚かなことだったら、そうしないようにベストを尽くす。間違ってたり危険だったり、他人や自分を傷つけることだったら、やめる。何かをしようと決めて、それをきちんと守る人ってほとんどいないみたい。ちょっと大変になってくると、みんな論法を変えるでしょ。ユダヤ教の食事規定《コーシャー》を守ってるって言いながら、中華料理なら豚肉を食べてもいいって言う人がいた。大学にも、コンピュータソフトの不法コピーに反対しているくせに、ラジオ番組はコピーしまくっている男がいた。小さなことかもしれないけど、ひどい偽善よ」

「面白いわ」カーラはデスクに頭をのせた。「普段はこういう知的な刺激ってあまりないから」

「昼間は何をしてるの？」わたしもデスクに頭をのせる。

「女優なの。でも、ときどきコマーシャルの仕事が入るだけ。インディーズの映画に出ようと挑戦しているところ」

「インディーズ映画は面白い作品も多いものね」とわたしは反応する。「でも最近は、古い映画ばかり観てるの」

「『或《あ》る夜の出来事』って観たことある？　最高よ」

「〈名作ベスト一〇〇〉のリストに入ってなければ、たぶん観ないと思う」

「そのリストを信用してるの？」

「初心者にはいいリストよ。選んだ人はみんな、大学教授と映画研究者だもの」

「どんな映画が好きなの？」

「しっかりとストーリーがある映画。男女が出会って、次のシーンですぐベッドに入るやつじゃなくて」

「でも、それが現実よ」

「わたしの世界では違うわ」

カーラが笑う。「いいわ、だったらライブハウスに一緒に行って、わたしのいかがわしい世界に案内してあげる」

そうしてもらったほうがいいだろうか。もちろん、リサーチのために。ペトロフから渡されたリストを達成するために。

「あなたと教授のことだけど」とカーラは頭を上げた。「最初の恋愛では誰だって間違いをするものよ。男の気を引いたまま〝ノー〟と言うのって、経験がないと難しい、すごく高度なスキルなの。でも方法はある。まんまと男のいいようにされないためにね」

「わかった」

「例を挙げるわね。どうやってオーラル・セックスをしないですませる？」

わたしは肩をすくめた。「ピーナッツ・バターを食べる？」

カーラが首を横に振る。「もう一度考えて」

「いやだ、って言う？」

「そう答えれば、永遠にその男を失うわよ。理由がいるの」カーラは鼻に指をあてた。

「鼻が高すぎてできない？」

「違う違う。鼻中隔湾曲症だって言うのよ。鼻中隔に異常があると鼻から息ができないから、口で呼吸するしかないの。だから、口に何か入ってると窒息しちゃう。この理由ならうまくいくはずよ。実際に口呼吸する友だちがいるの。彼女が歯医者に行ったときは大変よ。いろんな器具が口の中に入るから」

「なるほどね」

「鼻中隔湾曲症。今夜のレッスン1」

これからはカーラのことを考えるとき、いつもその言葉を思い出すだろう。

ショートヘアで、小さな丸い眼鏡をかけた年輩の女が、オフィスをのぞいた。「何か作業中？」とわたしにきく。

「いいえ……あの、今は」

「仕事を持ってきたわ」

責めるようなその口調が気に入らない。まるで、仕事があったのにわたしが逃げていたみたいだ。

カーラも自分の仕事に戻り、わたしも与えられた仕事に取りかかろうとした。でもいつもより集中できない。うまく言えないけれど、なんだかいい気分だ。

その仕事を終わらせるのに一時間かかった。作業が終わるとまた退屈して、赤いペンを取り、記憶をたよりに元素周期表を書こうとする。けどモリブデンまでしか書けない。ああ、頭が鈍くなってきている。

ほどなくカーラがドアから顔をのぞかせた。「魔女はお休み中だから、二、三分ここにいてもまずいことにはならないわよね。仕事の邪魔じゃない？」

「ええ」

カーラは椅子に腰かけた。「で、なんのリストなの？」

「あきらめない人ね」

「ヒントをくれるなら、すぐ出ていくわ」

本当のことを言ったほうがよさそうだ。「週に一度セラピーに通ってるの」わかっている。厳密には真実を言っているわけじゃないって。ペトロフには一年に五十二回会っている。「それでセラピストが、もっと人づきあいがうまくなるようにってリストを作ってくれたの」

ペトロフと彼のばかげたリストについて話す。「組織。これは大丈夫」とわたし。「クラブに属してないと、デート相手を見つけるのって難しい」

「そういうことなら、わたしがデート相手を見つけてあげる。連絡先を教えてくれる?」

「いいわ」

その夜は数カ月ぶりにぐっすりと眠った。朝、目覚めると幸せな気持ちだった。なぜかはわからない。でも久しぶりに、何かいいことが起きそうな気がした。

6

木曜日も金曜日もカーラからは連絡がない。ライブハウスに行くのは土曜日の夜だと言っていたから、そろそろ電話がかかってくるはずだ。でも、何時間たっても電話はこない。一緒に行きたいそぶりをもっとはっきり見せるべきだった。こんなに消極的な態度じゃだめだ。

もしかしたら、本当はわたしのことなんてどうでもいいのかもしれない。もしかしたら、もっと一緒にいて楽しい友だちがいるのかも。ハーバードの一年生のときに友だちだったノーラみたいに。カーラは元気があって楽しい人だから、きっとみんなが一緒にいたがる。彼女の友だちになれると考えるなんてばかだった。

デート相手に関しては、奇跡が起きるのをただ待っているわけにはいかない。外に出ると角まで走っていき、『ビーコン』紙を手に取る。わたしの広告は〈男性募集〉の欄の四番目に載っていた。

神童が天才を求む――十九歳独身女性。聡明。タバコは吸わずドラッグもやらない、哲学と人生をともに語りあえる十八歳から二十五歳までの聡明な独身男性を求む。偽善者、宗教フリーク、マッチョはお断り。

窓の下枠に座り、サービスセンターに電話をかけて自己紹介を録音する。「こんにちは、ヘザーといいます。これをお聞きになっているということは、広告を見てくださったんですね。お名前を言ってからご自身についてしゃべってください。それからスタンフォード・ビネット知能指数テストの結果も。スタンフォード・ビネットのデータをお持ちでない場合は、大学進学適性試験《SAT》の得点を教えてください。ありがとうございました」

もしもネアンデルタール人からしか連絡がなかったとしても、ひとりとはデートしよう。そうしたら課題を達成できる。

電話を終えて外を見ると、向かいのアパートでカップルが食事をしているのが目に入った。ふたりは向かいあって座り、何かかじっている。テーブルにはワインのボトルが置かれ、グラスに光が反射していた。あのふたりのように過ごせたらいいのに。肉か何かを切り分け、赤ワインとともに飲み込み、おしゃべりしながらぬくもりを味わう。ふたりはわたしよりもそんなに年上じゃないはずだ。それなのに、どうして友だちになれないんだろう。ふたりとも、どうして近所の人を招待してくれないの?

招待してほしいと頼んでみようか。けど、ふたりの電話番号を調べるには名前がいる。

近所の人の電話番号を調べる方法は知っている。わたしはコートをはおって外に出ると、ふたりの家の郵便受けをチェックしに行った。郵便受けには〝ガリーノ〟と書かれている。男のほうが浮気をしている、なんてことはあるだろうか。例の浮気男マットみたいに。

小さい頃は、わたしだってみんなと同じようにロマンティックで、結婚は〝そう運命づけられている〟からするものだと思っていた。けど最近は、単に社会的に必要とされる慣習なんだと考えるようになった。もしかしたら人が結婚生活を続ける理由って、味方が誰もいないこの腐った世界で、自分を支えてくれるように契約で決められている人間が少なくともひとりはいないと、死にたくなるからかもしれない。だから人生で何が起きても、ふたりとも年をとって皺だらけになっても、相手を大事にし、支え、背中に包丁を突き刺しはしませんと契約書に署名するのだ。でないと世界はもっと混乱して、たぶん今よりもずっと寂しくなるんだと思う。

アパートに戻るとコートを脱いで、ガリーノを電話帳で探した。〝トーマス＆ジョスリン・ガリーノ〟がまさにその住所だ。ふたりに見られないように部屋の電気を消して頭を窓の下枠にのせ、体はベッドの上に横たえる。受話器を取ると、まず67を押してこちらの電話番号が表示されないように設定し、ガリーノ宅にかけた。

テーブルについていたトーマスが立ち上がって、姿が見えなくなった。

トーマスが受話器を取る。「もしもし？」

思っていたよりも低い声だ。人はこんなふうに、見た目だけで相手がどういう人間なのか勝手に決めつけるものなのだ。どんな声をしているのかも含め。

「ディナー・パーティを開いて、近所の人を呼んではどうでしょう？」と切り出す。

「ええと……どなたですか？」

「そんなことはどうでもいいんです」

トーマスが黙り込む。

わたしはそれ以上何も言わずに電話を切った。よく考えていなかった。彼らに提案するには、もっと詳細まで詰めたプランが必要だ。

それから約十分後、電話が鳴った。

ひょっとしてカーラだろうか。やっぱりライブハウスに招待してくれるのかな。セールスの電話や間違い電話じゃありませんように。今回ばかりは、父でもありませんように。

わかった、認めよう。今わたしは、とてつもなく寂しいのだ。ときどきこんなふうに、友だちが欲しくてたまらなくなる。これで満足？

相手は男だった。「もしもし……ヘザーはいますか？」

一瞬、間違い電話かと思ったが、浮気志願のマットに電話番号を教えたことを思い出す。

「わたしですけど」

「ああ。ええと、こんにちは。マットです」緊張しているらしい。「きみから連絡をもらったんで……その……」

「『ビーコン』紙ね。そうなの。ちょっと……どう言えばいいかしら、どんな感じか知りたくて」

「切り出しにくいよね。で、広告を読んでくれたんだよね。きみの状況は……」

「恋人はいるの」

「そうだね。そう言ってた」

「でも、面白そうな人だから話してみたいと思って。それに、わたしもあなたと同じようなことを考えていたの。もう二度と楽しんじゃいけないのかなって」

「そのとおり！　もし両方を求めているとしたら？　結婚したいと思う相手に出会ったあとで、ほかに惹かれている人ができて、密かに会う権利が欲しいとか？　相手が知れば、もちろん厄介なことになる。でもこっそりと慎重にやれば、誰も傷つけない。事実、そうすることで結婚生活が長続きするかもしれない。近頃は、誰もが離婚するんだから……」

「そのとおりよ。一度しかない人生だもの。結婚生活をぶちこわしにするとか、始めから結婚しないよりは、いい結婚生活を続けたまま、ときどき遊んだほうがいい」

「そう！　たいがいの人は、こういう話をしたがらない。でも、浮気する人はいっぱいいいる。たぶん誰もが浮気は悪いって言う。自分自身が浮気する場合を除いてね」

つまり、マットは偽善者ではないのだ。むしろ偽善者を嫌ってさえいる。とはいえ正直というわけでもない。自分の本当の結婚観を婚約者に伝えていないのだから。

「でも、同じことをあなたの婚約者がしたがったらどうするの？」ときいてみる。

「それは……」

ほら、やっぱり！　自分はいいけれど奥さんはだめ、だなんて、もう自分が作った嘘の巣にひっかかっている。

でもここは引き下がっておこう。彼に近づいた目的は、直接彼に会い、婚約者にその悪事を暴露すること。そうやってこらしめるためだ。

「あまり考えたくないな」とマット。

「でも、浮気は間違ってることだってあなたは思ってる」つい口をついて出てしまう。

「それに、まだ結婚もしないうちから浮気したがってる」

「そう。でも慎重に、責任を持ってするつもりだよ」

そもそもどうして彼は、その人と結婚するんだろう？　奥さんをその程度しか信頼せず、自分だけは浮気してもかまわないと考えているのに。

それに、責任を持って浮気するって言うけれど、どうして彼が何もかも決めてしまうの？　もしかしたらいつか浮気のせいで性病にかかり、それを奥さんにうつしてしまうかもしれない。まだ結婚もしていないうちに浮気をしたがるくらいだから、充分にありえる。きっと結婚して五年もたたないうちに、ほかの禁止事項も破るようになるだろう。その五年後には、さらにほかのタブーも。自分で決めた一線を一度越えてしまったら、簡単にほかの線も越せるようになり、しまいには線なんてなくなってしまう。

そのあともマットとわたしは、恋人という存在、責任あるつきあい方、結婚や離婚への考え方、両親について話した。やがてマットは〝コーヒーでも飲みながら話さないか〟ときいてきた。誰かを誘うとき、どうしていつも〝コーヒー〟なのかふと不思議に思う。

それから彼はわたしの外見について尋ねてきた。〝会ったときにすぐわかるように〟と言っているが、そのわりに根掘り葉掘りきいてくる。せっかく浮気をするなら、セクシーな人がいいらしい。

そこでピーッとキャッチホンが入った。まさか、同時に二本も電話がかかってくるなんて！　マットとは明日の夜、タイムズスクエアの近くにあるメキシコ料理の店で会うことにする。それから、もう一本の電話に切り替えた。

「もしもし、キャリー？」

その声を聞いてたちまち嬉しくなった。「もしもし」

「カーラよ、〈ディクソン・モンロー〉で会った」

「ええ。こんにちは！」

「金曜日、何か予定入ってる?」

「今週の金曜日? いいえ、入ってないと思う」

「女友だちと出かけるつもりなんだけど、あなたも来ないかなと思って。わたしの友だちはみんなあてにならないの。誰も一緒に来なくても、わたしは出かけるつもりなんだけど」

「ぜひご一緒するわ」

すごい! 明日はマットと、金曜日はカーラと会う予定ができた。

それから待ち合わせ場所について細かくきいた。前進している実感が自分でもある。ついに一歩を踏み出せたという実感が! 思っていたとおり、そんなに難しいことではないのだ。


翌朝目覚めると、心の中にいろいろな感情が入り混じっていた。気分が晴れない。今夜マットと会うと思うと憂鬱だ。彼に会うのは義務という感じで、それよりも明日カーラに会えるほうが嬉しい。やはり婚約者に告げ口をするためとはいえ、婚約中の身の男と夕食に出かけようとしているからだろうか。でも、わたしがこういう役目を引き受けなかったら、誰がやるの?

ベッドの上に膝をつき、カーテンを開いて向かいの部屋をこっそりのぞく。太陽の光がまぶしい。向かいの窓にはこちらの窓が映っている。

視線を下げると、きれいな女の子とふたりの男が歩道を歩いているのが目に入った。男たちは最近流行している、レンズが厚いオタク風の眼鏡をわざとかけている。不公平だ。わたしたちこそ、小学校時代いじめにもあった筋金入りのオタクだったのに、学校を出ると人気者たちが、わざわざわたしたちの格好を真似するなんて。こちらが何年も苦しんだものを、美容歯科治療みたいな、派手に見せびらかすものに変えてしまって。よく有名人が学生時代を振り返り、〝学校ではみにくいアヒルの子でした〟と言っている。本当にみんながみんなそうなんだったら、みにくいアヒルの子なんて存在しなかったはずなのに。

オタク風の眼鏡をかけた男たちの数メートルうしろには、女性が大型犬のバーニーズ・マウンテン・ドッグを散歩させている。あんなに大きな体では、ニューヨークでの暮らしは窮屈だろう。むしろ山での暮らしが合っていそうなのに。

ほかにも歩行者がちらほらいる中、突然、わたしの目はひとりの人物に吸い寄せられた。帽子男――別名サイが、真下を歩いている。そういえば彼はこの辺に住んでいるとロナルドが言っていた。コーヒーの容器を手に、ひどくゆっくりと歩いている。リハーサルか何かで一晩中起きていたのかもしれない。自分でもなぜなのかはわからないけれど、ふいに下に行って彼に話しかけたい衝動に駆られた。

でもそれには着替えなくてはいけないし、その頃にはサイはずっと先を歩いているだろう。ともかく、おかげで服を着ようという気にはなり、身支度をして外に出た。やはりサイの姿はもうなかった。

今日のペトロフはどこか落ち着かない様子だ。わたしのためにドアを開けてはくれたけれど、ほとんど聞き取れないぐらいの小さな声で挨拶しながらデスクに行くなり、本を並べ変えはじめた。

わたしがいつもの椅子に腰かけてもまだ、本をいじり続けている。

「もしかして、わたしに怒ってます？」ときいてみる。

「いいや。すまない、すぐに終わるから」

部屋の壁時計を見てから、自分の腕時計を見る。彼の時計は三分進んでいる。ということは、セッションは三分早く終わることになり、つまり父のお金を約六ドルぼったくる《ジピング》ことになる。ジプ、ジプ、ジプ。俳句にしたくなるくらい響きがいい言葉だ。

ジプ　ジプ　ジプ　ジプ　ジプ

ジプ　ジプ　ジプ　ジプ　ジプ　ジプ　ジプ

ジプ　ジプ　ジプ　ジプ　ジプ……

「すまなかったね。キャリー」ペトロフがこちらを向いた。「二分延長するよ」と言って腰かける。

「それに、時計を三分戻さなくちゃいけませんよ。進んでます」

「何と比べて？」

「わたしの時計と比べて」

「きみの時計はワシントンの標準時間に合わせてあるの？」

「いいえ」

「ぼくの時計は一〇一〇ＷＩＮＳ（時刻とニュース専門のラジオ局）に合わせてあるんだ。だからかなり信用がおける。ほかの患者に苦情を言われたことは一度もないよ」

わたしは肩をすくめてカーペットに目を落とした。百万色はある。主な色は薄黄色だ。

「じゃあ、いいね？」とペトロフ。

「これで六分です」

「何が？」

「今、先生はくだらない論争で一分無駄にしました。始まりが二分遅れて、先生の時計は三分進んでいて、一分無駄にした。だから六分です」

ペトロフ先生はじっとわたしを見つめている。戦いを続けるべきか、その価値はないと認めるべきか、決めかねているみたい。

「今朝起きたとき、嫌な気分でした」と切り出して、言い合いを終わらせた。

「どうして嫌な気分だったんだい？」

「実は今夜、行かなきゃいけないところがあって……パーティなんですけど」マットと食事に行くと言うつもりはない。「パーティについて詳しくはしゃべりたくありません。大学時代の、あまり親しくもない知り合いが開くんですけど」

「行きたくもないのに、どうして行くんだい？」

「先生に渡されたリストをこなすためです。楽しみに行くわけじゃありません」

「思っているよりは楽しめるといいね。けど、そうならなくても、少なくとも一歩前進したことにはなる」

「今朝、あんなみじめな思いじゃなくて、幸せな気分で目覚められたらよかったのに」

「そうだね、きみには、日々楽しんでいることがあまりないからね。だから嫌気がさすような予定があると――」

「そのとおりです。わたし、嫌気がしたんです。正体不明の嫌気が」

「もっとうきうきした気持ちで待ち望めることが必要だよ、嫌気と闘うには。最近ある本を読んだんだ」ペトロフはデスクに向き直った。「ここには置いてないか。自己啓発の本でね、人間にはいつでも楽しみに待ち望めることが五つは必要だと書いてあった。食事でもいいし旅行でもいい、お祝い事でも、デートでも……ないなら、そういう予定を立てるべきだと。そういうことを考えるだけで、心が明るくなってくるものだから。きみの好きなものリストはそのためなんだ。人生には、頭で難しく考えるのではなく、本能的にわくわくしてしまうことがあるのを思い出させるためだよ」

「でも、わたしのリストにあるものって、実行するのは難しかったりします。一日中、座ってアイスクリームを食べているわけにはいかないでしょう。太って、ずんぐりになってしまいます。そうしたら、もっとみじめな気持ちになります」

「欠点がない楽しみなんて、あまりないんだよ」

〝愛もそのひとつ〟だと思う。でも愛はアイスクリームみたいに、レキシントン街の角では簡単に買えない。

「それで、いつも楽しめるわけじゃないことの場合は、どうなるんですか？」

「そうだな、きみのリストにはなかったけど、もっと小さな楽しみもあるんじゃないかな？　たとえば、昨日の朝、ぼくはシャワーを浴びて、寝室に行き、新しい靴下をはいた——友だちからもらった靴下を」

「恋人からでしょう？」

「ああ、そうだ。その靴下をはくといい気持ちになった。サイズがぴったりで、服ともよく合った。そのとき思ったんだ。新しい靴下をはくととても気持ちがいいのに、めったに自分では買わないで、くたびれた古い靴下ばかりはいている。そんなに高価なわけでもないんだから、もっと買ったらいいのにって。でも、毎日引き出しをかきまわしては、色あせた、服ともあまり合わない古びた靴下を探してしまう。店に行けば簡単に買えるのに。しかもこの国の人間は、だいたい三足入りの手軽な靴下を買っては、毎朝〝どうして似合いもしない靴下の束を持っているんだろう〟って考える」

しゃべるのはわたしのはずなのに。先生はわたしに、人生を楽しむ方法をアドバイスするはずなのに。

「ぼくらは自分自身で幸せを奪ってしまっているんだよ。幸せな気持ちにさせてくれる小さなことに目を向けずに。最後に新しい服を買ったのはいつ？」

肩をすくめた。「試着室でずっと服を脱いだり着たりしていると、頭が痛くなるんです」

「けど、たまには新しい服を着たくならない？」

「ええ。でもすごくめんどくさいから」

「靴下は？」

「長いこと買ってません」

「じゃあ買いなさい」

「わかりました」と言ってから「それと、下着」とつけ加える。「新しい下着を身につけると、もっといい気分になりますよ」

一瞬、ペトロフは面食らったような表情をした。

「今日は黒いシルクのパンティをはいています。とっても肌触りがよくて、テーブルの上に積まれていたのをさっとつかんで買いました。下着を選ぶのに時間をかけるのは嫌なんです。親についてきた男の子が、じっとこっちを見てくるから」

ペトロフは落ち着かない様子だ。ハリソン教授のことを打ち明けてから、わたしを大人と見なさなきゃいけなくなったうえに、今度はどんな下着をつけているかまで聞かされたからだろう。

自分で言うのもなんだけれど、見た目は悪くないし、特に年上からの受けはいい。顔に変な特徴はないし、鼻は大きくなく、目もつり上がっていない。痩せぎみで、身長は百六十三センチ。変わっている点はただひとつ、人よりも真実と正義を求めてしまうところ。

「キャリー」ペトロフがペンを置く。「急にぼくをからかうようになったのには、何か理由があるのかな？」

「別に。きっと、もう遅い時間だからでしょ」

「わかった。じゃありストの話に戻ろう。進展具合はどう？」

「組織とデートに関しては進んでいます。あとは、大事に思っていると誰かに伝えて、大晦日の予定を立てればいいだけです」

「大事に思うっていうのは、皮肉で言っちゃだめなんだよ」とペトロフが念を押す。

「わかってます」

アパートに戻る途中でコーヒー・ショップに立ち寄った。ロナルドはカウンターで何かしている。金属のタンブラーを積み重ね、どこまで高く積めるか挑戦しているらしい。

「いらっしゃい」ロナルドはそう言って視線を上げると、にっこりした。

「ずいぶん高く積んだのね」

「木曜日はもっと高いところまで積めたんだけど。今日は無理みたいだ」

「気温のせいかもしれないわ。もしくは冷たい水で洗ったせいでタンブラーが膨張したのかも」

「違うよ。ぼくの指が滑りやすくなっているだけさ」ロナルドがそう言いながら手を拭き、ふと顔を上げる。「あれ、誰かと思ったら!」

わたしのうしろに、帽子男――別名サイが立っていた。

わたしたちは同時に口を開いた。

「今朝あなたを――」

「きみは――」

「キャリーはこの近くに住んでいるんだ」とロナルドがサイに言う。

「ぼくはこの先を曲がったところに住んでる」とサイ。

「そう聞いたわ」

話をするうちに、お互いの家が三軒しか離れていないことがわかった。サイはどこから見ても清潔感が漂っていた。髪にはきちんと櫛《くし》が入っていて、オールバック。目はきらきらと輝くブルー。あまりにその青が深く、いろいろなことを経験してきたんだろうなと思わせる。「火災避難用の非常階段に出たことはある？」と彼にきかれた。

「あまり出たことはないわ。非常階段って検査されていないでしょ。崩れるんじゃないかって怖いから。それに、いったい何から避難するわけ？」

ロナルドが笑う。「それに、もしそこで火事が起きたら？　非常階段からの脱出階段がいるよ」あまり面白くもないことを言う。

「ゴミ箱はどうやって捨てる？」とロナルドにきいてみた。

ロナルドが笑った。「ゴミ箱用のゴミ箱がいるね」

「じゃあ電話が止まったらどうする？」とサイ。「どうやって電話会社に電話する？」

ロナルドがにっこりする。「この店から電話すればいいさ」

客が入ってきたので、わたしはふたりにさよならを言って店を出た。でも外に出たとたん、ばかなことをしたと後悔した。どうしてあのまま残って、ふたりとのおしゃべりを続けなかったんだろう。自分がまぬけに見えるんじゃないかと怖くて、ボロが出ないうちに逃げてしまったのだ。ばか、ばか、ばか。こんなふうに、わたしは自分で自分の邪魔をしている。

ペトロフの言うことは正しい。わたしは、人とのつきあい方を練習しないといけない。

せっかく三人で話せていたのに、みずから切り上げてしまった。

窓に目を向けて店内を見る。ロナルドがサイに何やら話し、サイは愛想よくうなずいている。微笑みを浮かべて。

何か口実を作れば、店に戻ってまたふたりと話せるかもしれない——もう一度窓に背を向けて、考え込む。

そうだ、何か忘れものをしたと言おう。ペンだ。ペンを忘れたことにしよう。

角を曲がってもう一度コーヒー・ショップに入ると、サイが身をかがめて床から何か拾っているところだった。

「これ、きみの?」とサイがきく。手にペンを持って。

わたしは驚いてまじまじとサイを見つめた。彼もわたしを見つめ返す。どうしてわたしが驚いているのか、不思議に思っているようだ。その理由は言えっこない。

「どこで見つけたの?」ときく。

ロナルドが答えた。「床に落ちてたんだよ」

「そう」わたしはペンを受け取った。「ありがとう」

口実はこれで終わってしまった。それにしても、どうしてそこにペンがあったんだろう? 偶然にもほどがある。

「サイはぼくのいとこと知り合いなんだ」ロナルドがわたしに言った。

「そうなんだよ」とサイ。「前に子供の演劇プログラムのボランティアをしてたんだけど、ロナルドのいとこもそこに通ってたことがわかったんだ」

「いとこと彼は似てるの？」とわたしはきく。

「残念ながら似てないね」とサイが言い、ロナルドは笑う。

「そうそう。いとこは、ぼくに似てなくて残念がってるよ」とロナルド。

また客が入ってきたので、わたしはもう一度ふたりにさよならを告げた。マットとの食事の準備をするために、アパートに戻らないといけない。サイがロナルドを笑わせていたのには感心した。陽気な人らしい。


ついにそのときが来た。アップタウン行きの地下鉄に乗ってポート・オーソリティの駅で降り、八番街を歩く。この通りに来たのは久しぶりだ。

マットとはメキシコ料理店で待ち合わせをしているが、まだ約束の時間まで十五分もある。そこで歩き続け、段ボール箱の上に乗って何やらユダヤ人について声高に主張している男たちの前を通り過ぎる。彼らが何を言っているのか理解できる通行人はひとりもいないだろう。街頭説教師はエンパイア・ステート・ビルよりもいい観光の目玉だ。たまに観光客が彼らに絡んでいるが、旅行を終えたあと友だちに〝ニューヨークで地元の人間と宗教について論争した〟と自慢できると思っているのだ。街頭説教師のほうもただ通り過ぎられるより、議論をふっかけられるほうが好きなのかもしれない。

今度は、ひっくり返した鍋やフライパン、空き缶を使ってダンス・ナンバーを演奏している集団の前を通り過ぎる。この街のストリート・ミュージシャンにはすばらしく才能がある人も多い。それなのにプロとして食べていけないなんて驚きだ。でももしかしたら、街頭で相当稼いでいるのかも。街頭で稼いだお金を収入申告するホームレスっているんだろうか。そんなことができるのは、とても正直な人だけに違いない。それくらい正直な人っているのかな。ときどき、正直であろうとするがゆえに、この世の中はわたしにはしんどすぎる、と思うときがある。でも、そんなわたしでも到達できないレベルの正直さはある。いつでも可能な限り正直にいようとするのは、とても難しいだろう。死にかけている友だちに、元気そうだって言うのは嘘だけど、それは必要な嘘なのかもしれない。あるいは、短く切りすぎた髪について〝似合ってるね〟と言うとか。姑《しゅうとめ》が作ったボルシチをおいしいと言うとか。

親がつく嘘はどうだろう。子供にサンタクロースの話をする親は大勢いる。彼らは嘘をついていることにはならないの？　罪を犯していることにはならない？

そろそろ頭を休めよう。そう思うのに頭の中では、可能な限り正直なことってなんだろうと疑問がぐるぐると回り続ける。

まだ待ち合わせの時間には数分早いけれど、メキシコ料理店に向かった。時間をつぶすのって大変だ。でもひょっとしたらマットも早く着いているかもしれない。

店の前でふたりの女性とひとりの男性が誰かを待っている。男性は黒いブリーフケースを肩にかけていて、かなり背が低いけどハンサムだ。髪は黒くてまっすぐ。

彼がふとわたしのほうを見た。それからにっこりと微笑み、近づいてきた。「ヘザー？」

本当は言ってやりたかった――〝あなたは別にどうってことない男よ、色男には見えないし、婚約者にくっついていれば？〟と。でも、確かにハンサムだ。それに感じがいい。こんなのフェアじゃない。

「マットです」そう言って握手した。目尻にちょっと皺がある。「お腹はすいてる？」

「ええ」

店に入り、わたしのほうを振り返りながら「どこで働いてるの？」とマットがきく。メキシコ人にはちっとも見えない、もじゃもじゃの髪をしたウェイターがわたしたちをテーブルに案内した。

椅子に座り、見つめあった。本当にハンサムだ。それでいて、相手を怖じ気《け》づかせる感じでもない。

「法律関係の文書の校正をしているの」

「法科大学院に行ったの？」

「いいえ」それくらいの年だと思ってもらえるなんて嬉しい。「弁護士の文書を校正する仕事。だから必要なのは、法律用語じゃなくて文法の知識だけ」

「きっと有能なんだろうね。言葉を扱うのが得意そうだから」黙ったままそのお世辞を聞いていると、ウェイターがやってきた。何を飲みたいかマットにきかれ、水にすると答える。

「白けさせるつもりはないの」

「わかってる。実を言うと、ぼくも酒は飲まないんだ」

「ほんと?」

マットが肩をすくめる。「酒を飲む必要性が理解できなくて」

「へえ! でも大学ではみんながみんな飲むからプレッシャーだったわ」

「わかるよ。その点じゃぼくも、いろいろひどいことを言われた。でもぼくに言わせれば、酔っぱらうよりも楽しいことはたくさんある」

面白い。周囲からのプレッシャーをまったく気にしない人もいるなんて。だいたいそういう人は、五歳のときからうまく周囲に適応してきた人たちだ。わたしとは違う。

ウェイターが水をグラスに注ぎ、また厨房《ちゅうぼう》の中に消えた。

「で、大学はどこに行ったんだい?」

「ボストンの近く」

「ボストン……カレッジ?」

「ハーバード」

「ああ」マットがうなずく。「ぼくはコーネル」

彼は頭がいいらしい。「いい大学ね」とわたし。

「ああ。ハーバードとは対照的にね」マットは笑う。「ハーバード出身の人が『ビーコン』の個人広告を読んでいるなんて、驚いたな」

「どうして? ハーバードの卒業生はみんな、フェルマーの定理を証明しようとするべきだから?」

「フェルマーの定理は一九九四年にすでに証明されたよ」

わたしは笑った。「普通、誰も気づかないのに」

「ぼくもさ。頭がいい人にはなかなか出会わない?」

「ええ。あなたは?」

「ごくたまに」

「じゃあ――」わたしはためらった。

「ぼくの婚約者? ショウナは頭がいいよ」

信じられない。ほかの女とこうして会っているときに婚約者の名前を言うなんて。

「彼女は頭がいい」マットはもう一度言った。「ショウナはニューヨーク州立大学ビンガムトン校に通ってた。でも、話していて少し刺激が足りないんだ。ぼくのほうが彼女より頭がいい。それにぼくの友だちはほとんどみんな、彼女の友だちなんだ。ぼくはもっと……外の世界を見たい」

「そう言ってたわね」

マットが恥ずかしそうに笑う。浮気をしたいと広告まで出したのに。

毎週日曜日には、たぶん、彼はショウナの隣で目覚め、格子縞《こうしじま》のシャツを着て野球帽をかぶって、一緒に近所の店にブランチに出かけるんだろう。窓辺のテーブルに向かいあって座り、太陽の光がテーブルの上に降り注ぐ中ふざけあいながら、シロップの瓶をいじる。卵料理にジュース、トーストを食べ、将来について語りあい、それからマットの車に飛びのって、田舎にある彼女の両親の家にドライブする。

「大学が違うなら、どうやって彼女と出会ったの？」

「高校で」

「まあ。大学でほかにいい人に会わなかったの？」

「コーネルはけっこう冷たいというか、疎外感を覚えやすいところなんだ。ショウナが何度も遊びに来てくれた。助かったよ」

「なるほどね」

「行ったことはある？」とマットがきく。

「ないわ。キャンパスはきれいだって聞いたけど」

「きれいだよ。もしかしたら、そのうち一緒に行けるかな」

前ぶれもなくウェイターがテーブルの横に現れたので驚いた。「ご注文をおききしてもよろしいですか？」

マットがうなずく。「きみは？」

「じゃあ、ビーフのタコスをふたつ」

「ぼくはケサディーヤとチョリソーを」と、マットはゆっくりと発音する。

「かしこまりました」

マットがわたしのほうを向いた。「ショウナはメキシコ料理が大嫌いなんだ。手を伸ばそうともしない」

「どうして？」

「ただ好きじゃないんだよ。だからぼくはちっとも食べる機会がない。いちばん好きな料理なのに」

「彼女、お酒は？」

「飲まないよ。でもときどき、祝日にはふたりともちょっとだけワインを飲む。感謝祭のときとか」

「お酒を飲まなくちゃいけないプレッシャーって大きいのよね。家族のあいだでもそう」

「本当にそうだよ。なのに、それはプレッシャーだと見なされていない。むしろ、飲まないこちらのほうが場違いな気持ちにさせられてしまう」

「そう！　そのとおりなの！」マットの洞察力に感心する。

「でも変だよね」マットはテーブルからストローの包み紙を取ってひらひらさせた。「酒もそうだけど、世の中の人はみんな何かに溺れてる。幸せな家庭がある人は伴侶や子供に溺れてる」

「そうかも。で、あなたは何に溺れてるの？」

マットがにっこりする。「チャレンジかな」

わたしたちはじっと見つめあった。

高校生らしき騒がしい十代のグループが隣のテーブルにつく。マットは後悔するようにわたしを見た。

「個室にすればよかったね」

「わたしもそう思ってたところ」

「ぼくだけかな。きみも高校時代、周りの人間がみんな愚かに思えた？」

「ええ。みんなすごく愚かで、しかも〝愚か〟って言葉を使うと〝大学進学適性試験《SAT》に出る単語だ！〟って大声で言われたわ」

マットは笑う。「ぼくもそんなふうに言われたことがあるな。教師もひどかった。まあまあな教師もいたけどさ。結婚式には、恩師がふたり来ることになってる」

そのすばらしく詳細な情報は無視した。「きっと先生に好かれてたんでしょうね」

マットははにかんだ。「嫌われはしなかったかな」

「学年で一番だったの？」

マットがうなずく。「きみは？」

「一番よ」

隣のテーブルの子が、仲間のひとりをからかって〝バイター〟と呼んだ。それがどういう意味かわからなくて、マットをちらっと見る。

「ぼくだってわからないよ。ぼくらは〝まぬけ《ドーク》〟ってよく言ったけど」

「同級生に名字が〝ドーク〟っていう男の子がいたわ。でも彼にとってはたいした問題じゃなかった。幸運なことにすごくハンサムだったから」

「それに、名前が〝ディック〟（ペニスを意味するスラング）じゃなくて幸運だった」

「まったくね」

マットがにっこりする。「その話が本当かどうか確かめに、きみのアパートに行って卒業アルバムを見せてもらわなきゃ」

すでに決まった相手がいる人と話すのって、どうしてこんなに楽なんだろう？　こうやって肩の力を抜いていられるのって、自分が二番手なときだけなの？

「高校時代の卒業アルバムで、写真の下に何か引用をつけなかった？」

「好きな言葉とか？　それはなかったわ」

「ぼくらのにはあった。クラスメートは〝ドント・ウォーリー・ビー・ハッピー〟とか、そういう歌詞の一部を載せていて、哲学者の言葉を引用したのはぼくだけだった」

話しながら料理をつつく。塩辛くてスパイシーだ。けど、ほとんど味はわからない。あまりにも緊張し、舞い上がっているから。

突然、マットがわたしを見つめた。「きみの好きな言葉は何？」

なんていい質問だろう。今まで、そんなことをきいてきた人はいない。

「そうね……言葉じゃなくてフレーズだけど。〝チェック・カイティング〟」

「チェック・カイティング？」マットが眉間に皺を寄せる。

「そう。発音もその言葉の意味に似てるの。すばらしいメタファーだと思う」

「知ってなきゃいけないはずなのにな。で、いったいどういう意味？」

「一枚の小切手が不渡りにならないように新しい小切手を切って、今度はそれが不渡りにならないようにまた新しい小切手を切って、そしてまた新しい小切手を切って……っていう具合に、ただお金を動かしていくこと。本当は無一文なのに、そうやって小切手の数だけがたまっていく。なんの価値もない紙切れが」

「面白いな」とマット。

「あなたの好きな言葉は？」

「〝すばらしい《ドゥジー》〟かな。楽しい言葉だよ」

「その由来は？」

彼は考える。「知らない。辞書で調べてみないと」

もちろん、あとで調べよう。

マットはふたり用にデザートをひとつ注文した――ホット・ファッジに揚げたバナナのスライスを添えたアイスクリーム。マットが言うには、ショウナとの食事では、デザートは食べられないらしい。彼女が太るのを怖がるから。「それくらい変わってるんだ」

「でも、度を越した変わりっぷりじゃないのは明らかね」

「どういう意味？」

「あなたが……彼女と別れるほどじゃないってこと」

マットはわたしを見つめた。「まあ、ささいなことだからね。どんな相手にだって気になることは必ずあるものだよ。見過ごせる程度の取るに足りないことなのか、そうじゃないのかは、自分で判断しなきゃね」

「へえ」

「それに、太らないように心がけるのはいいことだ。不満を言うつもりはないよ」

「もっと好きになる人に出会うかもしれないとは思わないの？　まだ若いのに」

「いろいろなところに出会いはあったよ。でもショウナほど好きになれた人はいない。そんなに簡単なことじゃないんだ。確かにぼくは悪口や不満を言ってるけど、誤解しないでほしい。ぼくはショウナを愛してる。彼女は優しくて、とても思いやりがあるんだ。ホームレスに金をねだられると、手持ちがあればあげるし、あげない場合はその理由を十分間も説明する」

皿にはファッジがかかったバニラアイスクリームが少し残っている。ふたりとも、最後のひと口を片づけるほうにはなりたくない。

「こんな話聞きたくなかったよね。ショウナのいいところなんて」

「そうね。ただ理解はしておきたいわ。結婚する相手は彼女しかいないって、どうしてわかるの？　特にあなたは、まだほかの人に対しても感情を持てるのに」

「二十年後の自分を想像したとき、いつも隣に彼女がいるんだ」

「来年、苦しくなるくらい好きな相手ができたら？　結婚したあとで」

「もし出てこなかったら？　ショウナだってぼくを永久には待ってくれない。タイミングを逃したせいでショウナを失って、四十歳になっても家庭を持っていない可能性だってある。ぼくはずっと家庭が欲しかった。ショウナと一緒に家庭を築けるとずっと思ってきたんだ。だからといって、欲がないわけじゃない」

欲ならわたしにもある。マットとときどき会うようになったら、どうなるだろう？　でもし彼を好きになってしまったら、悩みや問題をお互いに話したいけど、彼のほうは毎日ショウナにそういう話をするわけだ。だから、そのために誰かを必要としているわけじゃない。単にお楽しみや刺激のため。

ひょっとしたら、わたしと一緒にいるほうがいいとマットを説得できるかもしれない。わたしだってホームレスと話ができる。今すぐ外に出て、ホームレスを探してきてもいい。

「彼女はなんの仕事をしてるの？」残りのアイスクリームの半分をすくいながらきく。

「広告のグラフィック・デザイン。五年間、広告代理店で働いて、今はフリーランスだ。彼女のことは本当に誇りに思ってるよ。けど、フリーランスは大変だって本人もわかってきたところだ。最初のクライアントを見つけるのが難しいからね。彼女は親からお金を借りてる」

「けど、あなたが面倒を見るんでしょ？」

マットはにやりと笑った。「もちろん」

マットが勘定を払い、わたしがチップを払う。「また会えるかな？　変な状況だってことは承知してるけど、もっときみのことを知りたいんだ。きみさえよければ。本気だよ」

「いいわ」と答え、名刺をもらう。これで名字もわかったから、マットの婚約者の連絡先もたどれるはずだ。

だけど、すぐに告げ口してやりたいのかはわからない。婚約者を裏切るような男がひどい人間じゃないなんて、ありえる？　知らずにいれば彼女は傷つかないって本当？　実際、彼女にわからないようにしていれば、そんなにひどいことじゃないのかも。きっとわたしは、マットがこういうことをする最後の相手じゃない。もしかしたら、これからも長く続く中で、最初の相手なのかも。今からこんなことをするようなら、彼は十年後もきっと同じことをしている。彼なら相手はすぐに見つかるだろう。わたしのような、マットみたいに頭がよくて気配りのできる男はなかなかいないことを知っていて、彼にとって自分は永遠に二番手だと承知している女たち。

マットがしていることをショウナにばらせば、ふたりは喧嘩《けんか》になるだろう。でもたぶん、また仲直りする。二度とそんなことはしないと彼は約束するんだろうか。マットにそんな約束ができる？　ひょっとしたら正直に話すのかもしれない。ひょっとしたら彼女のほうから別れを切り出すかもしれない。でもどっちにしろ、告げ口をしたら、マットとは二度と話せなくなる。

どうしてそんなことが気になるのか――理由は自分でもわかっている。今夜、彼と過ごした時間が楽しかったからだ。マットは聡明で感じがよくて、一緒にいて緊張もしなかったし、気詰まりにもならなかった。彼のほうもわたしを気に入ってくれたみたいだ。今後のための練習にもなるし、まだ彼とのおつきあいをやめるつもりはない。とはいえ楽しみすぎただろうか。あっさり悪い誘惑に乗りたくない。マットは正直じゃないないし、いくらすてきだからって、やっていることの代償を払うべきだ。

物思いにふけりながら帰途につく。ようやく周囲の世界が目に入ってきたのは、アパートの最寄りの駅を出て、肌に冷たい空気が触れたときだった。

さっそく留守番電話にはマットからメッセージが入っていた。

「今日はとても楽しかった。それだけ伝えたくて。またすぐに連絡する」

きっと別れた直後に携帯電話から入れたのだろう。ハリソン教授だって、会ったすぐあとに〝楽しかった〟という電話をくれたことはなかった。どうして大学で、マットみたいな人に出会わなかったんだろう？　高校で彼みたいな人に出会えなかったのは仕方ないとしても。でも、ショウナは出会えたんだ。

絶対にハーバード・クラブのパーティには出かけないと。こんな不毛な関係を忘れさせてくれる、面白い若者がきっといるはずだ。それに、金曜日にはカーラと会うことになっている。それまでに、わたしが出した募集広告への反応も何かしらあるだろう。

もう座り込んでいるのはやめよう。外に出て、すてきな相手を探しに行こう。今の自分を変えるチャンスが永遠になくなってしまう前に。

7

金曜の午後、カーラとクラブで待ち合わせた約束の時間の六時間前に、サービスセンターに電話をして個人広告への反応をチェックすることにした。内容を記録するためにノートを開いてテーブルにつく。

「五件のメッセージがあります」自動音声がそう告げる。いいスタートだ。

「やあ、こんちは！」

嫌だ。確かに誰とでもデートに出かけると言ったけれど、それは無理だともうわかる。

「ジミーっていいます。百七十八センチで八十四キロ。髪も目も茶色。美人で温かくて、ダンスとか音楽とか、楽しいことが好きな人を探してます。気になったら電話ください。番号は——」

早送りのボタンを押して次の人に移る。

「もしもし、マイケルです。普通はこういう広告に反応しないんだけど」

なかなか有望そうだ。

「きみの広告が目に留まりました。何を話せばいいかな。クイーンズに住んでいて、仕事は営業――」

たぶんドーナツ屋だ。

「大家族で育って、テニスをするのが好き。コーヒーをよく飲みます」

でしょうね。

「趣味は映画を観ることと、楽しい時間を過ごすこと。よければもっと話しましょう。連絡待っています。番号は――」

彼の電話番号は書き留める。共通点はあまりないけれど、とりあえず〝普通〟そうだから。なんて悲しい基準だろう。とにかく、マイケルは候補その一。

次のメッセージを聞く。

「も、もしもし。ア、アダムといいます。あの、き、きみの条件をぼくは満たしてると思います。タ、タフツ大学に行きました……ボストンの近くにあります。知能指数はわかりませんが、大学進学適性試験《SAT》は千二百八十点でした。か、かなり高いでしょう？　二十二歳で、こ、この街に、こ、越してきたばかりで――」

早送りしたくなり、そんな自分が嫌になる。この人はきっと本当に頭がいい。だったら何が問題なわけ？　つまりわたしも、ほかの人と同じように、うわべを気にしているのだ。話し方からして彼がパーティに行くタイプじゃないからって、人がわたしを避けるのと同じように、わたしは彼を避けようとしている。そんなのはフェアじゃない。でも、どうしてデートがフェアでなきゃいけないの？　わたしは、いつもはみだし者みたいな思いをするのに飽き飽きしている。もし最初のデートの相手が、わたしと同じくらいにつきあい下手なら、もっとはみだすことになる。たまには、わたしだってわがままになっていいはずだ。

とはいえアダムにはチャンスをあげる義務がある。自分で決めたルールは守らないと。表面的なことで人を判断しない――それは大切なルールだ。

「あ、あなたはルックスの条件を書いてません。だから、ぼくは、あなたの広告をとても気に入ったんだと思います」

なるほど。アダムは表面的じゃない。それにちゃんと広告を読んでくれた。

「でも念のために言うと、ぼ、ぼくは百七十五センチで、黒くてウェーブがかかった髪をしてます。は、母はぼくをハンサムだと思ってくれてます」

ユーモアもある。

「趣味は、映画とか、レ、レストランで食べること。それから、楽しくおしゃべりするのが好きです。返事をもらえたら、とっても嬉しいんですが……。あ、言いましたっけ、名前はアダムです。それで……その、会ってもらえたら、実物のほうがいいと思います。電話番号は――」

よし。少なくともふたりのうち、どちらかとはデートできる。ふたりともいかにも必死そうだもの。わたしったら何を心配していたんだろう。それにまだふたつもメッセージが残っている。

次のメッセージへ移る。

「もしもし、へ、へザー。ぼ、ぼくの名前は、ア、アダムです。メッセージを残したんだけど、な、長すぎたみたいで、途中で切れてしまいました。ちゃんと入ったか気になって。ふ、普段はこんなにまぬけじゃありません。ははは。ぼくは映画が好きで、きみの広告がとっても気に入ったので、お会いしたいと――」

早送りして最後のメッセージを聞く。

「もしもし。広告に希望の年齢を書いていなかったから、もしかしたら少なくとも友だちになれるかもしれないと思って連絡したよ。ぼくの名前はドン。四十六歳で、この街にコンピュータ・ストアを持ってる。昔のテストの得点は覚えてないけど、クイズ番組を見ながら一緒に問題を解くときなんかは、かなりよくできるほう。基本的に、いろいろなところに連れまわって、楽しい思いをさせてあげられるレディを探してる。ぼくは、オペラとか洗練されたことが好きで、あなたみたいに品のあるレディにお金を使いたいと思ってるんだ。だから連絡してほしい」

〝レディ〟という言葉に引っかかりながら電話を切った。女性の呼び方はいろいろあるから年齢層で決めるべきだ。〝女の子《ガール》〟は一歳から三十歳、〝女性《ウーマン》〟は三十一歳から百歳までというふうに。〝レディ〟は四十歳から百歳までだけど、カジノで働く女の人を指すみたい。

とにかくこれで大きな前進だ。教えられた電話番号はしばらく放っておこう。ふとマットのことを考える――メッセージをくれたどの人よりも、マットのほうがすてきそうだ。辞書で、彼が好きな言葉だと言っていた〝ドゥジー〟を引いてみた。語源は一九三〇年代の高級車、ドゥゼンバーグかもしれないと書いてある。昔の映画で観たことがあるけれど、かっこいい車だ。マットに電話して教えてあげたい。でも、電話してはいけないとわかっている。

もしかしたら、さっきのマイケルやアダムだって面白い人かもしれない。ちょっと話してみる価値はある。そこで、非通知設定になるように67を押してからふたりに電話をかけた。ふたりとも留守だ。当然だろう、平日だもの。

メッセージは残さないでおいた。あとでかけ直してみよう。

カーラとの待ち合わせに何を着ていったらいいのかわからず、散々迷った。クラブ通いの女の子が着るような服は着たくない。薄くて透けていて、ひたすら寒そうな服を着た女の子たちが、両手を体に巻きつけるようにしながら歩いているのを見たことがある。最終的には、セクシーじゃないけれど暖かい服装に決めた。

クラブの中は薄暗くて混んでいた。不安になったそのとき、カーラが隅に立っているのに気づいた。「トレーシーったらわたしの誘いを無視したのよ。もううんざり。さ、二階に行きましょう」

ひどく混んでいるので、縦に並んで歩かなくてはいけない。カーラを見失ってしまわないか心配だったけど、何度もうしろを振り返ってくれる。客はみんな背が高く、黒を着ている人が多い。二階は一階より静かで、奇妙な青い光が室内を覆い、タバコの煙が漂っていた。テーブルの照明は丸くて赤いキャンドルだけ。あるテーブルでは、男が女の手を握りしめ、彼女をじっと見つめている。ふたりとも黙ったままだ。とても愛しあっているか、ひどく酔っているかのどちらかだろう。そのふたつに違いがあればの話だけど。

椅子に腰かけると、カーラはおもむろにタバコに火をつけた。背が高くて頭を剃った黒人のウェイターがやってきた。「何にしますか?」

カーラがわたしを見る。「わたしはコスモにするわ」

何も言わずにいるとカーラがもうひとつ注文した。「セックス・オン・ザ・ビーチ」

「それって何が入ってるの?」

「きっと気に入るわ」カーラはそう言って周囲を見回す。「今夜はいい男がいないわね」

「昨日、実はひとり会ったわ」

「どこで？ どんな人？」

「夕食を一緒にしたの。でも彼のことはよくわからない。彼は……長くつきあっている恋人とまだくっついているの」

「だめよ。そういう男って絶対に別れないから。たとえ別れても、彼女とは友だちでいたいんだとかどうせ言い出すけど、信じちゃだめよ」

ウェイターがドリンクを運んできた。「その彼、全然お酒を飲まないの」とわたし。

「変わってるわね」

近くのテーブルに、さっきからお互いを見つめあっているカップルがいる。片方が指輪をはめているのにふと気づいた。結婚指輪だろうか？ 男のほうが視線に気づいてこちらを向いたので、すぐに目をそらす。「お互い浮気している人たちってどう思う？」とカーラにきいてみた。

カーラは首を振った。「最低だと思うわ、浮気なんて」

「認めない？」

カーラは空の灰皿でタバコをもみ消した。「ええ。ご存じのように、わたしはけっこう自由主義よ。でも浮気は最低中の最低。どう正当化できるっていうの？」

わたしはただ肩をすくめた。

「浮気するつもりなら結婚しちゃだめ。自分で選んだ大事な相手なのに不満ばかり言う人って、うんざりする。誰かに押しつけられた関係じゃないんだから」

驚いた。カーラにも守るべきルールはあって、それに基づいて人を判断している。そういうふうに人は自分なりのルールを守ることで、自身をいい人間と思えるようになるんだろう。

「真剣な関係かどうか、見分ける方法を知ってる？」カーラがきく。

「いいえ」

「その女が、相手のミドルネームを知ってるかどうかきいてみればいいの」

「へえ」

「だいたい当たるわ。恋してると相手のミドルネームまで知りたくなるものなの。特に女はね。男は女ほどじゃないけど。女は好きな男のミドルネームを知って、からかうときに使ったりする。英文学の教授のミドルネームはなんだった？」

「ランス」

「ほらね？」

わたしは微笑む。「あなたの言うとおりかも」

「あなたから教授にきいたの？」

「彼のミドルネーム？　そうだったと思う」

カーラが笑う。「前につきあってた男のミドルネームがシーモアだったの。それを聞いたとたん一気に冷めちゃって。だから、もうわたしはきかないんだけどね」

カーラはテーブルに置いてあったマッチをふたつ取り、テントのように組み立てた。ほかに何もすることがないとき人は手近なものをいじる。面白い。

「昨日会った男だけど、もう寝たの？」

「ううん」

「寝たい？」

「さあ……わからない」

「覚えておいてね」カーラは鼻に指をあてる。「鼻中隔」

「わかった」

「あなたってマイペースなのね。違う？ 教授と別れたあと、誰ともつきあってないみたいだし。名前はなんだったかしら」

「デイヴィッド。デイヴィッド・ハリソン」

「別れてからもう何年もたつんでしょ？ よく欲求不満にならないわね。一晩だけでも楽しみたい人に出会わなかった？」

「たぶん性交に興味がないの。あまり意味がある行為とも思えないし」

「どうして意味がないといけないの？」

「だって……病気をうつされることだってあるでしょ？ 妊娠する可能性もある。理性的に考えてモラルに反すると思う」

壁づたいに千鳥足で歩いている男がわたしの椅子にぶつかり、またそのまま歩き続ける。一階も先ほどより騒々しくなってきたようだ。

カーラは肩をすくめた。「あなたは性行為に興味がないって言った。単にそうしたい衝動にかられないだけなら、あなたが本当にモラルがある人間なのかどうしてわかるの？」

「衝動があればコントロールしようとするわ」

カーラが首を振る。「この世の中のすべてが感情に基づいてるの。あなたの性欲がもっと強かったら、ほかの人のことをセックス狂いだなんて思わないかも」

「そうかもしれないし、そうじゃないかもしれない」

「考えてみて。なんでも論理に基づいて行動するのは確かに筋が通ってる。でも、人が殺人を犯したり、物を盗んだり、レイプしたりするのはどうして？　そうしたい衝動や欲望に負けたせいよ。罪を犯した本人だって、まあ違う場合もあるかもしれないけど、たいていはそれが正しいとは思っていない。頭では間違ってるってわかってるの。それに、もっと日常でも筋の通らないことをする場合もある。この次、何かをしたいっていう衝動にかられたとき、どんなに小さなことでもかまわないから——たとえばラジオをつけるとか、そういうときに我慢してみて。数秒は我慢できるかもしれない。でも、ラジオをどうしても聞きたかったら、長く我慢はできないわ。あとは、幸運にもモラルのおかげで嫌悪感が強まって、思考が感情の一部になることもある。誰かを理由もなく殺すのは、残酷でモラルに反するだけじゃなくて、とても不快なことよ。たとえば、もしわたしが〝赤ちゃんを踏みつけたい〟って言ったら、きっとあなたは感情的に反応する。それをわざわざ数学的に処理して〝いけないことだ〟って言う必要はないでしょ？」

「ええ。ないわ」

「人ってみんな、異なる衝動を持ってるの。料理が好きな人もいれば、泳ぐのが好きな人もいる。それぞれ違うから、この世界は回っていける。ものすごく大きな性欲を持ってる人もいる。性欲がなくてもうまくやっていける人もいる。男も女も恋愛対象になる人もいる。幼い男の子にだけ興奮する人もいる」

「それが正しいって言いたいの？」

「いいえ。でもちょっと考えてみて。幼い男の子だけに興奮する男がいたとして、その男の生涯で男の子だけが唯一、彼を興奮させられるとしたら。彼が自分の欲望を満たせないまま、八十年間を過ごさなきゃいけないとしたら。興奮したり、欲望を満たしたりするのって、もっともすごい感覚よ。まるで宇宙船に乗っているような。でも、興奮できるたったひとつのことが、誰かほかの人間を傷つける可能性があればどう？　子供相手に性的虐待を行う人は、わたしたちの社会では、考えられる限り最低の人間。同情する人はひとりもいない」

「あなたは同情するのね？」

カーラが首を振る。「いいえ」

「じゃああなたの言ってること……よくわからないわ」

「つまり、衝動は無垢な人間を傷つけてしまう可能性があって気をつけなくちゃいけないけど、妥協点はあるってこと。モラルがすべてを支配できるわけじゃない」

店内の壁にはニューヨークのタブロイド紙の一面が額に入ってかけてある。ひとつは、ヤンキースがペナントレースで優勝したときのもの。月面着陸のものもある。

「ねえ、あなたが本当に興奮できるものを、ひとつでいいからあげてみて」とカーラが言う。「セックスについてでなくてもいい。なんでもいいの。毎朝起きるのはどうして？」

その質問について考える。

「わからない」

カーラはにっこりと微笑み、身を乗り出した。彼女の鼻はまさに〝生意気そう〟と表現したくなる形だ。

カーラがささやく。「朝、目を開けたときに、枕から頭を上げるための充分な理由が欲しくない？」

一階から聞こえてくる音楽の音がまた大きくなった。「たとえば？」

「さっきの質問に答えてみて。あなたは何に興奮する？　性的なことじゃなくて、ただあなたが好きなこと」

ペトロフのリストを思い浮かべる。「金魚。チェリー・ソーダ」

「わかった。じゃあ、もし二度と金魚を見ることはできない、二度とチェリー・ソーダを飲むことはできない、ってことになったらどうする？　突然、金魚もチェリー・ソーダもモラルに反するものになったら？」

「それじゃまるで〝人はセックスしちゃいけない〟ってわたしが言ったみたいだわ。充分に注意して誰かを傷つけることがなくて、それから誰かを裏切ったりもしないなら、もちろんとがめない。あとで大変なことになるのがわかっているのに、自分の体を傷つけたり、相手に何かを強制したり、そういうのは問題よ」

「でもあなたは、みんながセックスに溺れてるって思ってる。じゃあ、みんなが食べ物に溺れてると思う？　眠りに溺れてるとか？」

「眠りに夢中になって傷つく人はいないわ」とわたし。

「セックスは人を傷つけるの？」

その答えはあるはずだとわかっている。でも、思いつかない。

「そんなことないわ」とカーラ。「お互いに同意している大人同士の場合なら、そんなことないの」

「もし、病気がうつったら……」

「それは確かに傷つけることになるけど、それ以外は、セックスは人を傷つけない。あなたが言うように、ほかの人間を傷つけるべきじゃないけど、たった八十年くらいしかない人生、幸せに過ごすべきよ。たとえ百年以上も前のヴィクトリア朝時代の基準にしがみついている人たちの感情を害することになっても。その時代の人は、自慰すると毛深くなるとか、間違ったことを信じていたんだから。あなたが宗教にどっぷりはまっているなら話はまた別だけど、あなたは悪魔を信じたりしてないでしょ？　しっかり現実を見ているでしょ？」

「悪魔だって？」通りかかった男がこちらを振り返って意味ありげににやりとした。

カーラは目をぐるっと回した。「どこかほかのところに行きたい？　すっかりあなたの気分を害しちゃったことはわかってるけど……」

「ううん。こういう話ができてよかった」

「あなたの言いたいこともわかるの。賛同はしないけど、でもこんなふうに議論してくれてありがとう。ただあなたには、そんなに厳しい境界線を引くのはやめて、もう少し肩の力を抜いて人生を楽しんでほしいと思って。きっと、もっと人生が明るくなるわ」

カーラは立ち上がり、ウェイターに勘定を払った。わたしも払おうとしたが、彼女に断られた。お礼を言ってからコートをはおり、マフラーを首に巻く。

「すてきなマフラーね。高級そうだし」とカーラ。

「ありがとう。父からもらったの」

階段を下りて外に出た。「お父さんとはいい関係？」カーラがきく。

「まあまあかな。めったに会わないの。今ヨーロッパにいるわ」家族のことはあまり洗いざらい話したくない。「親とはよく話す？」

「ううん。大学生の頃からどっちとも話してないわ。ふたりともずっとわたしを喧嘩の口実にしてきて、それであるとき悟ったの。両親はどちらもお互い様で、どちらもどうしようもない人間なんだって。大学に行くお金も払ってもらえなくなった。帰る家がないから祝日はつらいけど、ある意味ではそのほうが楽」

「わたしも、祝日にはたいてい親がいなかったわ」

カーラがにっこりする。「じゃあ次の祝日は、わたしたちみたいにひとりぼっちの者同士で集まって一緒にお祝いしましょ」

外は寒いが、風はない。通りには千鳥足で歩いている人がたくさんいた。騒がしく叫んでいる人も何人かいる。

「ときどき、そろそろ寝ようかっていうときに」とわたしは口を開いた。「ああいう楽しそうな声が通りから聞こえてくると、うしろめたくなるの。彼らはわたしと同じくらいの年で、すごく楽しそうで。かたやわたしはひとりで部屋に引きこもってる」

「そんなふうに思わないで」

フードつきのグレーのトレーナーを着た男が横を通り過ぎた。酔っぱらっているようで、今にも転びそうになっている。

カーラが住む通りは、木がいっぱい植わっていて静かだった。歩道に置かれた小さな丸い木製のプランターにも緑が植わっている。〝犬の立ち入りを禁ず〟と手で書かれた標示がいくつかあった。

「わたしの部屋を見ていく？　何もないけど、ここから歩いていけるわ。聞こえるのは、パットとステファンの歌声だけ」

「パットとステファン？」

「そう、お隣に住んでるゲイのカップル。ステファンはとってもオ能があるピアニストで、週に一度は人を呼んで、みんなで歌ってる。聞いているだけで本当に楽しいの。でももっと楽しいのはみんなが帰ったあと。すごく静かになるんだけど、お隣で何が起きているかは明らかだもの」

わたしが顔をしかめると、それを見てカーラが笑った。

「かわいいでしょ？　みんなが帰ってふたりきりになれるのを待ちわびてたんだから」

「そうね」

「そうよ。さて、ここがうちのアパート」カーラは鍵を取り出し、アパートの階段を上った。それからドアの上の鍵と下の鍵を開ける。「さあどうぞ、入って」

各部屋の壁は淡いパステル・カラーで、月と星が描かれていた。寝室がいちばん広くて、クイーンサイズのベッドとテレビが置いてある。通りを見下ろす出窓の前には、丸テーブル。窓を開けっぱなしにしていたせいか、淡い色のカーテンが大きくふくらんでいた。

「何か飲む？」

「ええと……」

カーラがほかの部屋へ行っているあいだ、インテリアを眺める。照明が消えたままなので、部屋の中よりも外のほうがよく見える。

「じゃあワインにしましょ」

カーラは、ワインのミニボトル二本とグラスを二個抱えて戻ってきた。「ああ、ひとり暮らしをしてると、これがあると生きていけないし、なくても生きていけない」ワインボトルを出窓にぎりぎりにつけてあるテーブルの上に置く。「四本入りで売ってるの。一本がひとり分よ」

渡されたボトルを開けて、グラスに注いだ。ワインの波がグラスにぶつかる。突然、とても嬉しくなった。ハリソンと別れてから、アルコールはあまり飲んでいない。

カーラが小さなキャンドルを灯して窓枠の上に置いた。「キャンドルって好きなの。なんでも温かく見せてくれるから」

「そうね」

隣のドアがぎいっと開く音が聞こえた。「パットとステファンが帰ってきたんだわ」カーラはそう言ってタバコに火をつけた。

さっきからお酒を飲んだりタバコを吸ったりしているくせに、カーラの口紅はまだ落ちていない。どうやったらそんなことができるんだろう。きっと、高校生の頃に友だち同士で教えあう技なんだ。飛び級したから、教わるチャンスを逃してしまった。

グラスを持ち上げて、ごくっとワインを飲む。

「それで、さっきの話の続きだけど」とカーラが言う。「みんながセックスに夢中だって話。わたしのこともセックス中毒みたいに思ってるでしょ。いつもそんな話ばっかりしているから。でも、ベッドの中で本を読んでいるほうがいいって思うときもあるのよ。実際、最後に恋人と別れたあとは、家でテイクアウトの中華料理をつついて、〈ベン&ジェリーズ〉のアイスクリームを食べて、昔の恋愛映画を観てばかりいた。だけどきわどいラブシーンになると体が火照って恋しくなってくるの」それからわたしのほうを見る。「キャリー、聞いてる？」

「ごめんなさい。わたしも恋しくなってた」

「でしょ？」

「違うわ。〈ベン&ジェリーズ〉のアイスのこと。チェリー・ガルシアが好きなの」

カーラが笑う。「あなたって、ほんとおかしな人」

カーラはテーブル越しに身を乗り出してきた。本当にすてきな鼻をしている。整形しているのかな。「ねえ、わたしにキスしたいと思ってるでしょ」とカーラ。

「それにはまだお酒が足りない気がするけど」

「ハリソン教授はきっと、やり方をわかってなかったのよ」

「彼は……四十を過ぎてたのよ」

「自分では知ってると思っていたかもしれない。でも、どう考えても女を満足させるほどには知らなかったのよ。あなたを楽しませられなかったなら。長く誰かとつきあったことがない人は、セックスの腕前も月並みのレベルにしかならないもの」

「でも、彼とのおしゃべりは楽しかったわ」

「わたしとのおしゃべりは楽しい？」

「ええ」

カーラがわたしをじっと見つめる。

「おしゃべりよ」とつけ加える。

カーラは人差し指でわたしの唇の周囲をなぞった。「ワインのせいで、唇が赤くなってるわ」

「彼もよくそう言ってた」

「教授はこうした？」カーラは指先を首から胸元へと下ろしていき、わたしにキスをした。

カーラを押し戻し、口を拭う。「彼はわたしに口紅をつけたりしなかった」

「これって、取れない口紅だから」とカーラ。

「帰らなきゃ。ふたりとも飲みすぎたみたい」

「言い訳ね」

わたしは立ち上がった。「もう一度話ができて楽しかったわ」

「遅くなったけど、泊まっていかなくて大丈夫？」

「タクシーに乗るから」後ろ向きに部屋を出ようとして、本や雑誌の山を倒してしまった。

「本の書評誌？」

「前のボーイフレンドが買ってたの」

「頭がいい人だったのね。ねえ、その人の電話番号を持ってる？　紹介してもらおうかしら」

「キャリー。あなたは自分の性的嗜好《しこう》を否定してるわ」

「わたしは同性愛者じゃない」

「もしかしたら、そうじゃないかもね。けど、あなたの中の十パーセントはその可能性を秘めてるわ。もしかしたら二十パーセント」

「タクシーをつかまえるわ。今夜はありがとう」

急いで階段を下りる。朝までには、このことを忘れたかった。

8

翌朝、このあいだよりはかなりましだけれど、変な気分で目覚めた。でもどこか面白くもある。ゆうべは結局たいしたことは起きなかった。わたしは一線を越えなかった。ゆうべの出来事を分析しなくてすむように、ジョゼフ・ナットの教会にでも行ってみよう。だけど、それは今日ではなくて、明日でいい。

今日は日記でも買いに行こうか。ずいぶん前から、買おうと思っていたのだ。ありがたいことに、近くにニューヨーク大学がある。あそこの大学には世界でいちばんいい文房具屋があるのだ。たぶん、作家や映画監督を目指している学生が多いおかげだろう。四十二色のペーパー・クリップや二十三種の異なるサイズの封筒、七十六種類のペン、金色や銀色のインクばかりか、ペパーミント色や蛍光色、消えるインクや匂いつきのインク、糊入りのインクまで置いてある。問題は、目に入るものすべてが欲しくなってしまうこと。たとえば、細長いピンク色の消しゴム。わたしの鉛筆はどれも消しゴムつきだから、そんなものを買う必要はないのに、きれいでセクシーで、つい欲しくなってしまう。ナボコフ曰く「生きる本当の楽しみは、事務用品を弄ぶこと」。あのピンクの消しゴムなら、かぶりつける。

新しい文具を買ったら、ペトロフもさぞわたしを誇りに思うだろう。幸せになるための行動だもの。外に出かけたら新しい靴下だって買える。確かに、清潔な靴下をはくのは気持ちがいいものだ。そう、ささやかな喜びを求め続ければいいのだ。

それから、裕福なマダムが行くような高級食料品店にでも寄って、何か買おう。ランチョンミートが百十グラムで六ドルするからって、何を気にすることがあるの？　買えるだけのお金はある。

もちろんわかっている——文具を買うだけで大胆になった気分でいたら、笑われるだろう。でも、人にはそれぞれの楽しみ方がある。ポルノを見たって、マリファナを吸ったって、お酒の瓶を持って屋上に上って月に吠《ほ》えたっていい。その代わりにわたしは、すてきな文具を手にしてうっとりするのだ。それなら二日酔いに悩まされることもない。

通りを歩くうちに、幸せな気分になる。今日は季節はずれに暖かい。

すれ違ったアジア系の女の子と目が合ったので微笑みかけると、相手も微笑み返し、恥ずかしそうに目をそらした。見知らぬ相手なのに、すごい。今日どれくらい微笑みをもらえるだろう。六番街のほうへと向かい、何人かに笑顔を向けると、その人たちも笑顔を返してくれる。

不思議だ、気分はささいなことで変わる。たいていの人は今のわたしみたいに、いつもいい気分なんだろうか。もしそうなら、みんながいつも何をしているのか調べて、わたしも同じことをすべきでは？　薬でものんでいるんだろうか。わたしが知らなくて、その人たちは持っている何かの化学物質？　それって手に入れられるもの？

食料品店のガラスのドアからガーリックの匂いが漂ってきて、鼻をくすぐった。五百グラムの食材が二十ドルもする高級店で、いろいろとおいしそうなものが置いてあり、裕福そうな女性客でいっぱいだ。バイタリティにあふれるリッチな年輩のご婦人方は、ニューヨークの名物でもある。二十五歳の頃と変わらない厚化粧をし、一週間に一度は美容院に行き、上品なバッグは肩にはかけず手で持つ。髪は白髪で薄くなり、皺のせいで化粧も崩れがちで、サングラスでもその萎《しぼ》んだ目は隠せない。でもどこか気品があって、彼女たちはニューヨークそのものだ。

「これ、五百グラムで十三ドルなの？」ガラスの陳列ケースの前で、ひとりの女性がもうひとりにきいている。そこには試食できる赤いパテみたいなものが金属製のカップに入って置かれていた。「近所のスーパーでも同じものを売ってるのよ。もっと色が濃いけど」

友だちの鼻がぴくりとする。「色が濃いなら同じもののはずがないわよ、ルシール」

お年寄りは大好きだ。彼らが少しいらついた声でしゃべっているのを聞くのも好き。めったに祖父母に会えないことと関連しているのかもしれない。父とわたしは、わたしが二歳半のときにロンドンを離れた。以来、祖父母にはめったに会いに行っていない。その年、わたしたちはアメリカに引っ越したのだ。母が亡くなってからまもなくのことだった。

母のことは愛していると思うけど、本当は、知らない人のことを愛せるものなのかわからない。母の写真を見ると、もちろん愛情が胸にこみ上げてくる――両親の結婚披露宴のときに撮られた母の写真を持っていて、母の隣にはペトロフ先生とその奥さんが写っている。母も奥さんもとてもきれいだ。母の話を聞くのも大好きだ。母のことは尊敬しているし、大事に思っている。母はわたしの一部なんだと思う。でも、本当に愛していると言えるんだろうか。一年に一度、祖父母にクリスマスカードを出すときも、最後にいつも〝愛を込めて〟と書くけれど、祖父母のことはほとんど知らない。

なんだか泣きたくなって、やっとのことで、母や祖父母のことを頭から追いやる。

その日は穏やかに過ぎていき、探しまわったおかげで、表紙に白い世界地図が彫り込まれた、きれいなベージュ色の革張りのノートを日記用に買うことができた。それから、靴下を四足と下着を三セット買う。下着を品定めしているときに少年にでくわすこともなかった。

家の近くまで来たところで、ペトロフ先生にばったり出会って驚いた。

「こんにちは！」と声をかける。

「やあ」ペトロフもびっくりした様子だ。無理もない。まさかオフィスの外でばったり会うなんて。

「この辺に何かご用でも？　まさかわたしを見張ってるんですか？」

ペトロフが笑う。「きみはこの辺に住んでるの？」

「この通りです」

「友だちがこの辺に住んでいて、しばらく会っていなかったものだからね。で、きみは？　ずいぶん荷物を抱えてるね」

「その……クリスマス・プレゼントなんです」袋をうしろに隠そうとしながら答える。下着と靴下だなんて、絶対に言えない。

「それはいいね！　じゃあ、また来週会おう」とペトロフ。

「ええ、また」と返すと、急いでアパートに帰った。それから文具や下着をカーペットの上に広げた。

翌朝、さっそく暖かくて気持ちがいいネイビーブルーの靴下をはき、ミルキー・ホワイトの下着をつけてみた。心がとてもうきうきしてくる。今度会ったら、ペトロフにお礼を言わなくては。それ以外はかなり堅苦しい服を身につける。教会に行くのはお遊びではないから。

十時になる頃にはホールはいっぱいになり、人が立ち上がったり座ったりするたびに椅子のきしむ音が響いた。ささやき声も聞こえてくる。毎週末、新しい人が入ってきているみたいだ。うしろから二番目の列、大きな目をした痩せた四十代の男性の隣に座る。やがてステージに、色あせたスーツを着た小柄な男が現れた。

「おはようございます。〈最初の予言者たちの教会〉にようこそ。ご存じのように我々は異色な教会です。信じるのはただひとつの神、イエス・キリストだけ。しかし各々の生涯に、その言葉を解釈すべき者がいると信じています。これからご紹介するジョゼフ・ナットは、ある日夢を見ました。その内容はうしろのテーブルの上に置いてあるパンフレットと、今度発売される彼の著作に書いてあります。どうしてジョゼフ・ナットを信用すべきなのか？　ジョゼフの話を聞けば、その理由がきっとおわかりになるでしょう。みなさんいつも説教のあとでわたしに駆け寄ってきて〝エッピー、彼は本物だね！　ジョゼフ・ナットは本物だ！〟と口々に言うのです」

　エッピーは両手を握りしめて話を続ける。

「ジョゼフが話すときは、みなさんに話しかけているのです。祈るときには、みなさんのために祈っているのです。ジョゼフ・ナットは教師でした。都市部の学校で教鞭《きょうべん》をとり、数百人の生徒を教えましたが、この教派を率いるために教師を辞めました。いつか寄付金によって、コミュニティ・センターができ、コミュニティ・プログラムが始まれば、何百人も子供と親、その隣人に影響を与えることでしょう。さあみなさん、ジョゼフ・ナットです」

ここまで盛り上げるからには、華々しい音楽が流れるのではないかと期待してしまうが、ジョゼフ・ナットは静かにステージに現れた。それから拍手が起きる。背丈はごく普通で、黒い髪が片方に分けられている。四十代初めだろう。一方、このホールにいる大部分の人は年輩みたいだ。半分以上が女性で、太って肉がたるんでいる。まるで、何もすることがない人の教派みたいだ。帰ろうかと思ったが、ここに来ている人が教団に利用されていないかこの目で確かめることにした。

「またお越しくださったみなさん、ようこそ」とジョゼフ。

「ようこそ」聴衆が復唱する。うなずいている人もちらほらいる。

「初めての方、ようこそ」

「ようこそ」

「外は例年よりも暖かいですね。だからホームレスの心配をする必要はないですね？」

場内はしんと静まり返っている。

「今は冬です。わたしたちはこうして屋内に、暖かい場所にいます。彼らはそうじゃありません。わたしたちは友人に囲まれています。彼らはそうじゃありません。今日、帰りにホームレスのそばを通りかかったら、小銭をあげましょう。わたしたちと同じぬくもりを彼らも感じることができるように」

　また大きな拍手が起きる。わたしが座っている列から二、三列前に、ホームレスらしき男がいるのに気づいた。額から瞼《まぶた》にかけて、薄いでこぼこした傷が広がり、破けたビニール袋を横に置いている。

「言い訳するのはやめましょう」ジョゼフは胸を張って壇上を端まで歩き、それからまたマイクのところに戻る。「あの男は元気そうだ、あの男は太っているし腹は減っていないだろう、あそこの男は酔っぱらいだ。だから手持ちの一ドル紙幣は取っておこう。買い物をしたくなるときのために。もしかしたらあとでスーパーでパンを買うかもしれない」

　罪の意識にかられる。ジョゼフの言っていることは正しい。本当に、直接話しかけられているみたいだ。

　急にジョゼフは口をつぐみ、足を止めた。それから急にマイクをつかむ。

「みなさんはそうではありません！」ジョゼフが叫ぶ。

　みんなすっかり陶酔して耳を傾けている。

「どうして、そんなことがわたしにわかるのでしょう？　そこの前の列に座っている方、どうしてわたしにわかると思いますか？」

　膝の上に箱か何かを置いているその女性は、首を横にゆっくりと振った。目はジョゼフに釘《くぎ》づけだ。

「なぜなら、みなさんは今ここにいるからです。口実を作って教会に来ない人はたくさんいます。〝平日は毎日働いて疲れているから、日曜日くらい休みたい〟と言ったり、〝日曜朝のテレビ番組を見逃したくない〟〝湿疹《しっしん》ができているから病院に行かないと〟〝息子をお誕生会に連れていかなきゃいけないから〟などと言って。覚えていますか？　わたしたちが子供の頃、日曜日に開いている店なんてなかったのを」

数名の聴衆がうなずく。

「わたしは覚えています。だから当時はなんの言い訳もありませんでした。今やみんな日曜日にも働き、子供はサッカーに行き、読書クラブのメンバーとは三時に待ち合わせをします。教会に行く時間などないのです！」

彼はホールの中を見渡し、一瞬わたしに目を留め、またさっとほかの人に視線を移す。はっきりと自分は場違いだと感じる。おそらくこの中でいちばん若いだろう。ひとり、十代らしき痩せたラテンアメリカ系の少年の姿は見えるけれど。彼は太った女性の隣に座っている。

「しかし、みなさんはここにいらっしゃった。だからみなさんは言い訳をしていません。みなさんは気にかけているのです。神はそんなみなさんを大事にしています」

少し間を置いて、より大きな声で告げる。

「神は！　みなさんを！　とても大事にしています！」

誰かがくしゃみをする。

「みなさんに神のご加護を。あなたにも、あなたにも、あなたにも」ジョゼフは二、三人を指さした。「外に出て我が教会のビラを配ってくだされば、ここにもっと大勢の人が集まり、神の言葉について話すようになり、いずれただ話すだけでなく行動を起こすでしょう。誇りを持ってここに訪れ、寄付し、可能なことならなんでもするでしょう。そして、神はその人たちを大事にするでしょう」

誰かが拍手しはじめ、すぐに数人が加わり、それから拍手は嵐のような大喝采となった。前座を務めたエッピーがホールの左手で、割れんばかりに手を叩いているのが見える。すぐに、拍手を始めたのは彼だと気づいた。

「わたしは、みなさん全員を愛しています。ここにいらっしゃるために、みなさんは何かを犠牲にした。神が愛をお与えになるのと同じように。今日ここをお出になるとき、教会に寄付し、みなさんのような信者を迎え入れるためのビラをお持ちいただける機会がございます。ここは一時間ばかり座って、貧しき者を助けてほしいと神に祈り、家に帰って楽な思いをするといったたぐいの教会ではありません。神の道に従って、学び、行動するための教会です！」

エッピーがまた拍手を始め、拍手はどんどん大きくなる。ジョゼフはより具体的な話を始めるが、結局は寄付のお願いで終わった。聴衆席のうしろのテーブルには、今度出るというジョゼフの本の購入申込書が置いてある。十二ドル九十五セント。エッピーとほかの男たちが申込書と代金を集めている。

お財布を開きなさいと勧める会員申込書もどっさり置いてある。トライアル会員で二十五ドル。教会には無料で来られるけれど、会費を払って入会すれば、聖書研究会、独身グループ、ディスカッション・グループなどに入れる。

いつのまにかジョゼフ・ナットの姿はステージから消えていた。ホールのうしろのほうに、あの朝、黄色のビラをわたしに渡した男がいるのに気づいた。どうやらひとりで来ているようだ。彼は一ドル札を折って寄付金箱に入れてから、ホールを出ていった。

二カ月ほど前は、この街でひとりぼっちなのは自分ひとりだと思っていた。でも外に出れば出るほど、ほかにもひとりぼっちでいる人をいっぱい見かける。問題は、どの人も普通に見えないこと。みんな何かしらの問題を抱えている。ひとりぼっちで普通なのは、わたしだけのような気がする。いったいどうして？

このまま教会を出るわけにはいかない。今日ここに来たのには目的があるのだから。ジョゼフの本性を暴いてやりたい。今すぐ立ち上がって叫びたい。〝ここに来たのは本を売りたいからでしょう？〟って。〝貧しい地区に住んでいる子供に直接お金をあげなさい〟って。でもジョゼフ・ナットを信じることで、みんないい気持ちになれるんだったら？

ほら、また弱気になっている。結局マットの婚約者にも告げ口しようとしていないし、この教会に物申すのもためらっている。一カ月前に悪いと思ったことが、今はそれほどでもないように感じる。ひょっとしたら、ここに通う人たちがぼったくりに遭わないよう、わたしがここに通い続けるべきなのかもしれない。

「キャリー！」

急いで振り向くと、ひとりの女性が杖《つえ》をついた男に駆け寄るところだった。「ハリー、急いで《ハリー・アップ》！　時間がないんだから」

どうやら聴力までおかしくなったらしい。

アパートに戻ると、窓から日が射してカーペットの上に四角い模様を作っていた。コートをかけ、丸くなってそこに寝転がる。暖かい。小さい頃、いつもこうしていた。日向《ひなた》を見つけては、そこに丸くなった。そうするのが好きな猫も飼っていた。わたしと一緒に日向に来て寝そべるのが好きな猫だった。黒くて、名前はミッドナイト。父の友だちに頼まれて一カ月面倒を見ることになっていたのに、結局、その友だちは三カ月も戻ってこなくて、わたしは自分の猫だと思いはじめた。けどある日、学校から家に戻ると猫はいなくなっていた。飼い主が迎えに来たのだ。それからしばらく、日向にひとりでいると寂しかった。

カーペットの上でくつろいでからレンタルビデオ・ショップに出かけた。最近は名作映画リストもこなせていない。結局、その日は観たい作品を見つけるのに三十分もかかってしまった。映画が作られるスピードは、わたしの孤独な夜の時間つぶしに間に合わないんじゃないかと心配になってしまう。『愛と哀《かな》しみの果て』も見つかったので、二本とも借りてアパートに戻り、ベッドに腹這いになってさっそく観はじめた。

ふと窓の外を見ると、向かいのガリーノ夫妻の窓にクリスマスの照明がかかっていた。まだ感謝祭も来ていないのに！　でも心が広くてすてきなことだ。だって、窓の外につけられたあの照明は、自分たちが楽しむためではなく、ご近所の人のためのもの。近隣のみんなに〝メリー・クリスマス〟と伝えているのだ。

今年は久しぶりに、この季節を楽しめるのかもしれない。ぐったりとした退屈な気分で過ごすのではなく。ひょっとしたらガリーノ夫妻がご近所の人を呼んでパーティを開き、わたしも近くに住むほかの人たちと知り合いになれるかも。

父に会うことを除けば、クリスマスに何をするのかよくわからないけれど、それでも嬉しいものだ。クリスマス・シーズンは、もう一度子供に戻れるひとときだ。

次の日の夕方、ハーバード・クラブに向かう途中、タイムズスクエアを通りかかった。街頭説教師たちがまた元気いっぱいに並んで、旅行者に教訓をたれたり、議論をしたりしている。四十四丁目の角を曲がると、いくつかのアイビーリーグの旗が、クラブの日よけの上にはためいていた。ハーバードの旗は深紅で大きな〝H〟の字が入っている。クラブの正面は煉瓦造りになっているけど、よくあるでこぼこした赤い煉瓦ではなく、もっと柔らかいピンクで、縁はベージュの石でできている。そのことになんだか嬉しくなる。たぶんこういう幸せはつかの間のものだろうけれど、きっといいことが起きる前触れだ。

正面ドアに向かうと男性がドアを開けてくれた。まだ入会もしないうちからこんな扱いをしてもらって、少々うしろめたい。

中に入ると金色の演壇のところに男の人が立っていた。禿げていて、深紅の服を着ている。「何かご用ですか?」

「あの、パーティに来たんですけど」

彼はにっこりして、左に向かうようにと案内してくれる。パーティの参加者でないならなんだと思ったんだろう——わたしが強盗でもすると?

通路の壁は深紅というよりもルビー色で、スーツを着た年輩の男性の白黒写真が額に入って飾られている。途中で通り過ぎた狭い読書室にはハーバードの学内新聞が置いてあり、四年生のときに一度、投書をしたのを思い出した。状況倫理についてのある哲学の教授のインタビューが載っていたのだけれど、彼の説が間違っていたのだ。そこで訂正記事を掲載すべきだと投書をしたのに新聞社から返事はなく、とうとう編集者に電話をかけたが、よほどひどい間違いでない限り訂正記事は出さないと言われた。教授の説が間違っていたとしても、それは複雑な問題だと編集者は語った。真実を伝えるべき立場の人であっても、ときには当たり障りのないほうを選ぶものなのだ。

廊下を進みパーティ会場に向かう。会場に近づくにつれ、ベースの音が響き、騒がしい話し声が聞こえてきた。会場内は飲み物を手にしたスーツ姿の人でいっぱいだ。みんなが同時にしゃべっているので、どの会話も聞き取れない。場内を見回し、わたしだけくだけすぎた服装なことに気づいた。みんな仕事からまっすぐここに来たみたいだ。肩からブリーフケースをかけている人もいる。

きっとわたしみたいにひとりで参加する人もいるはずだと期待していたのに、すでに会場内にはグループができていた。立ったまま輪になってしゃべっている人たちもいれば、バーの周りに群がっている人たちも、赤いソファに集団で座っている人たちもいる。

会場の隅――恥ずかしがり屋たちの伝統的な逃げ場所に行けば、この状況を観察することができる。そこで壁際に移動し、隅に向かった。

近くに八人ほどの男女のグループがいて、「新しい仕事はどう?」と互いにきいている。会話の内容から、どうやらわたしと同級生のようだとわかったけれど、顔見知りはひとりもいない。ハーバードには出会わなかった数千人がいるのだ。小さな大学のほうがもっと楽しめただろうかと父にきかれたことがあった。正直言って、どちらがいいかわからない。数千人の学生がいるキャンパスにいて、そのうちひとりとも親しくなれないことか、たった四百人の学生しかいない大学で、結局、自分と共通点を持つ人に出会わないことなのか。その場に立ちつくして観察する。照明は薄暗く、部屋はタバコの煙でくすぶり、香水の匂いが立ち込めている。

さっきから大笑いしているグループが近くにいたので、こっそり近づいてみた。何についてしゃべっているのかはわからないけれど、なかなか面白そうだ。そこで、輪にもっと近寄ってみる。わたしの向かい側にいる男が変な目つきでこちらを見ているけど、ほかの人は誰も気づいてくれない。十、数えることにした。十数えるまでに誰も話しかけてくれなかったら、離れよう。それより長くそこにいるなんて屈辱的だ。

結局、誰も話しかけてはくれなかった。

また定位置の、会場の隅に戻る。場内を見回してみたけれど、誰も話しかけには来ない。意味もなくバッグの中をまさぐり、銀行のＡＴＭの明細書を見つけ、あとで捨てるためにくしゃくしゃにする。もう一度顔を上げる。誰もわたしに話しかけてはこない。

度の強そうな眼鏡をかけた、いかにもオタクらしい猫背の男だって、ちゃんと輪に加わっている。負け組の中でさえ、わたしは落ちこぼれなのだ。床にハーバード・クラブの申込書が落ちているのを見つけ、汚い足跡がついていたけれどかまわず拾う。

読み終えるとそれ越しに、また会場内を見つめる。恋人ができないと嘆いている男の人はこの世にいっぱいいるはずなのに。きっとそういう男は、努力をしていないんだ。

音楽がますますやかましくなってきた。煙で目が痛い。ベースの音でほとんど何も聞こえない。こんなにうるさい部屋の中で、みんなどうやって意義のある会話をしているんだろう。こんなところで新しい人に出会えるわけがない。絶対に。そもそも親睦会のはずなのに、もともと知っている人たちと気ままに時間を過ごしているだけだ。

飲み物でももらおうとバーに向かうと、すでに何人か群がっていて、バーテンダーの注意を引こうと手で合図している。人混みに押されながらも、バーカウンターに肘をのせ、どうにか自分の場所を確保する。ようやくバーテンダーが何にするかときいてくれた。普通ならあまりお金のかからない炭酸水を注文するんだけれど、いらいらしているので、赤ワインを奮発したが、なんと八ドルもした。でも、グラスを持つと少しはましな気分になった。誰とも話をしていないのは、お酒を飲むのに忙しいから。それだけのこと。

ワインを飲みながら会場を見ていると、ときどき階段を下りていく人がいるのに気づいた。四人目の人が下りたあと、わたしも下の階に何があるのか見に行くことにした。

人混みをかきわけて、足早に階段を下りる。カーペットが敷かれた空間には、ふたつのトイレが並んでいた。女子トイレの前には五人ほど並んでいるけれど、男子トイレの前にはたったひとりしかいない。女子トイレの列に並びながら、小学生の頃を思い出した。教師から〝ペアになって〟とか〝グループを作って〟と言われるのは嫌でたまらなかった。クラスメートはまるで化学反応のようにさっさとグループになるのに、わたしだけいつもひとり取り残されていた。だから、トイレに行ってもいいかときいて、しばらくの間、便器の上に座っていたものだ。

　こうして大人になってハーバード・クラブにいるのに、あの頃と何も変わっていない。でも、さっきから男子トイレの前に立っている男が中に入っていかないのに気づいた。腕を組んで床を見つめ、壁に寄りかかったまま立っている。気さくそうな雰囲気で背は低く、淡い色のウェーブがかかった髪で、鼻がパグに似ている。背が低いせいで女の子たちには見過ごされてしまうタイプだ。ひょっとしたら、わたしと同じ理由でここに下りてきたのかもしれない。

　列が進み、もうすぐわたしの番だ。彼に話しかける言葉を何か思いつかないと。わたしは彼に微笑みかけてみた。

　彼がそれに気づき、かすかに微笑み、それから横を向いた。たぶん、お高くとまっているわけではなく、恥ずかしがり屋なんだと思う。本当は恥ずかしがり屋なだけなのに、お高くとまっていると、わたしもよく非難されてきた。

「ここのほうが上よりも人が少ないわね」と話しかけてみた。

　彼がうなずく。「そうだね」

　一瞬、沈黙が流れる。

「ハーバード・クラブのほかの催しに行ったことはある？」と尋ねる。

彼は首を振った。「いや。今回が初めて」と微笑む。

「今のところ、まああね」彼も微笑み返した。

「そうだね」

「家にいるよりはましかも」

そう言って会話を続けようとしたそのとき、女の子がひとりトイレから出てきて、彼に話しかけた。「お待たせ」

彼はうなずくと「またね」とわたしに言って、ふたりで階段を上っていった。

なんてばかなんだろう。すぐさまトイレに入り、鍵をかけて、便器に座る。ベージュのドアがぼんやりとかすんでいくまで、ただひたすらに見つめる。

なんてばかだったんだろう、ともう一度考える。この世に、わたし以外にもひとりぼっちの人がいると考えるなんて。

確かにこのところ、ひとりぼっちの人にたくさん会ったけれど、そういう人はみんなどこか変わっていた。好色な管理人、おどおどしているロナルド。普通な人はひとりもいない。ひょっとしたら、わたしだって普通じゃないのかもしれない。ひょっとしたら、何かわたしに悪いところがあるのに、自分で気づいていないだけかも。もしわたしの頭がおかしくなっているなら、もちろん、わたしにはそれはわからない。でなければ、行動を変えるはずだ。おかしい人たちは、自分はごく普通で、問題はほかの人にあると考える。まさにわたしが考えているのと同じように。

わたしは頭がおかしいの？　だんだん怖くなってきた。もしかしたら、便器に座ってこんなことを考えている時点で、精神を病んでいるまぎれもない証拠かもしれない。

でも、自分が正気かどうか疑っているのだから、きっと正気なんだ。正気を失っていたらそんなことは考えられないし、何より毎週会っているペトロフが気づくはず。薬だってのんでいない。そうだ、きっと大丈夫。落ち着いて。

元気を出して顔を上げてトイレを出よう。ここにいる連中がわたしと知り合いになりたがらなかったからって、どうだというの？　やっぱり家の中にこもっているのが正しいという証明になるだけ。

わたしはトイレを出て階段を上った。そうしてぶつかる肘の間を軽やかに抜けて、会場の外に出た。

タイムズスクエアは想像できる限りのカラフルなライトの洪水であふれていた。パープルにオレンジ、ブルー。こんなところで、ピンクやグリーンの光をいつもデスクの上に浴びて働くのって、どういう感じなんだろう。地下鉄に乗っていつもの駅で降り、アパートに戻る。ようやく人混みと騒音と煙から逃れられて、いい気分だ。

日記を持って、アパートの非常階段に出た。深々と息を吸うと、空気は落ち葉を焼くみたいな匂いがした。

凍るように冷たい金属の上に座って空を見上げる。月が出ていた。アパートの裏から見える景色は、前からお気に入りだ。見えるのはほかのアパートの裏側くらいだけれど、かまわない。ここからの眺めはきっと百年前と同じで、こぎれいに改装された建物はなく、金属とコンクリート、煉瓦や石でごちゃごちゃしている。

トマトのいい匂いが漂ってきた。下の階に住んでいる誰かがトマトソースをかきまぜているんだろう。その人の家のドアをノックしてみたら、食事に招待してくれるかな。そうなったらいいのに。もしかしたらその人は、長いあいだ行方がわからなくなっていたわたしの叔母で、何時間もおしゃべりしてしまうかも。失った年月を埋めようとして。

日記を書こうとしたけれど、指が冷たすぎて書けない。両足のあいだに日記を挟み、座って、今夜の出来事を振り返ってみる。

ハーバード・クラブのパーティは、頭のいい人と出会うきっかけになるはずだった。それなのに落ちこぼれの気分を味わっただけで終わった。たぶん違いは、たったひとりの人。もしハーバードに通った四年間で、わかりあえる友人がひとりでもできていたら、問題なかったのに。今日のパーティも、そばにいてくれる人がひとりでもいたら、ほかのグループにも簡単に入っていけたのに。

トイレでの出来事は、一年生のときの恥ずかしい体験を思い出させた。あれはラウンジでの自習時間だ。ラウンジはなかなかすてきな空間で、壁には木の円柱、高い窓には窓よりも長いカーテンがかかっていた。何人かはテーブルにつき、残りは動きまわるか、スナックが置いてある折り畳み式の小さなテーブルの近くにたむろしていた。ひとりでいる人はいないみたいだった。知り合いがいなかったわたしは、食べ物からほど遠くない場所にある小さな、何も置いていないテーブルのそばに座ろうと決めた。そうすれば、もしかしたら誰かがわたしの隣に座るかもしれないと期待して。

頬杖をついてみんなを眺め、しゃべる準備はできていますよと暗に伝える。わたしの座っている場所から四十五度の角度のところにもうひとつテーブルがあり、三人の男とひとりの女の子が座っていた。ときどき目をやると、その中のひとりの男が、友だちの話は聞かずに、わたしのほうをちらちらと見ていた。わたしは気づかないふりをしてまっすぐ前を見ていたけれど、彼のことは意識していた。

彼はそれからも何度もこちらを見た。わたしは耳にかけていた髪を前に下ろし、みすぼらしい靴をはいていたので足はテーブルの下に隠れるようにした。そうして前方を見続けた。

ついに彼が近づいてきて、わたしの肩を叩いた。

「ねえ」

顔を上げ、にっこりとする。

「この椅子、使ってもいい?」

そう言うと、彼はわたしがいたテーブルから椅子を取って、引っ張っていった。誰かほかの女の子が座れるように。

みじめだった。

そのとき、思った。いつになったら、誰かがわたしのために椅子を取ってきてくれるようになるんだろうと。

今も同じことを思っている。

こんなふうに感じているのは、この街でわたしひとりだけのはずがないのに。それとも、わたしだけなんだろうか。

誰にでも始まりというものはある。ニューヨークに来たばかりで、知り合いがひとりもいない人だっているはずだ。みんな、どうやって人と出会うんだろう? ほかの人はみんな、新しい友だちを作る秘訣《ひけつ》を知っているんだろうか。きっとわたしが飛び級してしまった学年で学んだんだ。

もしかしたら、単に外に出かける回数が少なすぎるのかもしれない。もしかしたら、ペトロフが正しいのかもしれない。もしかしたら、慣れるために、無理にでも社交イベントに出ないといけないのかもしれない。大学時代は、ほとんどそういうものに出かけなかったから。今夜のパーティはエリートが集まっていたけど、ひょっとしたら次回は、わたしみたいにひとりぼっちの人が来るかもしれない。こんなに簡単にあきらめるわけにはいかない。パーティもイベントも、これからもっとあるはずだ。

でも、もう一度あんな思いをすると考えるだけで、血が凍りつく。

学校では教師や大人に好かれた。だから大人がいるところではいちばん落ち着いた。大人には頭がいいと思われた。大人は宿題を通してわたしを知った。大人の注目を得るためには、家で机に向かい、一生懸命に宿題をこなすだけでよかった。だから、成績やテストの点数をやけに大切にするようになったのかもしれない。わたしにとっては本当に大切なことだった。

でも今はそんなことに誰も関心を持たない。クラブやパーティでは、わたしはわたしでいるしかない。誰ひとりわたしのことは知らない。人がわたしに話しかけない限り。それなのに、どうやったら話しかけてもらえるのか、わたしにはわからない。

ペトロフの言うことに耳を傾けたほうがいいのだろうか。彼にはアイデアがある。そのアイデアを自分流に使えばいい。でも、わたしの最悪の恐怖が現実になってしまったら――もし誰とも気持ちが通じあえなかったら、どうしたらいい？

それからしばらく、冷たい非常階段に座り続けているうちに、急に気分が軽くなった。今夜の出来事を違った目で見られたからだ。

わたしはちゃんと、トイレのそばで自分から男の人に話しかけた。

確かに彼には連れがいて、結果的に恥をかいた。でも、見知らぬ人に自分から話しかけることができたのだ。もっとそうしてみよう。人に話しかけてみよう。きっとそのうちうまくいく。今わたしにあるのは希望だけ。何かもっとすばらしいことが存在するという希望。希望がないと、人は生きていけない。

その夜、マットから電話があって、次の日の夜に食事に行く約束をした。信じられないくらい嬉しくて、部屋中を踊りまわりたい気分だ。でも、どうして？　彼とつきあうわけにはいかないのに。それが間違いだということははっきりしている。彼の関心は、本当はショウナにだけ向いているべきなのに。

やはり最初にしようとしたことを実行すべきだ――ショウナを探し出して、マットがしていることを言いつける。それか、せめてもう一度マットに会ったときに〝これっきり〟だと突き放すか。彼のことを好きになりかけているのは認めよう。彼と話すのは楽しかった。どうしてわたしだけ、楽しみをあきらめなくてはいけないの？

ショウナはパーティ会場の隅に立って、ＡＴＭの明細書を眺める必要なんかない。社交力をつけるためのリストをセラピストに作ってもらう必要もない。家族はたったひとりしかいなくて、しかもルクセンブルクにいるせいで、感謝祭をひとりで過ごすはめになんかならない。ショウナはたまたま自分に合った高校に通ったおかげで、ごく普通の幸せな人生を送っている。わたしには何もない。仕方がないことはわかっているけれど。

でも、それだってばかな話だ。こんな心配をするまでには、まだ少なくとも十年はある。どうして早々にあきらめるの？　『ビーコン』紙の個人広告で出会ったいちばんまともな男が婚約しているからといって。

マットの代わりがいるかどうか確かめるために、わたしの募集広告に返事をくれたマイケルとアダムの電話番号を、もう一度取り出した。ふたりに電話をしたけれど、どちらも留守。今回はふたりの留守番電話にメッセージを残した。


その晩、夜の十一時に、一度も行ったことのない法律事務所での校正の仕事の電話が入った。遅い時間なので迎えの車が来て、事務所に着くと、物音ひとつしない、よく暖房の効いた図書室の真ん中のテーブルに、年輩の女性と座らされた。それから二時間、テーブル越しにお互いを見つめあい、遠くから聞こえてくる冷蔵庫やコピー機の音を聞いて待機した。そのあと二十分程度の仕事をこなし、ふたりとも家に帰された。

深夜二時。タクシーの後部座席から、立ち並ぶアパートの照明を見上げる。今夜もわたしは、こんな時間に起きている数少ない人たちのひとり。でも見えるのは照明だけで、人の姿は見えない。観葉植物が置いてある窓や、小さなゲートがついている窓。きれいに飾りつけられた窓に、清掃用品を置いている窓。いろいろな窓があるけれど、どれも眠たげに光っている。

この世界はこんなにも美しい。だから小さなことでいい、愛せるものさえ見つければいいのだ。

約束の七時にマットはイタリアン・レストランに入ってきた。どこか緊張しているのか、テーブルについているわたしに気づかないまま入り口のレジ近くに立ち、壁の金属のパネルに映った自分の姿を見て髪をかき上げている。それから突然わたしに気づいたらしく、少々気まずそうな様子でやってきた。

メニューを受け取ってからわたしに言う。「ぼくは飲まないけど、きみはほんとに何も飲まなくていいの？」

「じゃあ、ワインをグラスに一杯いただこうかな」

「白ワインを」とウェイターに注文する。「で、今日の仕事はどうだった？」と彼。

「たいして忙しくなかったわ」

「間違えた人はひとりもいなかったの？」マットは微笑む。「何も間違いがないときって、きみにとっては悪いことなの？　不安になる？」

「そうね。認めるのもどうかと思うけど、確かに間違いを見つけると嬉しくなる。ひとつもないと、自分が校正の仕事をきちんとしていないみたいで」

「そうらしいね」とマット。〝そうらしいね〟と言われるのは大嫌いだ。それって、冗談の意味がわからないときとか、話を適当に終わらせたいときに使う言葉だから。それからマットは、メニューに載っている料理をいちいち声に出して読みはじめた。ああ、うるさい。

もしかしたら、わたしには恋人がいないほうがいいのかもしれない。人はみんな、細かいけれど気にさわる性質をたくさん持っている。どうやったらこんなに長い時間を誰かと一緒に過ごせるわけ？

「きみは何にする？」マットがきく。

ほかの人の注文しだいで自分の注文を決めるのも嫌いだ。「あなたは？」

「きみから先に」

「あなたから」

「きみから」

「あなたから」

マットが急に耳を両手でふさぐ。「きみから、きみから、きみから、きみから！」

思わず笑った。また彼のことが好きになってくる。

ウェイターが戻ってきた。「もう少しお時間が必要ですか？」

「いいえ。彼は注文できます。さあどうぞ」わたしはマットに優しく微笑みかけた。

「いや、きみからだ。ぜひとも」

「彼のあとで決めます」とわたしはウェイターに言う。

マットは根負けしてため息をついた。「じゃあ……ぺ、ニ、ペニー・ア・ラ・ウォッカを。これって強いウォッカ？」

よく旅行をする父と育った利点は、しょっちゅう外食できたこと。明らかにマットはそうではなかったみたいだ。

「ほとんど味はしませんよ」とウェイター。「ソースに入っているんです」

「じゃあ、それを」

「わたしはポートベロ・マッシュルームとモッツァレラ・チーズのサンドイッチ」

「モッツァレラ」と、マットがわたしの発音を真似てみせる。

「さすがにイタリア人とまったく同じ発音はできないわ」注文を取り終えたウェイターが去っていく。「ちなみにさっきペニーって言ったでしょ、ペンネじゃなくて。ペニーじゃ男性器よ」

「おっと。いやらしいことを考えていたせいかな」

「困ったものね」

「あと一時間もすれば、もっと困ったことになるかも」

わたしは固まり、マットの目が意味ありげに輝く。しばらくしてウェイターがバスケットに入れたパンを持ってきた。たぶんわたしたちはふたりともナーバスになっていたんだと思う――だって料理が来るまでに、ひとつ半もパンをたいらげてしまったから。それに、小さな白い磁器カップに入ったバターともクリーム・チーズともつかないスプレッドをお代わりして、それもたいらげる。

「ワインをもう一杯いかがですか」ウェイターが料理を置きながら、わたしにきく。

「お願いします」とわたし。

「ぼくはもうお腹いっぱいだな」マットが自分の皿を見ながら言う。

「わたしが手伝ってあげる」

「ぼくのペ、ニ、ーを食べてくれるの？」

「あなたもお酒を飲まなきゃ。そうしたら、そんなつまらないことを言ってしまう言い訳ができるわよ」

「言い訳なんか必要ないさ」マットはそう言って、テーブルの下でわたしの膝にこっそりと触れた。誰かに見られているんじゃないかと、あたりを見回す。けど、みんな自分たちの会話に忙しいらしい。

そこでふと気づく。さっき彼に〝お酒を飲まなきゃ〟と言ってしまった。今夜のわたしはどこかおかしい。これでは大学時代のほかの同級生と一緒だ。もしかしたらこれまでのわたしの問題は、ばかになる年齢に達していなかったことなのかもしれない。女の人は十二歳で胸が大きくなり、十三歳で生理が始まり、十九歳で頭脳がぐちゃぐちゃになり、三十一歳になるまで回復しないものなのかも。今夜、このディナーにやってくるまでは、そんなことなかったのに。

マットといると楽しい。彼との時間をあきらめるべきなんだろうけど、でも、彼はまだ結婚していない。もっとお酒を飲んで、今はマットといよう。きっとショウナは、マットの大切さが少しもわかっていなくて、恋人なんて簡単にできると思っていて、わたしみたいに相手がいない女は負け犬だと思っている。それに彼とつきあい続けていれば、匿名でショウナに密告できるチャンスもめぐってくる。

ワインを飲み終えると、ウェイターが新しいグラスをテーブルに置いた。透明な凹凸ガラスが揺れて止まる。外の薄明かりがグラスに反射している。マットはフォークにペンネをのせた。「パスタを食べるのがへたなんだ」

「いいのよ。きっと……ほかのことがうまいんだと思う」

マットがぐいっと眉を上げた。

ふたりとも黙々とそれぞれの料理を食べた。ポートベロもモッツァレラも好きだけど、あまり合わないので、水っぽくなったサンドイッチから両方をはずして別々に食べる。マットはそのことで質問をしたそうだけれど、何も言わない。ほんの少し前には満腹だと言っていたくせに、かなりの勢いで食べている。すごい食欲だ。

わたしの心を見通したかのように、マットは顔を上げて微笑んだ。それからまた食べる。

もしかしたら、わたしと充分な時間を過ごせば、マットはショウナと別れるかもしれない。けど、そんなことを信じるなんて、ほかの女と同じでただのばかじゃないだろうか。みんながかかる罠《わな》では？　彼がショウナと別れたければ、ずっと前にそうしていたはず。きっと、彼はたくさんの人に出会っている。でもみんな、彼の遊びの対象であることを受け入れようとしなかったに違いない。それが、わたしが彼を手に入れた、たったひとつの理由。彼と会えた、たったひとつの理由。わたしは決して一番にはなれないという条件だから。

そんなことどうでもいいじゃない。わたしだって楽しんでもいいはずだ。

「デザートは？」マットがいたずらっぽく、にやりとする。

「さっきまでお腹いっぱいだって言ってたのに」彼の料理は半分残っている。

「ひとつを分けて食べられるよ」

わたしはメニューを眺めて彼にきく。「ティラミスは好き？」

「いいね」

ティラミスを注文し、しばらくしてウェイターが運んできた。脇に、長くて細いスプーンが二本添えてある。

マットはスプーンを取り、角をすくい取った。「へえ。実は初めて食べるんだ。おいしい」

「でしょ？」わたしのほうが経験があるなんて。いつもと違う。

「最初はウォッカ、今度はラム入りのデザート。もしかしてきみ、ぼくを悪い道に誘い込もうとしてるね」

「いつもは、わたしがそうさせられるほうよ。わたしって、けっこう汚れてないの」

「今は？」

「ええ、汚れてないわ」

ワインのせいで少し頭がぼうっとする。でも、元気はいっぱいだ。

デザートを食べ終えたあと勘定が来ると、マットはぎこちない手つきで財布からクレジットカードを取り出した。「ぼくの高校時代の卒業アルバムを見たい？　あのばかげた引用句が載った」

募集広告で始まったわたしたちの出会いは、作られたものだった。だからマットはわたしをアパートに連れ込む口実も考えなくてはいけないのだ。「アルバムはどこにあるの？」

「ぼくのアパートに」

「でも、一緒に住んでるんじゃ――」

「ショウナと？　今夜は帰ってこない。妹が劇に出るんでニュージャージーに行ってる」

つまり、そういうことなのだ。今夜会おうとマットが連絡をしてきたただひとつの理由は、ショウナが出かけているから。今晩デザートを食べたのは、ショウナと一緒のときには食べられないから。前回メキシコ料理を食べたのも、ショウナが好きじゃないから。わたしはショウナの代役にすぎないのだ。

マットのアパートは煉瓦造りで年季が入っていた。廊下はかび臭いけれど、緑色のカーペットは清潔。マットは先に歩いて、二階へと階段を上った。

彼の部屋は趣味がよかった。リビングルームは黒と白で統一されている。コーヒーテーブル、オーディオ・ラック（どちらかの親からのプレゼントか、二十代でも収入がいい証拠だ）があって、マットとショウナの写真がいくつか飾ってある。高校のダンスパーティでのふたり。高校の卒業式でのふたり。フードつきのトレーナーを着て、冬のビーチに並んで座っているふたり。

写真の中のショウナを見つめ、語りかける。あなたは休日を過ごしてくれる人がいる。彼の誕生日を一緒に過ごし、毎朝彼の隣で目覚め、毎晩彼の隣で眠る。結婚五十周年記念に、きっと彼とダンスをする。彼が仕事で成功して大金持ちになれば、その隣でにっこりと微笑む。あなたは彼の秘密をみんな知っている。あなたは彼が高校時代どんな少年だったか覚えている。どちらかが死ぬまで、彼と生涯一緒。それってとても長い時間だ。

「卒業アルバムはこっちだ」マットがそう言い、わたしは彼のあとから寝室に入った。鉤針編みのベッドカバーがかかったダブルベッドと大きなテレビ、それに山積みになった本。マットはベッドに腰かけ、膝の上で卒業アルバムを開いた。ベッドがきしむ。わたしは彼の隣に座った。

「先に言っておくけど、ぼくはニュージャージー出身なんだ。だから個性的な髪型の子が多いんだよ」彼はいろいろな女の子の髪を指さした。

「この子の髪、カツラみたい」とわたし。

「確かに」彼は笑ってページをめくる。「ほら、彼女が引用した言葉。〝ドント・ウォーリー・ビー・ハッピー〟」

ページの上を走るマットの指の動きを見つめ、いいなと思う。早くて、それでいて慎重。髪の一方がブロンドでもう一方が黒い女の子がいた。「わあ。これは面白い髪型ね」

「次席卒業生だったんだ」

「嘘」

「ほんと」

「嘘だわ」

「わかったよ、嘘だ。でも、こっちは本当の次席卒業生」彼は二、三ページめくった。

「この人の髪もずいぶん個性的ね」

すてきだ」

「言っただろ。ニュージャージーなんだよ」マットがわたしを見る。「きみの髪はすごく
「なんてことない髪よ」

「とても自然だよ」親指と人差し指でわたしの髪を一房つかみ、指に巻きつける。「サラサラだ」それからもう一房つかみ、ふたりの顔を近づける。まもなく、わたしたちはキスをしていた。

でもそのとき、プリンターの上に不安定に置かれた、マットとショウナの写真が目に入った。マットと、どこにでもいそうな女の子の写真。わたしは体を起こした。「そろそろ帰らなきゃ」

「いいじゃないか」マットは仰向けになる。「まだ早いし」

「ええ。でも明日、仕事があるから」

「ぼくだってあるさ。それがどうした？　こういうチャンスはあまりないんだよ」

「あなたはショウナのスケジュールに合わせてるけど、わたしは違うのよ」

マットが体を起こす。「フェアじゃないことはわかってるよ。でも、初めからルールは知ってただろ？　それにきみも同じ状況だって言ってたじゃないか」

「このあいだ別れたの。誰か同時に別の人を好きになれるくらいなら、それは運命の相手じゃないってことだから」

マットは一瞬黙り込んだ。「きみは若いね。もっと年をとったら、物事はそんなふうに白黒で決められないってわかるよ」

「でももしかしたら、はっきりさせるべきなのかもしれない」

「そうできたら、いいだろうね」とマット。

「結婚をあきらめたら」

「ぼくは何もあきらめるつもりはない。だから、こうしてるんじゃないか」

困ったことに、帰りたくなかった。ここにいるようマットに説得してもらいたい。彼のことを本当に好きになってしまった。誰かを傷つけずに関係を続けられるものか、可能性を考えてみたい。でもそれって本当に許されること？

「怒ってる？」マットがきく。手を伸ばして、わたしの指先をそっとつまむ。

「わたしには、ここにいる権利がないわ」本当のことだ。わたしには、何もする権利がない。

「おいで」マットはそう言って、わたしたちはまた抱きあった。伸びかけた髭が頬にあたってくすぐったい。彼の手が、わたしの腕から肩、顎へとなぞる。

でも、止めないと。それ以上進む前にわたしは身を引いた。マットはややあってうなずき、来週電話をする、と言った。

悲しいかな、マットのアパートを出たとたん、またすぐにでも彼に会いたくなった。

自分のアパートのある通りに戻り、向かいのカップル、ガリーノ夫妻の部屋の前を通る。キッチンの窓からふたりの姿が見えた。

ほとんど考えもせず「こんばんは」と声をかけた。ふたりは驚いたようだ。トーマスが「こんばんは」と返事をする。あれはいったい誰なんだろうと、混乱している表情だ。なんだか楽しい気持ちになりながら、わたしは歩き続ける。近所の人に挨拶ができた。それだって立派な進歩だ。今はまだ、自分からほかの人に歩み寄らない限り誰かと話すこともできないけれど、願わくはいつか、自然と話せる気の合った人がちゃんと見つかりますように。無理して話しかけに行くのではなく。たいていの人はもうその段階を過ぎていて、だからわたしには出会いがないのかもしれない。みんな早いうちに友だちを充分作っていて、それで満足してしまっているに違いない。

きっとそうだ。ハーバード・クラブのパーティでなんの出会いもなかったのも、みんな、すでに輪を作っていて、ほかに目が行かないからでは？　マットがショウナと婚約しているのも、妻となるべき人を探すためにそれ以上の時間をつぶしたくないからでは？　近所の人たちがパーティを開かずに自分たちだけで固まっているのも、そのせいでは？

もしかしたらみんな、ペトロフに診てもらうべきなのかも。つきあいの面では、誰もがなまけているのだ。わたしだけじゃない。少なくともわたしがなまけているときは、ちゃんとした理由がある。巷《ちまた》の偽善や嘘、不正にかかわりたくないから。実際、今までにペトロフのリストを実行しようとしてどうなった？　婚約中の男とキスをし、女の子ともキスをした。

家にこもったまま、無理して外に出ていくのをやめるべきだろうか。それとも無理して出かけて、ほかのみんなみたいに自分の基準を下げるべきなのだろうか。

アパートの部屋に入るとすぐに日記を取り出して、ベッドの上で開いた。こういうジレンマを文字に書き出して整理すれば、考えがまとまるかもしれない。

ページの半分に〝許せること〟、残り半分に〝許せないこと〟と書く。

でも、書いたところで役に立つだろうか？　〝アルコールと喫煙は健康を害する〟と学校で習った小学三年生は、〝そんなことをするのはよくないし、ほかの人に強制するのもよくない〟と言う。けど時間がたつにつれて嫌悪感は薄れていき、高校に入るまでには、よく考えもせずにそういうものに手を出す。子供のときには〝いつか結婚したら浮気しよう〟なんて思わない。それはよくないことだと知っている。七歳のときには何が道徳的に正しいかわかっているのに、二十七歳になるとわからなくなるのは、どうして？　理論的に考えれば、人は年をとるにつれて経験を積んで頭がよくなるはずで、鈍くはならないはずなのに。もしかしたら人は、同時に弱くなっていくのかもしれない。どうにかして言い訳を作って。

悪魔にそそのかされたんです。
アルコールのせいです。
仕方がなかったんです。
月の、そういう時期だったんです。
自分のタネをばらまくために、生まれてきたからです。
そんなふうに育てられたからです。
今はちょっと、頭がおかしくなっているんです。
ついてない日だったんです。
両親から、ダメな人間だと思わされたんです。
ストレスが溜まっていたんです。
たいした理由はなかったんです。
注意力欠如障害《ADD》なんです。
ヨーロッパじゃみんな、しょっちゅうやっています。

音楽をつけて、歌にでもしたほうがいい。

9

マットとデートをした次の日の夜、わたしの広告を見て連絡をしてくれたマイケルに、もう一度電話をすることにした。わたしが残した留守番電話のメッセージには返事をくれなかったけれど。

電話を持ってベッドに寝転び、番号を押す。今回は、三回目の呼び出し音で彼が出た。わたしみたいにわざと気取って、出るのを遅くしている。早くも、ふたりには共通点がある。

「マイケルですか？」

「ええ、ぼくですが」

文法力がない人。

「ヘザーです。お電話をいただいた……『ビーコン』の」

「ああ。募集広告の」躊躇《ちゅうちょ》もせずに認めた。あの広告欄を使い慣れているみたいに。「で、どうしたの？」

雑すぎる質問だ。「わたしのことをよく知らないでしょうから、手術後のフラッフィーの経過報告はしないでおくわ」

「へえ、猫か何か飼ってるの？」

「冗談よ」

「ああ、ごめん」

「とにかく……なんていうか、やりにくい状況よね。一度もああいう募集広告に返事をしたことがないって言ってたわね？」

「ああ。でもきみの広告はちょっと変わってたから、気になったんだ」

「確かに、ほかの人に比べて頭のよさを強調したかもしれない」

横たわっていた状態から起き上がろうとしているらしく、ギイッときしむ音が聞こえる。

「ええと、ぼくは本をいっぱい読むんだ」

「どういうのを読むの？」

「いつも読んでるわけじゃないけど、サイエンス・フィクションかな」

「特に好きなのは？」

「アイザック・アシモフとか」

「『銀河帝国興亡史』なら読んだことがあるわ」

「ほんとに？　すごい！」

「けっこう面白かった」

「へえ、女の子《ガール》はあまり読まないジャンルなのに」

少なくとも、わたしのことを〝レディ〟とは呼ばなかった。

しばらくおしゃべりを続けてみたが、好意が持てたり、持てなかったりのくり返しだった。まともな人みたいだけれど、あまり賢くはなさそう。

〝会わない？〟ってわたしから誘うべきだろうか？　広告を出したのはわたしなんだから、そうすべきだろう。でも誘うのには慣れていない。

「じゃあ、いつかまたお話しできるわね」

「ああ……うん」

「どこかでお会いしてもいいけど」

「コーヒーでもどう？」とマイケル。

またか。どうしていつも〝コーヒー〟なのか。誰も気にならないんだろうか？〝野菜ジュースでも飲みたくない？〟とか〝ピーチネクターのおいしいところを知ってるよ〟って誘ったっていいのに。実際、コーヒーよりもずっと健康的でおいしい。〝フルーツジュースでも飲まない？〟って誘ってくる人がいたら、すぐにでも結婚したっていい。

「じゃあ、うちの近所に〈バーンズ＆ノーブル〉があるからそこでどう？」アメリカ中に店舗を持つ大手書店チェーンの名前を挙げる。「あなたが本が好きだっていうなら」

「いいよ。でも次の週末は用事があるんだ。その次の週末でどう？」

「土曜日ならいいわ。昼間、ランチでもしましょう。サンドイッチとか軽食もあるから」

「いいね」

実は〈バーンズ＆ノーブル〉を選んだ理由は、近くに交番があるからだ。数年前、インターネットで出会った大学院生の男に監禁された女の子がいた。縛られて、猿ぐつわをかませられて、何時間も。男は頭がよくて穏やかそうだったけれど、そんなことになった。何が起きるかわかったものじゃない。

マイケルとの電話を終えると、部屋はしんと静まり返った。物音ひとつなく、壁の中の電線の音さえ聞こえそうなほど静か。

つまりいつもの状態に戻ったわけだ。

アダムからはどうして折り返しの電話が来なかったんだろう。もしかしたら怖じ気づいたのかもしれない。受話器を取ってサービスセンターにかけ、わたしの広告に新たなメッセージが届いているかどうか確かめる。一件入っていたけれど、数秒間の沈黙のあとで切れただけだった。

もしペトロフと会ったあとすぐにわたしがアパートで死んだら、一週間は誰にも見つけてもらえないだろう。父がタイミングよく電話をしてきて、わたしが出なければ、またかけてくるかもしれない。それでも何かおかしいと気づくには二、三日はかかるはずだ。

世界には、行方不明だと気づいてもらえるのに二、三時間もかからない人だっているのだろう。金曜日、仕事から帰って死んでしまい、会社が始まる月曜日まで気づいてもらえない人もいる。でもわたしの場合は、丸々一週間かかってしまう。たぶんそれが、この世界でどれくらい愛されているかを測る方法なのかもしれない。姿が見えないと気づいてもらうのに、どれくらいの時間がかかるかが。

あっという間に感謝祭の前夜になった。その日の午後にはもう、街は混みはじめていた。みんな仕事を早く切り上げたんだろう。

近所のスーパーマーケットまで数ブロック歩く。丸焼きチキンでも買ってきて、明日、急場しのぎの感謝祭ディナーをしようと思いついたのだ。しかし、丸焼きチキンのカウンターには人がいないと思っていたのに長い列ができていて、はるか先の冷凍食品コーナーの前まで続いている。この人たちはなんでまた、感謝祭の日に伝統的な七面鳥じゃなくて、スーパーマーケットで調理されたチキンを食べるつもりなんだろう？　少なくともわたしにはちゃんとした理由がある。ほかにも、ひとりぼっちの人が本当にいるってことだろうか？

並んでいる人たちを眺めたところ、そんなことはなさそうだ。だいたいがちゃんとした服装をした短気な人たちで、恋人と一緒に並んでいる人もいる。みんな、単に七面鳥が好きじゃないのかもしれない。今夜は何も料理しないで、そのチキンを食べるのかも。けど、七面鳥づけになる前夜に、チキンを食べるわけ？

みんなそわそわしていて、何人かはさっさと仕事着やハイヒールを脱ぎ捨てて、街を出る準備をしているのがわかる。幼い頃は祝日になると、子供は郊外から、おじいちゃん、おばあちゃんが住む都会に連れていかれたものだけど、今は二十代、三十代の人はみんな都会に住んでいて、子供を郊外に連れていく。そこがその人たちが育ったところで、子供たちのおじいちゃん、おばあちゃんが住んでいるところだから。このトレンドは行ったり来たりするのかもしれない。郊外が都市化し、都市が郊外化して、違いがなくなるまで。

店の中をすたすたと移動して、クランベリー・ソース、ジンジャー・エール、ワイン（本格的なディナーにしよう）、クリーム・コーン、ヤムイモ、マシュマロ、それに冷凍のグリーンピースと人参《にんじん》のバター煮をかごに入れた。アメリカに最初に入植した巡礼者たちが食べた感謝祭の食事を再現するつもりなんかない（ちなみに、最初の入植者たちは普通の清教徒じゃなく、イギリス国教会からの分離派だ）。初めて父と祝った感謝祭を再現しようとしているのだ。

わたしが五歳くらいになるまで、感謝祭は祝っていなかった。父がイギリスで暮らしていた頃はそういう習慣がなかったし、わたしもアメリカの幼稚園で教わるまでは気にしていなかったからだ。その年、わたしは幼稚園で七面鳥の絵を描いたり、大きな緑色の線が引いてある紙に感謝すべきことを書いたりした。かつて巡礼者や先住民族が何を食べたかを勉強した。

感謝祭を祝いたいと父に言うと、父はいろいろな人から情報を集めて、おいしいつけあわせや豪華な食事を用意してくれた。それからは、わたしが大学の寮にいた数年を除いて、父はいつもそうしてくれた。

アパートに戻る途中、ピザのスライスを数枚買う。明日の豊饒《ほうじょう》の食事を考えて、よだれが出てこないように。

翌朝目覚めると、あたりは静かだった。

車のドアを開け閉めする音がちらほらと聞こえ、誰かが〝こんにちは〟と叫んでいる。けど、バスがガタガタ走る音やタクシーのクラクションは聞こえない。外を見ると、通りには人影がなく、寒い朝に降りたかすかな霜がほとんどそのままになっている。

時間を確かめる。八時半だ。

今日という日をどうやって過ごせばいいのかわからない。テレビはスポーツ中継とメイシーズの感謝祭パレードぐらいだからつまらないし、退屈で孤独で、お腹は空っぽだ。ぐうぐうと鳴っている。感謝祭の食事にするには早すぎるとわかっていても、肉汁のしたたるスパイシーで温かいチキンを食べたくて仕方がない。

　そこで、しばらくサボっていたキッチンの掃除をすることにした。棚を磨くべくスツールの上に立ち、ケチャップやシロップの瓶でべたべたになった箇所をこすっていく。でも、こんなことをしていると、ますます食べ物のことを考えてしまう。と、ふと思う。どうせわたししかいないんだから食べちゃえば？　誰かが来るのを待っているわけでもないし。朝九時にディナーのメニューを食べたって、ちっとも不健康ではない。

すぐにチキンを冷蔵庫から取り出し、オーブンの焼き皿の上にのせた。それからうきうきとコーンとヤムイモの缶詰を開け、プラスチックのボウルと皿をテーブルに並べる。音楽も必要だからラジオをキッチンに持ち込み、クラシック音楽の局に合わせる。

　ＤＪが気持ちのいい声で、感謝祭についてしゃべっていた。聞きながら嬉しくなる。彼もわたしと同じようにひとりぼっち。わたしたちは似た者同士だ。

　ふとカーラが、ひとりぼっちの者同士で集まろうと言っていたのを思い出した。カーラは今日、何をしているだろう。でももうひとりで食べることにしてしまったし、いったんその気になると、気分を変えるのは難しい。ちょっとうしろめたい気がするけど、せっかくその気になっているのだから、今日はひとりで過ごそう。

　ヤムイモとマシュマロを温めて、スタッフィング（栗やナッツ、ワイルド・ライス、ソーセージなどを香辛料とからめて調理したもの）用に湯を沸かし、ナプキンをたたんで皿の横に置いた。香辛料のいい匂いが漂ってくる。

これこそ、ひとりでいることの喜び、すばらしさだ。誰かが焦げたミットをオーブンに突っ込んで、七面鳥を引っ張りだしてくれるまで四時間もリビングルームに座って、肉の焼ける匂いを嗅ぎ続けなくてもいい。軟らかな七面鳥について考えないふりをして、テレビの前に座ってつまらないパレードやスポーツを見る必要はない。この鶏肉《とりにく》はわたしのもの。この鶏肉はすべてわたしのもの！

一日中、鶏肉を食べ続けてもいい。朝食、ランチ、ディナー、全部同じでもいい。わたしがひとりじめできるのだから。

飲み食いしているあいだ、ラジオからはピアノの演奏曲が流れていた。ピアノの旋律と、ワイングラスやナイフ、フォークのチリンチリンと重なりあう音とがよく合っている。この黒い木材のダイニングテーブルは、昔住んでいたアパートから持ってきたものだ。ピンクのテーブルクロスをかけてあるけれど、その端をつまんでちょっと裏返し、テーブルの傷やひっかいた跡を見つけて嬉しくなる。どれも、わたしがもっと小さかった頃の感謝祭か、ほかのディナー・パーティでつけられたものだ。そういうときしかこのダイニングテーブルは使わなかった。以前はキッチンに食事用の小さな丸いテーブルがあったけれど、捨ててしまった。このダイニングテーブルは高級品だ。テーブルについた傷それぞれに、そのときの思い出や時間が刻まれている。それらの傷をそっと人差し指で撫でる。

チキンは軟らかくてとてもおいしかった——自分で作るよりもずっとおいしい。父によると、母は料理が上手だったそうだ。わたしもその才能を引き継いでいるかもしれないけれど、確かめようとしたことはない。才能は生まれつきだとしても、料理にはインスピレーションが必要だ。それにウイキョウ入りエビのトマトソース煮を、ひとり分作る必要はない。

コーン、クランベリー、スタッフィング、ポテトをつまんで、満足して食器を洗い終わると、リビングルームのソファに、満腹の犬みたいにごろりと横たわる。ときには、空っぽの頭とふくらんだお腹ほどいいものはない。

正午に父から電話があった。

いい感謝祭が過ごせるようにと言い、わたしを招待してくれそうなニューヨークの友人に電話してみようかと、またまたきいてきた。その必要はないと断る。

父に、何を食べるつもりなのかときかれた。

「買ってきたチキンの丸焼きを食べようと思ってるわ。それから、コーンとクランベリー・ソース。ポテトとスタッフィングも」

「例年どおりのメニューに挑戦しているようだね。一緒にいられるとよかったんだが」

本気で言ってくれているのはわかっている。でもときどき、そのほうが気楽だから、父はわたしのそばにいないのではと思ったりもする。

「もしかしたらルクセンブルクで感謝祭を広めることができるかもね」

「それは敢《あ》えてやりたくない闘いだな。けど今日は、感謝の気持ちで一日過ごすよ。おまえがいてくれることを感謝しながら」

電話を切ると、完全なる静けさに包まれた。普段よりも静かだ。それに、また電話が鳴る可能性も今日はない。セールスの人だって今日はお休みだからかけてこないだろうし、マットがかけてくることもありえない。きっと今頃、ショウナや家族と一緒ににぎやかなテーブルを囲んでいるんだろう。わたしのことなんか思い出しもせず。

今わたしの周りにあるのは、本と数本のＤＶＤと、ディナーの残り物。

しばらく本を読んでからバスタブを洗い、クローゼットの棚を整理していると、この部屋に引っ越してきたときに見つけたポルカのレコードが出てきた。

そうだ、何か聞かなきゃ――この静けさはさすがのわたしでも耐えられない。今日一日、いっさい音がないまま過ごすなんて無理だ。

椅子の上に立って、小さく声を出してみる。「あー」

今度は、もっと大きな声で。「あああー‼」

もちろん返事はない。

幼い頃、似たようなことをしたのを思い出した。あれは九歳のときだ。生きているあいだにすることはすべて――たとえば座ったりハミングしたり、そういう日々のささいなことも含めてすべて――最初から運命で決められているんじゃないかとふと思った。それで怖くなって、腕をぐいっと動かしてみた。思いつきで何かをして、定められた運命がぐちゃぐちゃに壊れるように。ひょっとしたら残りの人生に待ち受けている、運命で決められたコースがなくなるように。

でもそうしたあとで、腕をぐいっと動かすのだって運命で決まっていることなのかもしれないと思えてきた。だから今度は大きな声で叫んだ。首を回した。テーブルを叩いた。でも、それだって運命づけられているのでは？　最後にはあきらめるしかなかった。

やっぱりカーラに電話をしてみよう。たぶんアパートにいるはずだ。

キッチンのテーブルのところに行き、少し間を置いてからカーラの番号を押してみる。応答はない。もちろん、どこかに出かけたんだ。こんな日に出かけない人なんている？

わたしだって、父の友だちのところに呼んでもらえたかもしれない。でも、それでもきっと孤独だったと思う。ほかの人と一緒にいるからといって、孤独でなくなるわけじゃない。大事なのは自分のことを思ってくれる人と一緒にいることだ。

途方に暮れて、ソファに座り込んだ。せっかくの時間を、何か考えるのに使ってみる。たとえば〝ウォークマン〟の複数形はなんだろう。

たいていの人は、見ず知らずの人に五セントをねだるなんてあきれることだと思っているくせに、タバコなら平気でねだるのはどうしてだろう。

感謝祭にまつわる難問は、スイートポテトとヤムイモの違いは何か？

さっそく起き上がって辞書を引く。

夜になってうとうとしてくると、祭日や家族、マット、カーラ、ヤムイモ、幼稚園のときの宿題、分離派、チキン、七面鳥、疲労感をうながすと言われる七面鳥に含まれる成分、などについて、また取りとめもなく考える。その化学成分がなんだったか思い出そうとするけれど、思い出せない。

土曜日、〈ディクソン・モンロー〉に出向くようにと仕事の電話が入った。すぐ、カーラが働いている法律事務所だと思い出す。「前に行ったことがあります」と担当者に急いで告げる。急に心変わりされないように。

心臓がどきどきしてくる。カーラがいるかどうかはわからないけれど、ちゃんとした服を着ていこう。どうしてだかはわからない。たぶん、カーラにいい印象を持ってもらいたいのだ。あんなふうに話せた人はいなかったからかもしれない。

オフィスに着くとカーラがいたので嬉しくなった。ほかにふたりの校正者がいる。二十代らしいずんぐりした体格の男と、百五十センチぐらいしか背丈がないショートヘアの女の子。

カーラはわたしを見て微笑んだ。「キャリー！」どうやらこの会社での単調な仕事について、ふたりに面白おかしく聞かせていたところらしい。カーラはふたりにわたしを紹介した。「キャリーよ。世界の秩序を守ってるの」

女優なのかと男のほうにきかれ、「違う」と答える。男はビリーという名前でコメディ俳優らしい。女の子はティナといい、女優と手の専門のモデルをしているという。

そこへ担当上司がやってきた。「きみたちに校正してもらいたい文書があるんだが、まだ準備ができていないんだ。待っているあいだにやってもらえるなら、手伝ってほしい仕事がある。らせん綴《と》じのパンフレットがあるんだけど、セクションが飛んでいないか確認してほしいんだ。一ページずつめくって、すべてのページが入っているかチェックするだけでいい。きみたちには校正者として来てもらっているわけだから、この仕事はする価値がないと思うならやらなくてもいい。だがやってくれるなら、校正の仕事と同じ時給を払うよ」

「やります」とビリー。

「わたしもやります」とティナ。

「わたしも」ふたりに続いて答える。

「よかった」上司はデスクに箱を山積みにしていったん部屋を出ていくと、作業に必要なものをわたしたちに渡してからまた出ていった。

すぐさまわたしたちは作業に取りかかった。

カーラたちは最近の芸能界について話し出した。そういった情報には疎いから口を挟めないけれど、帰ったら調べてみようという名前をいくつか覚えておく。盛り上がる三人の会話をうらやましく思いながら黙々と作業を続けていく。

しばらくして上司が追加のパンフレットを運んできて、また去っていった。

「ねえキャリー、わたしたち、もうどれくらい稼いだ?」とカーラがきいてきた。

「七十五ドル」

ビリーとティナがとたんに笑い出した。

「彼女、時計も見なかったわよ」とティナ。

「きかれる前に見たばかりだったの」

「そう、キャリーってすごいのよ」とカーラ。「じゃあ、こんな話をしているあいだにどれくらい稼いだ?」

「約二十五セント」

「お金を稼ぐのに、これより悪い方法もあるのよね」とカーラ。

「そうよ。わたしなんかデトロイトでシェークスピアをやってきたばかり」ティナがこぼす。

「うわ。そりゃ最低だ。中でもきついのはマキューシオだよ」とビリー。

「知ってる」とカーラ。「わたしだったらあんなの、絶対覚えられないわ」

「友だちが今、オーディションでそれをやってるんだ」

「足首に百科事典を巻きつけて、初めてのマラソンに挑むようなものね」

「なんだか変態っぽいな」

「ねえ、それよりオーディション用の顔写真を撮るのがうまい人、誰か知らない？」とテイナ。

「変態っぽく撮る人？」

「真剣によ」

三人は俳優たちの世界についてしばらく話す。カーラを見ていると、どんな話題でも生き生きとしゃべる。

突然、カーラがわたしににっこり微笑んだ。

「何？」とわたし。

「わたしたち、どれくらい稼いだ？」

「十五ドル」

「いい調子！」

カーラは片手をわたしの片手に合わせて叩いた。

「大学のときの演技指導の先生は、最悪だったな」とビリー。

「あら、わたしはいい先生にあたるようにしたわ。特に、自分で授業料を払わなきゃいけなかったから」とカーラ。

「大学の授業料を自分で払ったの？」

「だいたいは奨学金でまかなったけど。あるときから親と絶縁状態になって、で、残りは自分でやりくりしなきゃいけなかった」

「気の毒ね」と、さっきまで笑っていたのとは打って変わって、真面目にティナが言う。

「まあ手続きやなんかは、学資援助担当者に状況を説明しただけですんだけどね」それからカーラが突然、話題を変えた。「ああ、どうしよう！　タランチュラにエサをあげるのを忘れちゃった！」

「え？」

「別れた恋人に、先週タランチュラをもらったの。電話していたらその話になって、タランチュラを飼っていたんだけど急に飼えなくなったって。彼には腹を立ててたところもあるんだけど、ただでタランチュラがもらえるのもいいかなと思って」

カーラは本当に思いがけないことを突然言い出す。わたしはにっこりした。

「わたしは、前の恋人とよりを戻すつもりなの」とティナ。

「数カ月前だったら、やめたほうがいいって説得したと思うけど」カーラが言う。「今は、ひとりでいるのがどういうことかわかるから反対できないわ。そういう相手がいないと、脚の毛を剃る意味もなくてつまんないものね」

ビリーがあきれて目をくるっと回す。

「何よ」とカーラ。

「そういう話、聞きたくなかったなあ」

「女が脚の毛を剃ること？　いつか真剣なつきあいをするようになったら、あなただってその光景を見ることになるわよ」

「すばらしい」

わたしたちは普段の生活についてしゃべった。中でもカーラはあけすけに、いろいろなことを話した。

「セラピストに、しゃべりすぎだってよく言われてるの」とカーラ。

「そうだよ。ひょっとしたら、きみはセラピストに払いすぎてるのかもね」とビリー。

「ニューヨークに初めて来たとき驚いたわ。セラピストにかかってるって、みんなあまりにも気楽に認めるから」ティナが言う。

「もしかかってなかったら、たぶんあなたがどこかおかしいからよ」とカーラ。

「ぼくは、かかってないよ」ビリーが言う。

「わたしもかかってないわ」とティナ。「でも、たぶんかかるべきね」

「どうして?」カーラが尋ねる。「何が問題なの?」

「階段を下りるたびに、少なくとも二回は走って戻って、玄関のドアに鍵をかけたか確認しないと気がすまないの」

「どこに住んでるの?」

「アベニューC」

「だからよ、あんな治安の悪いところ引っ越しなさい! はい、これで五十ドルいただきます。次の方」と言って、カーラはビリーを見る。「あなたの問題は?」

「おまわりを見るたびに、銃を取り上げたくなってしまいます」

「両手を切っちゃいなさい。これで百ドルいただきます」とカーラは言い、わたしを見る。

「あなたの問題は?」

「ありすぎて言えないわ」

「あなたの勝ち。あなたはわたしと同じクラブに所属しています」カーラはそう言ってわたしに近寄り、しっかりと抱きしめた。それからテーブルの自分の場所に戻る。わたしはすっかり幸せな気持ちになった。

こんなことをしゃべっているあいだ、ずっとパンフレットのページをめくり続ける。

「わたし、ほとんど見てないわ」ティナがつぶやいた。

「ぼくはこの三十分、単語ひとつ読んでないよ」とビリーが笑う。

「ちょっと待って！　どっちが終わったほうで、どっちがまだ？」

わたしたちはいっせいに手を止めた。

「この山が……」とわたし。

「ぼくは、チェックしたのをここにのせてた」とビリー。

「それは、まだチェックしてない分だって思ってたわ」とわたし。

「つまりきみは、ぼくがチェックしたのをチェックしてる」

「わたしは、こっちをチェックしてたわ」とティナ。

「で、きみは、彼女がチェックしたのをチェックしてる……」とビリー。

「ああ、大変だわ」とカーラ。

わたしたちは顔を見合わせた。たぶん四人とも、どれがチェックずみかを推測してそれを脇に置こうと、一瞬思ったはずだ。でも少なくとも、わたしたちみんな、良心の切れ端が残っている。初めからやり直さないと。どうせ支払いは時給だし。ため息をつきながらも、わたしたちはパンフレットをテーブルの上に広げてやり直した。

結局、作業には六時間かかった。カーラとビリーはそのあいだ台詞の練習をしたり、シェークスピアをめった切りにけなしたりした。みんなでこのあとどこかに出かけるつもりなのかなと、ちらっと考える。けどビリーには婚約者がいるし、ティナはよく笑うけれどそこまでふたりと親しいわけでもなさそうだ。

作業を終えて帰ろうとすると上司がカーラに、もう二時間いてくれないかと頼んだ。ちょっとがっかりした。何かプランがあるわけでもないけれど、できればカーラと食事でもしたいと思っていたのだ。カーラは面白い。それに、思いついたことをなんでもしゃべってしまう。わたしは絶対にああいうふうにはなれない。なりたくても、あんなに勇敢になれない。でもカーラの近くにいると、自分もそうできたような気になれるのだ。

会社を出るとき、また電話するわ、とカーラが声をかけてくれた。

アパートに戻りながら、頭の中は混乱していた。ペトロフにカーラのことを話してもいいけれど、あの夜のアパートでの出来事まで明かすつもりはない。事実、それについては考えたくもなかった。悪いとかそういうのではない――モラルに反しているわけではないし、もちろん誰かを傷つけたわけでもない。ただ慣れていないことだから、どう考えていいのかわからない。

次にペトロフに会うと、キスのことは省略して、カーラのこと全般と、彼女が面白い人物であることをしゃべった。それから、法律文書校正の仕事に行った日のことも。

「どうやらその午後、きみはみんなに溶け込んだようだね」

「え?」

「きみの話しぶりからすると、場違いだって感じなかったようじゃないか。周囲の人たちが自分より下だとか上だとか、そういうことを考えなかった。ただ楽しいひとときを過ごした」

「たぶん。でも、あの状況でできることといえば、しゃべることだけだったんです。それに、あの場にいた人たちは校正者だから、普通の人よりも頭がよかった。だからわたしが場になじむときって、普通じゃない状況じゃないといけないのかもしれません」

「そうかもしれないね。でもきみにとっては、スタートかもしれないよ。人に慣れてくればくるほど、いろいろなタイプの人を受け入れられるようになる。自分と違う人間にだって、感心するところはあるんだから」

アパートへの帰り道、もしかしたらカーラに惹かれる理由のひとつは、彼女といると自分がいい気分になれるからかもしれないと思った。

そういえば、わたしにキスをした人はみんな、わたしのことを〝頭がいい〟と言ってくれた。彼らの優先事項もわたしと同じなのかもしれない。

次の日曜の朝、〈最初の予言者たちの教会〉での説教は、クリスマスとクリスマスの贈り物についてだった。ジョゼフ・ナットは、一部の人たちみたいに祭日の物質主義をやかましくとがめない。彼は、物質主義がよき行いに変えられる方法をしゃべった。たとえば余分にプレゼントを買ってホームレス収容施設にあげるとか。もしくは、自分がもらったプレゼントを、誰かそれを必要な人にあげるとか。その日、ジョゼフは自分の本について一言もふれなかった。

けど、この〝宗教〟がカルトでないかどうかは、まだよくわからない。もっと定期的に通えば、リサーチを続けられるだろう。それに、ようやく〝組織に入る〟という目標も達成できる。こうやって正式にひとつの目標を達成できるのって、すてきなことだ。マットとのデートが本当のデートと呼べるのかは、自信がない。だってマットはほかの人のものだから、その目標が完全に達成できたとは思えない。でも募集広告で知りあったマイケルと数日中に〈バーンズ&ノーブル〉で会えば、それはまぎれもないデートということになる。ひとまず今は、組織入りに集中しよう。

うしろの長いテーブルにゆっくりと歩いていって、会員申込用紙に記入する。若者グループ、独身グループ、聖書研究グループについての情報をもらいたいかという質問項目があったので、真ん中と最後の欄に丸をした。

申込用紙と二十五ドルの小切手をスタッフに手渡した。ニューヨーク大学の文房具店で買った、新しいプラスチックの気圧ペンで書かれた署名をもって、わたしは正式にこの組織の一員になった。

「〈最初の予言者たちの教会〉のエッピー・ブロンソンですが、独身グループと聖書研究グループにご興味があるとお書きになりましたね」

「はい」

「あのですね」と電話の向こうでエッピーが続ける。「あなたはとてもお若いようですが、実はわたくしどもは、十代向けの若者グループと独身グループとのあいだに、もうひとつグループを設けようと考えているんです。というのもわたくしどもの独身グループのメンバーは、たいがい四十代から五十代の方なので。そこでヤング・リーダーシップ・グループみたいなものをスタートさせたいんです。独身でも既婚でもかまわない、二十代から三十代初めの方を対象に。ご興味がおありですか？」

「たぶん」

「お仕事は？」

「校正です。あと、まあ、哲学者です」

「人はみな哲学者じゃありませんか」と言ってエッピーは笑う。かん高い笑い声だ。「それでですね、二十代、三十代のグループの新しいリーダーを求めています。わたくしどもの教派には若い人はあまりいません。ジョゼフはもっと若い人を引き入れたがっているのです。ご興味はありますか？」

「もしかしたら。もっとあなたたちの哲学について知りたいんです。つまり、その……」

「わかります」とエッピー。「新しい教派ですからね、納得できないことに引き込まれたくはないですよね。ジョゼフは、世間を斜めから見ているような人たちを改宗させるのが大好きです。それに正直に言って、わたくしどもが言うことをなんでもかんでも福音ととらえてほしくはないのです。慎重になり、意見があれば堂々とぶつけてほしい。そういうことが、我が教会が唱えていることです。洗脳集団ではありません。新しい声を必要としているんです。あなたのような」

「考えてみます」

「なんでしたら、ジョゼフ・ナットと面会することもできますが」

それは少し早すぎるような気がする。ずいぶん必死になっているように思えるけど、わたしみたいな若者が珍しいだけ？　ジョゼフに会ったら彼はわたしの正体を見破るだろうか。「面白そうですね」

「ぜひ、もっと多くの若い方々を教派に入れたいと思っています。ニューヨークに越してきたばかりで、教会に行かなくて罪の意識を感じている若い方々がたくさんいます。そうした彼らに、新しい道を示すことにもなるのです」

わたしなら示してほしくはないけれど、エッピーが言っていることにも一理ある。そこでジョゼフ・ナットと会う約束をした。

電話を切ったあと、また部屋の中は静かになった。聞こえるのは通りを走る車の音くらいだ。新聞の番組表のページを見ても、この時間はソープオペラとトークショーしかやっていない。

そのとき電話が鳴った。

マットからならいいのに、ととっさに思い、そう思ってしまった自分を叱る。もしかしたらアダムかもしれない。それともカーラだろうか。少なくともこの数カ月で、電話をかけてきそうな人ができた。

三回目の呼び出し音まで待ってから、受話器を取る。

「もしもし。あの……キャリー・ピルビーさんですか？」

この女性は、わたしの名前をちゃんと発音した。もしかしたらこれは久しぶりに、セールスの電話ではないのかも。もしかしたら、わたしの人生を変えることになる電話なのかも。

「はい、そうですが」

「おめでとうございます。『ウィメンズ・ウィークリー』誌がひと月、無料でお読みいただける特典に当選したので、それをお知らせしたくお電話しました」

いつものように、がっかりした。

「一カ月の無料購読期間終了後、一年間、計四十六号をお求めになりたいなら、わずか十四ドル九十五セントで注文できます」

「それは違うわ。ひと月が無料なら四号分になります。一年分、四十六号を買えば、合わせて五十号です。その雑誌は『ウィメンズ・ウィークリー』というタイトルで、一年間は五十二週です」

「ええと、感謝祭とクリスマスには、二週合併号となるんです」

「けど、雑誌が出ていない週に、女性に何か起きたらどうするんですか？　女性が月に着陸したら？　怒れる女性団体がホワイトハウスを占拠したら？」

「あの……無料購読を試されますか？」

突然、彼女が気の毒になってきた。こういう仕事をしているのはたぶん、本当にお金を必要としている人だ。でなければ、もっと給料がよくて、半日間、相手に電話を切られ続けなくてもいい仕事についているはず。どうしてわたしは、いつもこの人たちをしつこく困らせるんだろう？

「わかった、そうするわ」請求書が届いたら〝キャンセル〟と書けばいい。少なくともわたしが注文を出せば、彼女の手柄になるはずだ。わたしはほんの数秒、わずらわされるだけですむ。

「本当ですか？　どうもありがとうございます！　それではお客様の情報を控えさせていただきます」

「どういたしまして」

久しぶりに何かいいことをした気分だ。電話を切ったあとも、いつもほどの自己嫌悪は感じない。

そんなことを考えながらベッドに戻ったが、まだ寂しい。土曜日にマイケルに会って意気投合できたら、もうこんなふうに思わなくてすむかもしれない。

今頃、マットはどうしてるだろう。誰かを恋しく思うことを知らなかったときのほうが、ずっとよかった。

自分がマットの恋人だったら、今すぐ仕事中のマットに電話をして〝元気？〟とか〝今日の調子はどう？〟ときいてしまうだろう。

ふとショウナのことを考える。彼女がいい人だったら？　たぶん、間違いなくいい人だ。マットの気を引きたいと思うなんて、ひどい人間だろうか。でもショウナが彼を幸せにできないのなら、マットは今、それに気づいたほうがいい。そうしてもしかしたら、永遠に彼を幸せにできる人がひとりいるんだってわかるかもしれない。浮気したくもならないし、する必要もないほどに幸せになれる相手――それはショウナじゃないというだけ。

ベッドに横たわるうちに、あまりの静けさに気分が落ち込んでくる。

そこで引っ越してきたときに見つけたレコードをかけることにした。とぎれとぎれの音が部屋の中に響き渡り、じょじょに元気が出てくる。寝室、リビングルーム、キッチン、バスルームと、ぐるぐる踊ってまわり、薬品戸棚にタッチして、壁に描かれた窓をスキップで通り過ぎ、また寝室に戻る。ふんわりしたスカートをはいているかのように飛び跳ね、ベッドに飛び乗り、飛び降りる。曲の中で誰かが三回手を叩いたので、わたしも同じようにする。

これはピルビー・パーティ。わたしひとりのためのパーティだ。お客さまはわたしひとりで、いつだって完璧に場になじんでいる。

ふいに電話が鳴った。音楽のボリュームを小さくして、受話器を取る。

「何してるの？」マットだ。「十二月に〈オクトーバー・フェスト〉でもしてるのかな？」

わたしは笑った。ジョークが面白かったからではなく、彼から電話が来たのが嬉しくて。

「ここに引っ越してきたときに見つけた古いレコードなの」

「レコード・プレイヤーを持ってるの？」

「うん」

「どうして？」

「古いものが好きだから」

しばし沈黙が流れる。

「もしかしたら留守番電話になっているんじゃないかと思ってたよ。今日は休み？」

急いで思いつく。「今日は夜のシフトなの」

「ああ」マットがまた黙る。「わかった、正直に言うよ。電話したのは、きみのことを考えずにはいられないからなんだ。本当にきみに会いたくて」

　前回会ったときに何をしたのかわからないけれど、どうやらうまくやったらしい。彼はわたしと一緒にいるわけでもないのに、わたしのことを考えている。ハリソンがそうしたように。

「今週、ランチでもどう？　明日は？」とマットがきく。

「明日はちょっと忙しいの」と嘘をつく。きっとマットが電話をしてきたのは、明日ショウナがニューヨークにいないからで、それが唯一の理由だと思うから。

「木曜か金曜でもいいよ。きみの都合がよければ」

いいわ。マットは合わせようとしている。「あ、待って。勘違いしてたわ、明日でも大丈夫」

「そりゃよかった」

「仕事は大丈夫なの？」

「ランチの時間をどれくらい取ってるかなんて、気をつけて見てる人はいないんだ。どのみちぼくはコンサルタントだから、外で動きまわってる。一日中、デスクの前に座ってるわけじゃない。それに、夜の六時までいることもあれば、朝の八時までいることもある。ぼくがちゃんと仕事をしてることは、わかってもらえてるからね」

マットのオフィスはユニオンスクエアの〈ハリガンズ〉の近くにあった。〈ハリガンズ〉は家族向けのレストランで、バーもあり、メニューは南西部料理からケイジャン、指でつまんで食べる軽食となんでもありだ。マルガリータのフレイバーだって、種類がいろいろある。

マットとは店の入り口で待ち合わせた。女の店員に「タバコは吸われますか？」ときかれ、ふたりとも首を横に振る。店内は混みあっていた。

「みんな仕事帰りの人たちだね。心配しなくていいよ、ぼくがおごるから。ここは普通のレストランの倍はするから」とマット。

わたしたちはブース席に座った。マットはにこにこしていて本当に嬉しそうだ。ショウナとの関係について心変わりでもしたんだろうか。世の中にはまだほかに可能性があることに気づいた？　うしろめたさを覚えながらも、そんな望みを抱いている。これが恋なのかはわからないけれど、マットのことが好きなのは確かだ。もし彼がもうすぐ結婚の誓いを立てて、誰かとハワイで十日間ほど過ごすことがないとわかったら、もっと気楽なのに。

店内の壁には鏡があり、わたしたちふたりが映っている。マットは白いシャツにネクタイ姿で、わたしは赤いセーターを着ている。こうしてふたり並ぶと、そんなにおかしくはない。

テーブルにウェイトレスがやってきた。「〈ハリガンズ〉にようこそ。今日のスペシャル料理は、こちらにあるとおりです。それから新商品の、ミックス・フルーツのマルガリータもございます」

「ミックス・フルーツ？　それは試してみなきゃ」とマット。

「おふたり分ですか？」とウェイトレスはきく。

「そうです」マットがすぐに答える。わたしが何も言わないうちに。

ウェイトレスが立ち去ると、指摘した。「あなたはお酒は飲まないって思ってた」

「そうだよ。でもせっかく〈ハリガンズ〉に来たんだし、子供向けの味のマルガリータが飲めるんだからね。こうやって初めて平日にランチを一緒にできるんだし。飲んでもいいかなって」

「バブルガム味があるんじゃないかって期待してたのに」

「ぼくは、ワイルド・チェリーかバニラ味があるんじゃないかって期待してた。で、どうしてた？」

やっぱりマットは優しい。そんなことを気にかけてくれるなんて。「元気にしてたわ。あなたは？　仕事はどう？」

マットは肩をすくめる。「うまくいってるよ。ただ、新しく入ったやつがいて、こいつがひどくうっとうしい。タッドって名前でね。タッドなんて名前、聞いたことがないよ」

「エイブラハム・リンカーンの息子が確かそうだわ。小学校のとき、彼について劇をしたから」

「タッド・リンカーンについて？　きっと面白くなかっただろうね」

「エイブラハム・リンカーンについてよ」

「自分の名前がエイブラハムっていうのも嫌だな」

「昔、学校の先生がいつも言ってたわ。リンカーンは当時、醜いって思われてたんだって。でもわたしのクラスでそう思った人はひとりもいなかった。もしかしたらわたしたちは彼の顔を見慣れているからかもしれないって、先生は言ってた」

「今、彼の写真を見てみたいよ」

「家にあるから、今度一枚あげる。さすがに持ち歩いてはいないけど」

「ぼくは持ってるよ」マットは財布を出して五ドル札を取り出した。「ああ。確かに彼はそんなに悪くないね」

やはりマットはユーモアがあって頭の回転もいい。彼のそばにいられれば、いつもこんなふうに楽しく過ごせるのに。

わたしたちのテーブルから少し離れたところに座っている人の席に、バースデー・ケーキが運ばれた。「ぼくだったら、誰からもあんなことされたくないな」とマット。

「わたしも。サプライズ・パーティって大嫌い」

「ぼくも嫌だな。小さい頃、親が一度それをやろうとして、みんなから〝サプライズ！〟

って叫ばれて、泣き出したらしい」

そんなふうに話すマットがとてもかわいく見える。「へぇ！　何歳の頃？」

「さあ、五歳くらいかな？」

料理を注文したあと、窓の外に〈エッソ《Esso》〉の看板があるのにふと気づいた。「どうしてエッソっていう名前になったか知ってる？」とわたしはきく。

「いいや。それがあとで〈エクソン〉になったのは知ってるけど」

「一九一一年に、スタンダード石油が数社に分割されたの。たとえばニュージャージー・スタンダード石油みたいに。やがてみんなかわいく短くなっていって〈エッソ〉になった」

「なるほどね」運ばれてきたマルガリータを掲げて、マットが「ハッピー・ドライブ」と言う。

わたしはグラスをカチンと彼のグラスにあてた。「ハッピー・ドライブ」

そういえばわたしが子供のときは、ガソリン・スタンドに〝ハッピー・ドライブ〟って書いてあった気がするけれど、最近は見かけない。たぶんマットもそんなことを考えているんだろう。誰かと子供時代の思い出を分かちあえるのってすてきだ。ハリソンとは年が離れていたから、一度もそういうことがなかった。

そのあとマットは経済について語り出した。わたしはマルガリータをすすりながら彼の話に耳を傾ける。

「そうね」と、もう一度マルガリータをすすりながら相槌《あいづち》を打つ。「でも、実を言うと、学問の中で経済学だけは流暢《りゅうちょう》に話せる分野じゃないの。いつも経済学をもっと勉強したいと思ってはきたんだけど」

「ぼくも経済学はそんなに好きじゃないよ。ただ株をやってるからね。株には駆け引きも関係するんだ。数字だけじゃなくて。大手企業のじゃなくて、これから成長しそうな、小さいところの株を買ってる」

「うまくいってるの?」

マットは急に照れたような顔になり、肩をすくめた。

つまり、すごく儲《もう》けているらしい。隠れた才能だ。

ウェイトレスがまた次の料理を運んできたので、マルガリータを飲み干した。マットのグラスにはまだ少し残っている。

「ドリンクを追加なさいますか?」とウェイトレスがきく。

マットがウィンクする。「彼女の分を」

ウェイトレスがテーブルを離れると、マットはまたグラスを掲げた。「乾杯」それからテーブルに目を落とした。「ねえ、料理をほとんど口にしてないよ」

「興奮して食べられないの。それより〈サンカ《Sanka》〉について話したいわ」

「何？ ジェームズ・ブキャナン（一八五七年に民主党から大統領になった政治家）が発明した何か？」

「違うわ。略語よ。〈カフェインなし《Sans Caffeine》〉の略」

「冗談だろ」

わたしの舌は止まらない。「ちなみに、たわしブランドの〈ブリロ〉は、スペイン語で〝光る〟って意味」

「きみってほんとに博識だね」

「3Mは……なんだと思う？」

「見当もつかないな」

「ミネソタ・マイニング＆マニュファクチャリング――〈ミネソタ鉱業製造〉の略よ」

「へえ」

まだまだ雑学を披露するあいだに、二杯目のマルガリータが来た。ぐっと飲み干してグラスを置く。「いつも変なものばかり読んでるの。名作映画ベスト一〇〇のリストに載っている映画を片っ端から借りているところなんだけど、あのリストがきっかけで、ハリウッドの起源についての本も借りたわ。〈メトロ・ゴールドウィン・メイヤー〉のサミュエル・ゴールドウィンって、本当の名前じゃなかったのよ。本当はゴールドフィッシュだったのに、彼の共同経営者の名前がセルウィンだったから、会社を作るときふたりの名前をつないで〝ゴールドウィン〟にしたんですって。どうしてセルウィンを先にしてゴールドフィッシュをあとにしなかったのかなって思ったけど、すぐに気づいたわ。そうすると会社の名前が〝わがまま《セルフィッシュ》〟になってしまうの」

マットが笑う。「それが丸一日、きみが考えていたことなんだ」

「違うわ。一時間目だけ」

「おいおい、一日を学校みたいに時間割にしてるなんて言わないでくれよ」

「もちろん。わたしの部屋には七個の目覚まし時計があるの。それぞれ違う時間にセットしてある」

「嘘だな」

「雑学、体育、昼休み、お昼寝、美術、音楽……あなたが電話してきたときは美術の時間だったわ」

「デタラメだ」

「ええ、そのとおり。作り話」二杯目のマルガリータを飲み干した。グラスの周りに固まっている塩を少しなめる。「ねえ、仕事に遅れるつもり？」

「遅くなってもいいんだ」

わたしはテーブルの上のファヒータを見つめた。肉や野菜やチーズやガカモレやサワークリームが入ったメキシコ料理だ。サワークリームやサルサでぐちゃぐちゃにならないように気をつけないと。お酒を飲みすぎたのか、スパイシーなはずの料理がそんなふうに感じられない。

「きみのご両親はどんな人？」とマットがきく。

こんな質問をするなんて、彼はわたしのことが本当に好きなんだ。「母はわたしが二歳のときに死んだわ」

「それは気の毒に」

「癌《がん》だったの。母のことはほとんど覚えてない。父はときどき母の話をするけど、でも、父にとっても話すのはつらいの」

「もしきみがその話をしたくなったら、いつでもどうぞ」

「ありがとう」

「だって、きみのことが好きだから」

わたしはマットを見つめた。「ありがとう」ともう一度言う。

「ご両親はどうやって知りあったの？」

「同じ会社で働いてたみたい」

「お父さんの仕事は？」

「投資銀行家。しょっちゅう出張に出てるわ」

「きみはすごく自立してるんだろうね」

わたしは肩をすくめた。「そうなるように努力はしてるわ」

マットがどこか同情のこもった目でわたしを見る。「感心するよ」

「早く大人になるわ」言葉とは裏腹にガカモレをスプーンにのせて投げる真似をすると、彼は笑い出した。「生まれたのはロンドンなの。それで、二歳のときにニューヨークに引っ越してきた」

「ぼくはパリ生まれだ」

「ほんと？」

「当時、母はフランス研究の博士号を取ろうとしていてね。ぼくの親はふたりとも大学教授なんだ」

面白い人は面白い人を親に持つらしい。ときには、ひどい親だったりもするけれど、とにかくマットがちゃんとした環境で育ったことははっきりしている。「公立学校に通ったの？」

「ああ。両親は公立学校びいきだったからね。けど、学校の授業以外にもふたりから習ったよ。毎晩夕食のときに、両親はぼくと妹を相手に時事問題を議論した。で、十歳になる前に、母からフランス語を習いはじめた。母は〝言葉は若いうちに勉強しなくちゃいけない〟って信じていたんだ」

「ほんと？ ねえ、頼みにくいけど、何かフランス語を話してみて」

「サン・カフェイン」とマット。

「すばらしい《トレ・ビヤン》。七年生のときに習ったフランス語で覚えているのはそれくらいだわ」

楽しくなって、マルガリータをまたぐいっと飲み干した。

「ねえ、今日は車は運転しないだろうね」

「エッソのガソリンを切らしてるの」

「〝タンクにトラを注ぎ込め《PUT A TIGER IN YOUR TANK》〟！」エッソの企業フレーズでマットが応える。

ウェイトレスがやってくる。「ほかにご注文はございますか？」

「いいえ！」ふたりして大声で答えると、ウェイトレスは顔をゆがめて「どうぞごゆっくり」と言って立ち去った。

「ぼくたちにさっさと出てもらいたいんだ」

わたしは肩をすくめた。「家族で夕食のときはどんな問題を議論しあったの？」

「レーガンのこととかよく議論したな。父は政治学と歴史の教授なんだ。すべてについて父と同じ意見というわけでもなくて、父は左寄りで、ぼくはだいたい中立。けど、父はいつもぼくたちが討論するのを見守ってくれた。妹とぼくに単に答えを教えるんじゃなくて、質問をして考えさせるんだ」

マットの両親と会ったときの自分が想像できる。クリスマスに彼の家族と食卓につき、マッシュポテトの皿をまわしながら、マルクス主義を論じる。グレービーソースをすくって、市場介入について議論する。

「デザートが食べたい？　ぼくはいらないけど」

「いらないわ」

「マルガリータをもう一杯いく？」彼はわざと意地悪そうににやっとする。

「もう一杯飲んだら、十四丁目あたりで倒れそう」

「送ってあげるよ」そう言ってマットはわたしのためにもう一杯注文し、わたしがそれを飲み干すのを眺めた。

自分の分を払おうとしたけれど、マットはおごると言ってきかない。よろめきながら席を立って入り口まで来ると、マットは突然わたしの腰に手を回してキスをした。

「ごめん、待てなかったんだ。平日にこんなに楽しい思いをしたことはないよ」

わたしはにっこり微笑んだ。「ありがとう」

「仕事に戻らなきゃ。このまま帰れたらよかったのに」

「身を縮めて、あなたのブリーフケースの中に入っててもいいわよ」

「きみのカバンの中に入れるよう、ぼくが身を縮めてもいい」

「そのほうがいいわね」

外は太陽がまぶしく輝いていた。吹きつける風は冷たい。

「きみは本当に魅力的だ。本気だよ。若々しくて、まさに〝女の子《ガール》〟っていう感じだ。侮辱的な意味で言ってるんじゃないよ」

「〝女の子《ガール》〟で侮辱されたとは感じないわ」

「それに、すごく鋭いことを言う。最高だ」

「ありがとう」

「ちょっと、ぼくのアパートに寄ってく？」

これが賢明かどうか問いただしたりはしない。「いいわ」

マットがわたしの手を取った。明らかにふたりとも責任ある行動を取っていない。ショウナに見られるかもしれないのに。

わたしの心を見透かしたようにマットが言った。「ショウナは今日はいないんだ。ホワイトプレーンズでミーティングがある。彼女の父親の同僚に会って、ＰＲについて話をしてるはずだ。クラフト社のエグゼクティブでね。仕事をくれるかもしれない」

なるほど。「順調なの？」

「もうすぐ取れると思うよ。ぼくはあんまり心配してない」マットは空を見上げた。「別に、ぼくらはお金をそれほど必要としてるわけじゃないんだ。でも、働いていたほうがショウナにとっていいんだと思う。家に閉じこもってずっとぼくの帰りを待つなんて、嫌だろうから」

マットに包まれた手がどんどん冷えていく。彼はまだ〝ふたり〟のことをしゃべっている。ショウナのことを話すのに、慣れきっているせいなのかもしれない。

ふいにマットがわたしの手をぶんぶんと振り出した。まるで、公園で一緒に遊んでいる小さな子供みたいに。わたしはなすがままだ。そんなことでまた気分がよくなってきて、自分でも笑ってしまう。

彼のアパートまでの距離が永遠に続くように感じる。「本当に困ったことにならない？」と尋ねる。

「ならないよ」

アパートに着くとマットは先に階段を上っていった。それから部屋に入ってドアを閉めるとすぐに、わたしのブラウスの裾をズボンの中から引っ張りだしてひざまずき、おへそにキスをした。「ごめん。我慢できないんだ」

自分が映画の中の登場人物になったような錯覚に陥る。本当の自分は壁際にいて、一部始終を眺めているような。

「さあ。こっちに来て」とマットにうながされた。

寝室に入ると、マットはわたしを抱きかかえてベッドの上に下ろし、それから長いディープ・キスをした。「フランスで習ったんだ」とささやく。

「赤ちゃんのときに？」

「意欲的なベビーシッターでね」

マットの手がブラウスのボタンに伸びる。

誰かの前で服を脱ぐなんて数年ぶりだ。でも今は、あまり照れくさくない。わたしは下着姿でマットと一緒にベッドに横たわる。

そのとき、ショウナの写真が目に入った。

〝無視しなさい〟と自分に言い聞かせる。〝どうしてほかの人だけが楽しいことをするの？〟

でも、どうしても考えてしまう。

どうやったら彼はショウナのことを忘れるんだろう。どうやったらわたしを本当に好きになるんだろう。とにかく今はまだ待ったほうがいい。「やめて」

マットが顔を上げる。「どうして？」

「次のときまで待つべきだと思う」それに、この関係にすっかり納得がいっているわけでもない。あとから落ち込みたくない。最近はそういうことばかりだ。

「わかった……でも、できるだけ早くまた会いたい。本気だよ」

「よかった」

服を床から拾い上げる。マットはベッドに腰かけて、わたしを見ていた。靴に手を伸ばそうと体を曲げたとき、デスク下のコンピュータの線がからみあったところに、何か落ちているのに気づいた。ずいぶん前から落ちていたらしく、埃っぽくなった黄色のポストイットだ。ペンでこう書かれていた。

〝ケーブルの件、電話するのを忘れないでね。愛してる。S〟

気持ちが暗くなった。一気にショウナの存在が、実体のある人間に思えてきた。優しくてかわいらしい女性。

靴をはき、悲しくなる。ショウナは確かにこいつを愛してる。信頼してる。でも、ショウナがわたしのことを気の毒だと思うことはもちろんないだろう。ケーブルの件にしても、そういう問題にいつも自分で対応するしかない人のことなんか、考えたこともないんだろう。

アパートに戻ると、留守番電話にメッセージが一件残っていた。マットだ。

〝今日は楽しかったよ。またすぐに会いたい〟

わたしもマットにまた会うのが待ちきれない。でも、もうひとりの自分は、それをうしろめたく思っている。これが悪いことだとわかっている。どんなにうまく正当化しようとしても。正当化はほかの人がやることなのに。わたしは絶対に、自分を騙さない人間であるべきなのに。つねに誇りにしてきたことは、それじゃなかった？　自分に嘘をついて、罪悪感を押しやることなんかできない。何か解決策を一生懸命探らなきゃ。

自分を傷つける行為なら、ばかげてはいるけれど、影響を受けるのはわたしだけだ。タバコを吸うとかお酒を飲むといった健康の問題は、おおかたその当人にだけ関連したこと。けど、今わたしがマットとしていることは、直接ほかの人を傷つける。

マットとショウナは婚約している。彼の都合に合わせて会っていると、お互いを拘束しあわない、何か非現実的な夢物語を彼に信じさせていることになるのかもしれない。彼とショウナの関係を傷つけるかもしれない。そのせいで、当然マットが彼女に示すべき感謝や気配りを奪っているのかもしれない。

何が正しいことなのか、もうわからない。

こんなことを話せる人もいない。カーラは不倫をする人が大嫌いだし、ほかに友だちなんていない。募集広告で知りあったマイケルとはもうすぐデートするけれど、親友になれるとは思わない。父にも言えない。ロナルドにも言えない。

ペトロフがいる。

ペトロフなら秘密を守ってくれる。彼はわたしの話を聞くためにいるんだから。

マットのことをそのまま話す必要はない。でもずっと頭の中でがんがん鳴り響いている、モラルの悩みをすべてぶちまけたい。ペトロフに払っている料金を考えたら、わたしがしたい話くらいなんでも聞いてくれたっていいはずだ。

翌日の午後、カーラから電話が来た。友だちが土曜日にホリデー・パーティを開くから、一緒に来ないかと誘ってくれたのだ。

カーラには会いたい。けど、どうやって彼女に接したらいいのか、考えておかないと。何か間違ったことを言って、一緒にいても楽しくないから彼女や友だちとは合わない、と思われたらどうしようと心配だ。だから、デートがあると断ってしまった。

どうして嘘をついたのか、わからない。一瞬の判断だった。それから、すぐに後悔した。

「誰とデートするの？　このあいだの男？　その人と寝たの？」

「彼じゃないわ」嘘をつく。「新しい人」

「うまくやってるじゃない！　どうやって出会ったの？」

「あの……友だちを通じて」

カーラの電話がカチッと鳴った。「あ、ごめん、出なくちゃいけない電話だ。かけ直すから！」

「ええ。さようなら」

電話を切ったあと、また落ち込んだ。どうしてこんなにもばかなんだろう。カーラに会いたいのに。

もし彼女がもう電話してこなかったら？　わたしはいったい、どうしてしまったんだろう。

窓の下枠に座って外に目をやった。もしカーラから電話がなかったら、こちらから電話しよう。そう決めて、車が走りすぎるのを眺める。

雨が降っているときのほうが、車はきれいに見える。特に、四角いヘッドライトがついた黒い車の上に、小さな雨粒がついているときは、まるで白黒の犯罪映画のようだ。

貯金して車を買おうか。でもニューヨークで車を持つなんて、夜中にすぐ泣き出すような赤ちゃんがいるみたいなもの。どこに駐車しようか、しょっちゅう心配しなくてはいけない。

古い映画を観るのには打ってつけの午後だ。でもそうするにはまず、映画を借りに出かけないといけない。雨のときは、いつもその点が問題になる——家にこもって映画を観るのがいいだろうと気づいても、映画を借りに行くのには一時的に家を出ないといけない。

わたしはレインコートを着て帽子を被ると、傘をつかんで部屋を出た。

歩道には水たまりがいっぱいできていた。水たまりをピシャピシャと蹴りながら、歩き続ける。水たまりが避けられないなら、いっそこうやって楽しんだほうがいい。

通りの端まで来たとき、見覚えのある人が通りを横切っていくのに気づいた。相手に気づかれないように、駐車してある車の陰にとっさにかがみ込む。

彼はコートをはおり、マフラーを首に巻いていた。さしていた傘を下げたので、顔が見えなくなる。

横道に入って、観察を続ける。ペトロフ先生は角にあるビルの階段を上っていった。ドアの前にしばらく立って、傘をたたみ、雨粒を振り落とす。

玄関のドアが開き、背の高い、ポニーテールをした若い女性が出てきた。ふたりはロマンティックにキスをした。ペトロフはしっかりと彼女を抱きしめ、それから、ふたりは家の中に消えた。

わたしはあっけに取られて立ちすくんだ。このあいだペトロフにこのあたりで会ったときは、近所に友だちが住んでいると言っていた。あの人が恋人なんだろうか。

見上げると、二階の窓の灯りがついている。一瞬、ふたりの姿が窓のところに見えたけれど、すぐに消えた。

女性はかなり若そうだ。

車が通り過ぎるのを待ってから走って通りを横切り、玄関の前まで行った。いつものように郵便受けを調べる。

二階には一世帯しかリストされていない。S・ルービン／D・レシュコとなっている。前に、この女性を近所で見たことがあるような気がする。確か男の人と一緒だった。とはいえ自信はない。この近所に住んでいる女性はみんなよく似ているから。

建物の外に出て、通りをまた横切り、二階の窓を見上げた。ふたたびふたりの姿が一瞬見える。

するべきことは、ただひとつだ。

アパートに戻って、マンハッタンの電話帳で電話番号を調べた。ルービンという名前はいっぱい載っているけど、その住所の人はひとりもいない。でもその住所にレシュコという名前があった。ダニエル・レシュコ。

自分の電話番号が先方に知られないようにまた非通知設定にしてから、番号を押す。呼び出し音が数回鳴る。まさか……お楽しみの邪魔をすることにならなければいいけれど。

女性が出た。「もしもし」

「ダニエル・レシュコさんはいますか」

「出張中です。わたしはシェリルですが、メッセージを承りましょうか？」

「実は『ウィメンズ・ウィークリー』の誌面作りのために、お電話で短いアンケートをしているところです。お忙しいとは思いますが、ふたつほど質問させてください。お答えいただければ、わたしのノルマを果たすのにとても助かるんです」

女はため息をつく。「わたしの名前は出さないでくださいね」

「わかりました」

「じゃ、いいわ」

「次号のために、五百名にお電話しているところです。質問は簡単です。おひとりでお住まいですか？　ルームメートがいますか？　恋人とお住まいですか？　配偶者とお住まいですか？　それとも、今申し上げたどれにも当てはまらない状況ですか？」

「夫と住んでます。配偶者と」

「わかりました。どうもありがとうございました」

「もうひとつの質問は？」

考えていなかった。「ええと……次の質問に正解いただければ、『ウィメンズ・ウィークリー』を十年間無料購読できます。英語でいちばんよく使われるフレーズはなんでしょう？」

「え……わからないわ」

「残念。それは二番目によく使われる言葉です。いい一日をお過ごしください」そう言い残して電話を切る。

この女性は、夫の留守中にペトロフと浮気しているのだ！　次にペトロフに会うときに、確認できるような質問をしてみよう。もう離婚しているから彼が不倫しているわけではないけれど、彼女のほうは確かに不倫している。

ことによると、彼女が大雪の日にペトロフのアパートにいた人なのかもしれない。もしかしたら、彼女が靴下を買ってあげた人なのかもしれない。もしかしたら、目覚めたときに、ペトロフが思い浮かべる相手なのかもしれない。

だからあの日も、ペトロフを見かけたんだ。

これでペトロフにも、目標リストを作ってあげられる。結婚している二十代の女性と遊ばないように。しかも患者が住んでいる家の近くで。

マットといいシェリルといい、世の中には浮気をする人ばかりだ。だからといって、みんながみんなそうとは限らない。たとえばカーラは、絶対浮気はしないと言っている。多くの人がしているからといって、みんながやるとは限らないのだ。どうしてそんな当たり前のことを忘れているの？　みんながビールをがぶ飲みして一夜限りのセックスをしていたハーバード時代は、ちゃんと覚えていたのに。昔のわたしのままでいたい。昔のわたしは、信念をしっかり持っていた。

最近のわたしは、ルールがあやふやになってきている。ガイドラインがなくなったら、どうやって物事を判断したらいい？　ガイドラインを変え続けていたら、どうやってそれを維持したらいい？

でも、ちゃんとしたルールがひとつある。ペトロフのリストだ。何があってもあれをすべて達成すれば、どうやって生きていこうか決めるための経験を積んだことになる。とりあえずリストをきちんとこなそう。リストの内容は、ほとんどの人はきっとたいして考えもせずに実行していることだけれど、わたしはいつも考えすぎてしまう。リストをこなせば何かが変わるはずだ。

女性をちらっと見た印象は、かわいくて、背が高くて、長い髪をしていた。かわいそうなペトロフ。彼は白髪混じりで、眼鏡をかけて、離婚していて、ふたりの子供を育てた仕事人間だ。そんな彼が、黒髪の黒い目をしたバービー人形の気をひこうとしている。求められて舞い上がってしまっている。

ペトロフは本当に幸せなんだろうか。もしかしたら、彼女の夫が留守で、彼女の気をひくことができるときだけ幸せなのかもしれない。

翌朝は太陽が顔を出していた。道には水たまりがまだ残っていて、前日がひどい雨だったことを証明している。シェリルとペトロフは、今頃何をしているだろう。もう仕事を始めているだろうか。

シェリルがペトロフの患者じゃなければいい。そうなると、ちょっと問題だ。もしかしたらシェリルはすべてを持っているのかもしれない。正午には、溺愛してくれる父親のような人を。夜は、忠実な若い夫を。彼女が持っているものをわたしも欲しがるべきだろうか。

九時に電話がかかってきて、まだ行ったことのない法律事務所での校正の仕事が入った。今度は昼間の仕事だ。リュックに雑誌、トランプ、日記、『ホーキング、宇宙を語る』をつめ込む。これでシフトの半分の時間はつぶせる。

太陽が出ているときにオフィスにいるのは変な気分だった。みんなスーツを着ている。仕事はすぐに終わってしまう程度のもので、だいたいは退屈して過ごした。そのあいだに『アトランティック・マンスリー』四カ月分を読み、ひとりでトランプをして遊び、最近観た映画十本のリストを作ってそれぞれ何点だったか評価を下した。『ブラックの法律辞典』と普通の辞書の余白にぱらぱらめくるとアニメーションになる漫画を描き、家の留守番電話を六回チェックする。

それからもっと時間をつぶすために、ボストンのデイヴィッド・ハリソンに電話することにした。ここのところ、ずっとそうしたいと思っていたのだ。

誰も見ていないことを確信してから、デスクの上の電話を少しずらして番号を押す。まだ彼の電話番号は覚えている。とはいえ、彼の番号に限らず、電話番号を覚えるのは得意だ。どれも何かほかの重要な番号と関係している。だから宝くじは買えない。いろいろな組みあわせを考えすぎて、番号が選べないのだ。

呼び出し音のあとに、女の音声メッセージが流れた。「ただいま留守にしています。メッセージを残してください」ビーッと発信音が鳴った。

この番号がまだハリソン教授の電話番号なのかはわからない。でも、そうかもしれないと納得しなくてはいけない。ずっと願っていた――というか、思い込んでいた。彼には、わたしよりも好きになれる相手は出てこないって。そんな考えが現実的でないことは自分でもわかっている。けど、誰かとの接点がなくなると、心の中でその人との時間は止まってしまう。

もちろん、彼は結果的にわたしにふさわしい人ではなかった。そうだったのは最初の数週間だけ。でも誰だって、最初の数週間はふさわしい相手に思える気もする。

また手持ち無沙汰になったので、しばらく〝ノーマルな人〟たちについて考える。つまり今のわたしみたいに、留守番電話の声が誰だったのかと思い悩まなくてもいい人たちのことだ。それほど自信に満ちて、満足した状態って、どんな感じなんだろう。それともほかに問題を抱えているんだろうか。世界には、問題がない関係なんてありえないし、完璧な相手なんて存在しないと考える人もいる。そういう悲観論者は間違っていると思いたいけど、もしかしたら真実はそうなのかもしれない。

ついに募集広告で知りあったマイケルとのデートの日がやってきた。

待ち合わせよりも早く〈バーンズ＆ノーブル〉に行き、カフェのテーブルをおさえておく。テーブルの上には雑誌が何冊かあり、『ロープ』というタイトルの雑誌をピックアップして、ページをめくりはじめた。タイトルのとおり、ロープのことしか書かれていない。本当に変わっている。ふたつ離れたテーブルでは、『子犬』という雑誌を読んでいる老人がいる。

正面のドアから誰かが入ってくるたびに、マイケルじゃなければいいのにと思う。入ってくる人みんな、変な人ばかりに見えるのだ。最初は、髭が腰まで伸びている男の人。それから、サングラスをかけて、葉巻をくわえた男。次は、角刈り頭の十歳くらいの男の子。広告の中でルックスについては書かなかったから、腰まで髭がある男とか緑の髪をした男、蛍光色のパンツの男が現れる可能性もあるのだと、今さらながらに気づいた。浅薄な人間に思われたくなかったから、省いたのだ。でも認めるしかない——わたしたちは誰だって、ルックスのことが気になるものだ。ただ気になるポイントがひとりひとり違うというだけ。ブロンドで青い目がいい人もいるだろうし、モヒカン刈りの人が苦手な人だっている。せめて苦手なタイプだけでも書いておけばよかっただろうか。

やっと二十代らしき男が入ってきた。広いおでこに黒い髪で、長いもみあげ。黒いレザーのジャケットを着ている。

彼がわたしのほうを見たので、わたしは目をそらした。すると、彼はにっこりしながらわたしのほうに近づいてきた。電話では背が高いと自慢していたけれど、実際はかなり低い。

ただ正直さを求めるのが、どうしてこんなに難しいんだろう。

「ヘザー？」と彼がきく。

「ええ。お会いできて嬉しいわ」

「会えて嬉しいよ」マイケルはにっこりして、もう一度わたしを見る。とてもあからさまに。それからわたしの前の席に腰かける。

「で、きみの広告は、頭がいいとかなんとかだったよね」

「で、あなたは、こういう広告に返事をしたことはないって言ってた人よね」

マイケルが笑う。「この号まではね。お金を払ってサービスセンターを利用するなら、ほかにもいくつか試したほうがいいって思ったんだ。けど、きみのにはすぐ電話をしてみようと思った」

テーブルの上の雑誌を手に取る。「これを読んでたの。ロープの雑誌よ。どういう人が読者なのかしら」

「わからないな」マイケルが真面目に答える。まるで難しいリサーチをわたしが頼んだかのように。笑ってほしかっただけなのに。でも仕方ない。

「きみは……」と彼が言いかけた。

「あなたは……」同時にわたしも。

「何？」ふたりしてきく。

「わたしは……」わたしが言いかける。

「きみは……」と彼も言いかける。

わたしがあきらめて口をつぐむと、「サンドイッチを食べたい？」と彼がきいた。「ぼくは普段、朝食を食べないんだ」

「朝食は大事よ」とわたし。

「どれも砂糖だよ。砂糖がいっぱい入ったシリアル。フレンチ・トースト。マフィン。起きてすぐ角砂糖を食べるようなもんだ」そのことについて本当に怒っている様子だ。

「じゃあ卵を食べれば」

「脂肪だ」マイケルは首を振ってカウンターに向かった。わたしもあとに続く。「七面鳥とチーズのサンドイッチ」それからわたしのほうを見た。「何にする？」

「朝食は食べたから」いたずらっぽく続ける。「ダイエット・コーラにでもしようかしら」

「ダイエット・コーラを」マイケルは注文してからまたわたしにきく。「ほんとに、ベーグルもいらない？」

皮肉がわからない人って嫌だ。

「じゃあ、わたしもサンドイッチにしようかしら？」

「いちいちぼくにきく必要はないよ。きみが自分で払うんだから」

友だちがいたら、この話を聞いてもらえるのに。カウンターに身を乗り出し、ダイエット・コーラはやめて、七面鳥のサンドイッチとアップルジュースにすると店員に伝える。それからマイケルと席に戻った。

「で、きみは自分の外見について何も言ってなかったね。でも、そんなに悪くないよ」

「ありがとう」

「ぼくは……大丈夫かな？　好きになれそう？」

この人、頭がおかしいんだろうか。「それより、もっと楽しい話をしましょう」とわたし。

そのあとの会話は〝うまくいかなかった〟と言うほかなかった。お互いに相手の話を遮り、相手のジョークには笑わず（とはいえわたしが笑えるわけがない。彼はひとつもジョークを言わないから）、古典文学は現代社会となんの関連性もないからクズだという彼の意見について論争する。わたしは、古典文学の数多くのテーマや言葉遣いは、毎日の会話の中やポップ・カルチャーにも登場するんだと指摘した。「みんなコミカルさを強調するためにしょっちゅう〝友よ、ローマ人よ、同胞よ〟（シェークスピア作『ジュリアス・シーザー』の中の台詞）って言うでしょ」

けど、マイケルはこれを一度も聞いたことがなかった。

「〝なんのことだかさっぱり〟みたいね。ところで、今のもシェークスピアの台詞をもじったのよ」

マイケルが尋ねる。「なんだって？」

もうあきらめよう。

食べ終わると椅子から立ち上がった。「それじゃあ。会えてよかったわ」

「ああ。今までに、瓶から直接アップルジュースを飲む人は見たことがなかったな」

もうどう答えていいかわからない。席を離れようとしたところでマイケルが立ち上がった。「で……また電話してもいい？」

「もちろん」〝本当にそうしたいと思っているなら、あなたの相性の基準はとても低いわ〟と心の中でつぶやきながら答えた。

店を出ると、ひどく落ち込んだ気持ちで通りを歩いた。どうしてあんな思いをわざわざしなくてはいけなかったんだろう。

でもすぐに解放感にかられて、飛び上がりたくなる。もうこれでデートをする必要はない！　おしまいだ！　結局デートはひどいものだってことを証明できた。これでリストからデートの項目をはずし、ペトロフにも〝やってはみましたが〟と言える。マットはもうほかの人のものだから、今回こそ本当のデートだ。

さあ、アパートに戻って、なんでも好きなことをしよう。ピルビー・パーティを開くのだ。誰かのために譲歩したり妥協したりする必要もない。

アパートに戻ると、留守番電話のメッセージがあることを示すライトが点滅していた。アダムじゃないといいけれど。もしそうだったら、少しだけしゃべってみて、共通点がありそうなら会うだけ会おう。でなければ、悪夢のような時間をもう一度味わうつもりはない。でもアダムではなかった。それはそれで、なぜアダムに拒絶されなければいけないのかと少しむっとしたが、忘れることにした。

電話はエッピーからで、明日、教会でジョゼフ・ナットと会うことになっていることの確認だった。予定の変更がなければ、折り返し電話をする必要はないという。もちろん変更はない。わたしは完璧に自由だ。

デートに出かけて、組織にも入った。残るはあとふたつ。誰かに、その人のことを大切に思っていると伝えること。大晦日を誰かと過ごすこと。そうしたらわたしが何を学んだのかがわかる。

前者に関しては、クリスマスに父がやってきたときに、大切に思っていると伝えればいい。でも、父を相手に言うのは少し変だろうか。父に〝愛してる〟と最後に言ったのは、十歳のとき。父もわたしにそんなことは言わない。わたしのことを愛してくれているとは思うけど、わたしたちは、そんなことは言いあわない。もしかしたら、誰かほかの人に言ったほうがいいかもしれない。誰かはわからないけど。

今終わったばかりのデートについて考える。マットが相手ならよかったのに。マットなら、わたしのジョークをわかってくれた。マットならジョークを言ってくれた。マットなら、誰でも知っているシェークスピアの台詞ぐらいすぐわかった。でも、彼には電話できない。彼が電話してくるのを待つことしかできない。いつになるかは、わからない。

募集広告にメッセージが来ているか確かめることにする。〝一件のメッセージがあります〟と音声が流れる。

このあいだもメッセージを残した四十六歳の男からだ。「もう一度伝えておきたいことがあってね。もし、ぼくに電話をくれなかった理由が年齢なら……知り合いはみんなぼくのことを、年齢よりもずっと若く見えるって言ってくれるんだ。だから年のことは気にしないでくれないか。ともかく、前にも言ったけど、よかったら電話が欲しい」

年齢より若く見えるということ以外に、自分のことは何も語っていない。もちろんお断りだ。募集広告には男性を求めている四十代の女性もいっぱいいる。それなのにこの四十代の男は、十九歳を追いかけまわしているなんて。フェアじゃない。

翌朝、父から電話がかかってきた。クリスマス休暇の話をしながら、ここのところ楽しそうだね、と言われてふいに心配になった。もしかしたら、悪いふるまいをしているせいで気分がいいのかもしれない。悪い人間でいることが気持ちいいことだったら、どうしよう？　悪いことをしないと、幸せになれないとしたら？　だから、人は恐ろしい地獄の存在を唱える宗教を生み出さなきゃならなかったの？　人が規則を守るのは、常識やモラルじゃなくて、ただ恐怖のせいだとしたら？

「季節のせいかもね」と父に言う。

「それはいい」

それから父は仕事について話した。最近会った人がビジネス・レポートを作成するかもしれず、フリーランスの校正者が必要になれば仕事がもらえるだろうという。

電話を切ったあと、何かお金を使おうと決めた。まずは父にクリスマス・プレゼントを買おう。

赤い傘をつかんで外に出る。雨は一時的にやんで、空気はむっと湿っている。

傘を開くと、通りがかりの男の人が大声で「雨は降ってないよ！」と声をかけてきた。ニューヨークの人は、黙っていることができないのだ。セクハラをしていないときやにっこりしろと命令してこないときは、傘の使い方を指図する。

通りを離れるときに、ペトロフの恋人、シェリルのアパートの前を通り過ぎる。窓を見上げたけれど、彼女の姿も夫の姿も見えなかった。もちろん、ペトロフの姿も。

店のクリスマス・デコレーションを見て、元気が出てきた。デパートには、くるくると踊るサンタクロースや、雪の日用の手袋、頭が動くテディ・ベアに、オルゴールなどがそろっている。そのオルゴールは、わたしがとても幼かったときに教会で歌った曲がすべて内蔵されていた。賛美歌の九十八番が流れる中、みんなが、香水売り場から帽子やマフラー売り場にゆっくり移動する。

父にはオフィスで使える高級なデスク時計とペンのセットを買った。父はそういうものが好きなのだ。地下の売り場では、金色の包装紙に包まれてけばだった赤いリボンがかかったキャンディ・ボックスが山積みになっている。すごくきれいなので、ひとつ取らずにはいられない。父が好きなキャラメルが入ったのもあるし、チョコレートが入ったのもある。それらを一個ずつ買う。チョコレートを誰にあげるかはわからないけれど、クリスマスまでには、このプレゼントをあげるのにふさわしい誰かができるといい。

次に寄ったのは本屋だ。自分と父のために大辞典を二冊買う。風邪でもひいてアパートに一週間こもるはめになっても、それを読んで楽しく過ごせるように。歩きながら気になった単語を、帰ったらさっそく辞典で引いてみよう。

通りをそのまま歩いていくと、タイムズスクエアからそれほど遠くないことに気づいた。お腹がすいていたのでどこかに寄っていこうと考える。この近くにはピザ屋にチキン屋、地ビールを出す巨大なレストラン、それにマットと初めて食事をしたメキシコ料理屋がある。

メキシコ料理屋にしよう。そこはすてきなことを思い出させてくれる場所だから。それに、ひとりで食べていれば出会いがあるかもしれない。そうなったら絶対にペトロフを喜ばせることになる。

四十二丁目で左に曲がる。広いレストランにひとりで入るのは少し気がひけたけれど、バーに座っている何人かはやはりひとりで来ているみたいだ。小さなお皿をじっと眺めるか、バーテンダーとしゃべっている。

空いているスツールを見つけ、ケサディーヤとマルガリータを注文した。だがそこでバーテンダーに身分証明書を見せろと言われた。普段は年上の人たちと一緒だから、誰もそんなことを気にしなかったのだ。身分証明書は家に置いてきたと説明したが、バーテンダーは明らかに怪しんでいる。そこで「よく考えたらレモネードが飲みたい気分だわ」と訂正した。ケサディーヤと一緒に飲むには、それもいい。

客の数はだんだん増えてくる。バーテンダーの背後にある鏡のおかげで、入り口も店内もよく見えるのだ。客は、濃紺と黒いスーツを着た男の人が多い。

そのとき、ひとりの男性が目に入った。マットだ。

マットは女の人と一緒にいる。ショウナだ、きっと。ウェイターはふたりを反対側のテーブル席に案内した。

でも、ショウナはメキシコ料理が嫌いなはずだ。それに、今の女の人は写真に写っていた人にはちっとも似ていない。三十代初めだろうか。スーツを着て、髪はストレートのショート。ふたりとも笑っている。マットはわたしに気づいていない。

マットと同じ職場で働いている人かもしれない。でも見れば見るほど、ふたりの仲は親密そうで、それ以上の関係に思えてくる。

料理をたいらげ、鏡の中のふたりを観察し続ける。ふたりは笑い、マットがうなずき、ふたりは食べる。マットが窓を指さすと、彼の連れは首を振る。

わたしは勘定を払い終えると、ふたりのほうに向かった。

女の手はテーブルの上に置かれ、マットの手がそれを包んでいる。

「こんにちは、マット」と声をかけた。

マットは驚いたようだ。「ああ。こんにちは」女がゆっくりと手をひっこめる。「ええと、こちらはベス」

ベスがわたしに会釈する。マットはわたしの名前を彼女に言おうとはしない。

「おふたりは同僚？」

ベスは〝どう言ったらいいかしら〟と問いたげな表情でマットを見た。マットが首を振る。

「ぼくらが会ったのは……最近なんだ」

「パーティで？」優しい声できく。

ベスがふたたびマットを見る。マットは何も言わない。

「友だちを通じてよ」とベス。

「大学のお友だち？」とわたしはきく。

「友だちは……その、友だちだよ」とマット。

「そう。じゃあ、おふたりともごゆっくり」そう言って、わたしは店を出た。マットはわたしのあとを追ってこない。

彼女にもあの募集広告を通じて会ったのだ。募集広告で彼が会うのはわたしひとりだと考えていたなんて、ばかにもほどがある。ショウナを裏切ったように、わたしを裏切ることはないと考えていたなんて。しょせん不倫男は不倫男なのに。でも浮気相手のくせに、浮気されたからといって文句を言う権利なんかわたしにはない。コカインを買ったのにそれが本物じゃなかったとわかり、売人を告発するために警察に駆け込むようなものだ。

腹が立った。マットに怒鳴ってやりたい。でも、できない。わたしたちの関係はそういうまともなものではないから。わたしが怒っていようがいまいが、マットが気にする理由なんてない。電話する理由なんてない。わたしは彼の婚約者じゃないんだから。たったひとつの権利は、彼が電話でデートに誘ってきたときに、誘いを受けるか、断るかだけ。それだけだ。彼の残りの時間はショウナのもの。もしくは彼がつきあいたい、ほかの相手のもの。わたしは二番手どころか三番目か四番目、いや、五番目かもしれない。

正直に言って、マットのように多くの人に出会いたいという考えは理解できない。だけど、わたしがひとりになりたいと思うのと同じだとしたら？　このあいだカーラが言いたかったことは、そういうことなのかもしれない。同じ欲望を自分が持っていないからって、判断を下す権利がわたしにあるんだろうか。わからない。でもともかく、正しいことではない気がする。

数カ月もすれば、マットは自分の意志で教会に立ち、ショウナを一生裏切らないと誓うのだ。

アパートに戻ると、落ち込んだまましばらくベッドに横になった。心が重たくて、マットレスを通り越して床にまで落ちてしまいそう。気分をよくしてくれるものは、何もない。たったひとつを除いて。

わたしはデパートの袋からチョコレートの箱を取り出した。結局、中身の半分をたいらげた。

翌朝はどうしても教会に行く気になれなかった。行ったところでなんの意味があるんだろう。勇気を出して行動を起こしても、誰かについて知れば知るほど、親しくなればなるほど、裏切られたときのショックは大きい。しかも、それはわたしのせいだとわかっている。

それでもやっとのことで起き上がった。空虚な気持ちで、地下鉄の駅へと歩いた。

どう言ったらいいかわからない。けど、ジョゼフ・ナットの説教は感動的だった。今日の説教は、ベネズエラで起きた大洪水と泥流についてだ。その話は多少聞いたことはあった。数千人も死んだのになぜもっときちんと知ろうとしなかったのかと、わたしは自分を責めた。

「どうして、神がそんなことをするのでしょう？　赤ちゃん、母親、きょうだい、動物。すべてがベネズエラの洪水では平等に扱われました。死んだ人の中には、純粋な善人もいました。とても幼い子供などは、自分の意志で行動するチャンスもありませんでした。どうしてみんな死ぬはめになったのでしょう？　どなたか、ちゃんとした説明ができますか？」

できない。でもジョゼフならできるはずだ！

「聖書の、イザヤ書五十五章の八節から九節の中にこう書かれています。〝主は言われる。わたしの思いは、あなたたちの思いと異なり、わたしの道はあなたたちの道と異なると。天が地よりも高いように、わたしの道は、あなたたちの道よりも高く、わたしの思いはあなたたちの思いよりも高い〟。この言葉の意味は、根拠はあるが、わたしたちにはまだわかっていないということなのです。主はご存じです。わたしたちには見えていないことをお見通しなのです。わたしたちが知らないことをご存じなのです。わたしたちは主を理解することはできないのです。数千人もの死を説明できる理由などあるのか、わたしには確信が持てません。聖書の研究者でさえ、主を信じようと努める者でさえ、このような悲劇と破壊に善を見るのは、困難なことです。このような殺戮《さつりく》と腐敗に」

「それで、この人たちにはどのようにして審判が下されたのでしょうか。わたしたちは善人なら天国に行き、悪人なら大変なことになるのが当然と思っています。けど、六歳の女の子が癌で死んでいくのを目にします。南アメリカで、激流と泥に、罪のない人々がのみ込まれてゆくのを目にします。隣人が妻に不貞を働いたり、上司から金銭を盗んで、裕福になるのを目にします。嘘つきのいとこが宝くじに当たるのを目にします。これは、どんな道理なのでしょうか？」

数人が首を振る。わたしもその理由を知りたい。

「困ったことに、わたしにはわかりません。でもこれだけは申し上げたい。概してこの世では、因果は巡るという場面を何度も目にするということです。そうでしょう？」

数人がうなずく。

「ベネズエラの場合、いい理由づけはありません。ですが罪人が収監され、勇敢な人が報われるのを目にします。ニュースではヒーローの姿も多く映っていました。ベネズエラで人命を救ったヒーローたちです。人々が協力して働く場面を目にしました。救援者たち。救済に来た人たち。それこそ主なのです」ジョゼフは歩みを止める。「それこそ主なのです」ともう一度言う。

「ひどいことをした人間が、安らかな気持ちで、死にゆく妹を救ってくれるよう神に祈ることはできません。そういう人間は神に救いを求めることができない。犯した罪を取り消さない限り。遅かれ早かれ、他人を傷つけた行為は告白するはめになるのです。だからこそ、運命は決まっていると考えるにしろ、人生は偶然の積み重ねと考えるにしろ、人はみな善悪の知識に基づいて行動しなければならないのです。わたしはもちろん聖書を読みました。たいがいの部分がよく道理にかなっています。でもそう書かれているからといって、あるいはジョゼフ・ナットがそう言ったからといって、またわたしが書いたすばらしい本を読んだからといって、天国の門をくぐれないのではないかと怖れているからといって、善人になろうとするのはやめなさい」少しかがんで、しゃべりながら手で変な形を作る。

「聖書を読んだときに、あるいは説教を聞いたときに、聖書や説教の内容が正しいと信じたなら善人になろうとしてください。恐怖からではなく。考え、信じるからこそ、そう努めてください。もし信じられないなら、わたしにきいてください。わたしにぶつかってきてください。わたしはみなさんに理解してほしいのです。みなさんに考えてほしいのです。みなさんに信じてほしいのです！」

拍手が始まる。たぶんまたエッピーのしわざだ。それからほかのみんなも拍手する。

「先週よりもたくさんの方がこの教会に来てくださいました。みなさんが、新しい方を連れてきてくださっているのです。それは、みなさんがよい行いをしてるということです。わたしたちは自分自身を責めてこの世を去るということにはなりません。自分に忠実であろうと最善を尽くさなくては。ときには残酷になる世界と直面しても。わたしたちは強いのです。さあ、みなさんで〝わたしたちは強い〟と言ってみましょう」

「わたしたちは強い！」

それからみんなでお祈りをし、それが終わるとジョゼフがもっと話して会はおしまいとなった。何人かが彼の本を買おうとしてドアの近くに固まっている。わたしは、廊下を通ってエッピーのほうに向かった。

「こちらへ」とエッピーに、狭い部屋に案内される。そこには茶色い冷蔵庫、掲示板、本と新聞、雑誌がうずたかく積まれた机が三つある。

数分ほど待っていると、額をタオルで拭きながらジョゼフが入ってきた。「思ったんだが、さっきの……」と、エッピーに話しかけている。声は嗄《か》れていて、説教のときの声とは違った。「ああ」そこでわたしに気がついた。「きみがキャリー？」

わたしは決して自意識過剰な人間ではないけれど、彼はわたしに気があるのではないかとふと思った。なんというか、彼がわたしを見たときの反応は、顔を強い風で叩かれたような驚きだったのだ。地下鉄の電車が近づいてきたときに感じるような。

「エッピー、もういいよ」とジョゼフが言い、エッピーは出ていった。

「二十代のグループのことでお電話をいただきました」とわたし。ジョゼフは何歳だろう。わたしの年に近いはずがないけれど、ペトロフの年にも見えない。四十代くらいだろうか。鼻梁《びりょう》が高くて髪は黒く、横にきれいに分けられている。

「そうなんだ。その年齢層にリーチしていなくてね」ジョゼフは椅子に座る。「散らかっていて恐縮だが」

「かまいません。わたしのデスクもこんなもんです」

「本をよく読むの？」

「ええ」好きになってもらう材料をすぐに挙げるためにつけ加える。「好きなことのひとつです」

「ぼくもだ。どこの学校に行ったの？」

「ハーバードです」

「悪くないね」彼はにっこりして、背もたれに寄りかかった。「卒業してどれくらい？」

「卒業してから？　一年です」

「で、どうして教会に来たんだい？」

「通りでビラをもらったので。ここがカルト教団かどうか見極めたかったんです」

「で？」彼は椅子に寄りかかる。目がきらきら光っている。

「今日の説教は気に入りました。特に、すべてについて答えを持っているわけじゃないって、ジョゼフさんが認められたことは。大学一年生のときに取った文学のクラスで、最初の授業で〝ジョゼフ・コンラッドは大嫌いだ〟と認めた教授がいました。そのときもすばらしいと思いました。彼と同意見ではなかったんですが、教授にそういうことを言う勇気があったことに感心して。おかしなことに彼は、どの教師よりもうまくコンラッドを教えてくれました」

「コンラッドなら『ロード・ジム』を読んだよ」

「『ロード・ジム』は読んだことがありません」

「あれはやめておきなさい。最悪だよ」ジョゼフは身を乗り出す。「で、ぼくらがカルトじゃないことを確かめにやってきたんだったね。どこでビラをもらったの？」

「禿げていて……ちょっと背が低い男の人から。彼はどういうわけかスペイン語を話す人にばかりあげていたけれど、無理矢理もらったんです」

「ああ。もしかしたらエリートたちよりもそういう人たちのほうが礼儀正しいからかもしれない。教派を始めるときには、あるいは、なんでも新しいことを始めるときには、ひどい扱いを受けがちだから。モルモン教徒は最悪な扱いを受けた。けど今、宗教の歴史を語るのはやめておこう」

「モルモン教徒は興味深いです」

「とても興味深い。ぼくは宗教学を専攻したんだ。宗教、神学、哲学。で、文学も副専攻だった」

「どこの大学だったんですか？」

「シティ・カレッジ。実に楽しかった。うまくやれれば、どこの大学に行くかは関係ない。

ぼくは十八歳にならないうちに三組の里親に育てられた。本だけが唯一、不変のものだった」

周りを見回した。ジョゼフの机の上や本棚、床には本が山積みになっている。

「で、この教派にもっと若い人を多く入れることができると思うかい？」

彼が自分の本を売りたがっていることはわかっている。ひらめきみたいなものがあったと主張しているのも知っている。でも今は、異議を唱える気にならない。

まただ。また、感情に基づいて尻込みしている。マットのことをショウナに言いつけなかったし、カーラとマットとキスをした。今は、だんだんこの教会が好きになってきている。こんなふうにしてカルトは人をそそのかすものでは？

ひとまず、もっとここの教会について知りたいなら相手に合わせておこう。

「若い人はいっぱい入れられると思います」

「どうやって？」

「ビラをみんなに渡してもらうんです。若い人が働いているウォール街とかユニオンスクエアとか、タイムズスクエアに行って」

「ビラを捨てさせないようにするには、どうしたらいい？」

わたしの意見を本当に重要視しているみたいだ。「この教派がどういうものか、ほかの教派とどう違うかを知ってもらう材料がいります。〈イエスのためのユダヤ人《Jews for Jesus》〉みたいに。

あの派の印刷資料はいちばんよくできていますよ。ビラを読むと、ユダヤ教に改宗したくなるんです」実際、あの派の印刷物には漫画やジョーク、文化への言及が盛り込まれている。

「ぼくらの教派のビラはどんな内容にしたらいいと思う?」とジョゼフがきく。「きみのような年齢層に受け取ってもらうためには」

「さあ、わかりません。今日、あなたがおっしゃったようなこと——〝すべての答えを持っているわけではない〟とか、もっと大胆になって〝教会はつまらない〟とか、そういうことを斬新でかっこいいデザインで謳ったら、若者は気になるかもしれません」

「なるほどね。デザイナーは誰がいいんだろう?」とジョゼフ。

考え込んで、ひとり思いつく。

ショウナだ。自分の広告会社を始めたばかりだもの。きっとクライアントを必要としている。

「心当たりがあります。友人の知り合いにいます」

「すばらしい！　彼は興味を持ってくれるだろうか?」

「女性です。自分の会社を始めたばかりで、もしかしたらタダでやってくれるかもしれません。それが彼女のビジネスに役立つと思ってくれれば」

自分でも嫌になってくるけれど、しゃべりながら、ジョゼフの机やキャビネットの上に奥さんや子供の写真がないかと見渡す。独身で教派を始めるなんて、なんだか変だ。強力に支援してくれる人がいないとそんなことをしそうにない。もしかしたらエッピーが彼の恋人なのかも。

「ありがとう」ジョゼフは立ち上がってわたしと握手した。「そろそろ信者のみなさんと話しに行かなきゃ。電話するよ。その広告関係の人に話してもらうかも」

「ミーティングを設定します」

ジョゼフは部屋を出ていくと、小柄で太った女のほうに歩いていき、握手をした。女は年とった母親と一緒で、彼はふたりの話に熱心に耳を傾けている。見下したり退屈したりする様子もなく聞けるなんてすごい。それに、彼は本気で聞いているのだと思う。心から関心があるように。

彼はわたしがそばにいたいと思うタイプの人だ。けど、ほかのみんなもそう思っているのは明らかだ。

10

数日後の朝、ペトロフに会いに行った。

「今日はぎりぎりまで時間をもらいたいです」と椅子にかけながら告げる。「四十五分あるセッションのうちの、一分も無駄にしたくないんです。さっそく始めましょう」

「いいよ」ペトロフは微笑む。「リストは役に立ってるかな?」

「最悪というわけじゃありません」リストがあったおかげでマットに出会えたのは本当だ。必ずしもいいことばかりではなかったけれど、少なくとも楽しい時間を過ごせた。リストのおかげで、あの教会にも加入した。今このときがすばらしくはなくても、確実に変化は起きている。部屋の中にひとりでこもっていたら、何も起きなかった。嫌でもパーティやデートに出かけていれば、そのうちにもっといいデート相手に出会って、もっといいパーティにも招かれるようになるだろう。〝社交性バタフライ効果〟だ。

「で、どれをやってみた? デートはした? 組織に入った?」

「両方とも。マイケルという人とデートしたわ」

「すばらしい！　どうやって出会った？」

今のところ嘘をついておかなきゃ。「法律事務所での校正の仕事で。デートそのものは最低でした。でもいつか、もっといい相手とデートできるって楽観してます」

そう言えるたったひとつの理由は、どんなデートだって、あれよりはひどくなりっこないから。

「いいことだ。その話をしたいかい？　彼との出会いから教えてくれないか」

「ええと、わたしたちは法律事務所のライブラリーにいて……」

この話はどうとでも転がせるけれど、まずはペトロフが信じるような話にしないと。

ペトロフは身を乗り出した。興奮している。

「で……結局、仕事が終わったのは朝の四時頃だったんです。彼はわたしの近くに住んでいて、同じタクシーに乗りました。彼は大学を卒業したばかりらしくて、わたしたちは共通点があったから、その週末に〈バーンズ＆ノーブル〉で会うことにしました」

「いいね。それから？」

「特に何も。あんまり話すことはなかったんです。それから彼は変になっていきました。食べ物の好みがすごく変わっていて――」

「どういうふうに？」

ああ、先生は本当にききたがりだ。「毎朝、朝食は抜くそうです。で、脂肪が入ったものを欲しがるのは罪だというような気持ちにさせられました。デートの終わりのほうで、彼に〝今までに瓶から直接ジュースを飲む人は見たことがない〟って言われました」

ペトロフが笑う。その笑いはわたしを元気づけるというか、わたしがしたことは普通なんだと思わせるためだと思う。

「もしかしたら、それはほめ言葉だったのかもしれないよ。彼が望んでいたのは……いや、なんでもない」

「なんですか？」

「なんでもないよ。で、また会うつもり？」

「いいえ。彼は変わってます」

「だけどね……」

「先生は一回のデートだって言いました。二回しなきゃならないなら、超過勤務手当が欲しいです」

ペトロフが真面目な顔になる。「じゃあ、それは嫌な経験だった？　正直に言って、デートをしてよかったと思う？」

考えてみる。「人生が変わるような経験ではなかったけれど、アパートにこもっていても、それよりも大事なことをしたわけではないから」

「その意気だよ。ほかには、どんなことをした？」

「あの教会に行ってきました。それが、そんなにひどくはないんです。二十代の入会者が増えるように手伝ってあげるつもりです。彼らはこの街で働く若い人たちに、教会に戻ってきてもらいたがってるんです」

「すばらしい！」

「最初は、カルト集団かと思っていました。丸め込まれたくはありません。でも、まともそうですから」

「もしかしたら、きみは直感を信じるべきかもしれない。正しい方向に向かっているかもしれないよ」

「そうかも」

ペトロフが微笑む。

「けど、今日はもっと大事なことを話したいんです。わからなくなったことがあって」

「いいよ」

「わたしは、婚約者がいるのに浮気している男を知ってます。浮気する人はたくさんいるってわかっています。この浮気の問題が、わたしはわからなくなりました。人は偽善者でどんなルールも守ろうとしないって、わたしはしょっちゅう言ってきましたよね。もちろん、結婚したときには、誰でも浮気するつもりなんかないでしょう。宣誓しますから。けど結局浮気してしまう人は、ほんとにたくさんいます。結婚生活が長くなると、刺激がなくなるのはわかります。だからといって、正当化できるものでしょうか？」

ペトロフは深呼吸する。「そうだね。状況によりけりだと思う。ひとりひとりが、何が正しいか、自分で決めないといけないね」

「浮気がいい場合もあると？　相手は何も知らなくて、もし知ったら傷ついたとしても？　危険を冒しているかもしれなくても？」

「確かに、誰かを傷つけるかもしれない。それはよくない」

「じゃあ、浮気したいのなら――ほかの人に惹かれているのなら、結婚相手と別れてその人とデートすべきでしょうか？」

「考慮に入れたほうがいい場合もある」

わたしは、ふたりの子供と写っているペトロフの写真を見上げた。「娘さんは二十八歳ぐらいですよね？」

「そうだ。サマンサはね」

「彼女が五十歳の男とデートしていたら、どう思います？」

「それは……ちょっと変な気分になるだろうね。その男が娘を利用していないかどうか確かめたいな」

「じゃあ先生は、サマンサの年頃の女性と一度もデートしたことはないんですか？」

ペトロフは黙り込み、考えた。「何もかも場合によりけりだよ。人の精神年齢は異なるから。たとえば、きみ。きみは十九歳だけど、ある面ではかなり大人だ」

「ハリソン教授にもよくそう言われました」

「きっと、そうだったと思うよ」

「けど、わたしが言いたいことに戻ります。不貞。それは悪いことですか？　正当化する理由が何もなくて、結婚しているのにほかの人にも惹かれているからといって浮気するなら？」

「この質問には、ぼくは答えられ――」

「二十年前ならきっと、先生は答えたと思います。きっと、浮気はいけないことだって言ったと思います」

「そう。その頃、確かにある友人が奥さんを裏切っていて、なんてひどい男かと思った」

「それで、今は？　寛容になった？　それとも、無関心？」

「その……」

「先生は今、わたしのアパートがある通りに住んでいる女性が好きで、突然、以前の先生なら嫌だと思ったことをしているんです」

ペトロフは心もとない様子だ。目が潤んでいる。

「わたしも先生の秘密を守ります。先生は、ハリソン教授のことを父に話してませんよね。わたしも、シェリル・ルービンのことを彼女の父親にはしゃべりません」

ペトロフが背筋を伸ばした。

「シェリル・ルービン」とつぶやく。

「わたしのすぐ近所に住んでいます」

「で……？」

「先生と彼女が玄関でキスしているのを見てしまいました」

ペトロフは息を吐き出し、床を見つめた。

「わたしになら話しても大丈夫です。秘密にしておきますから。約束します」

「どうかな、きみにはぼくみたいに守秘義務がない。それに、ぼくがここにいるのはきみを助けるためなのに」

「ちょっと前に、先生は言いましたよね。いつか、わたしが〝何もかもうまくいってます。けど、どうしても話したいことがあって〟と言えるような日が来てほしいって。先生のことを、友だちのように思ってほしいみたいでした。でも、対等じゃなければそんなことできません。先生はわたしのすべてを知っているのに、わたしは先生について何も知らない。先生にとっての正当な理由を知りたいだけなんです。責めたくてこんなことを言ってるわけじゃありません。モラルや倫理について、もっと理解を深めたいだけです。悪いことだからという理由で、そういうことをしないまま八十年間生きるべきか。すばらしい大統領候補なのに、たった一度でもマリファナを吸ったことがあると知ったら、とてもひどい人間に見えるのってなぜでしょう？　一回とゼロとの間には、どうしてそんなに大きな差があるの？　一度もセックスをしたことがなければ処女で、たった一回すると処女でなくなるのはなぜ？　決して越えてはならない線があるのでしょうか？　一回越えるのって、千回越えるのと同じくらい悪いことでしょうか？　一回越えて、もう二度と越えないと決心したら、道徳的なままでいられるんでしょうか？」

「きみは、ずいぶんたくさんの質問をしている」

「教会のせいなんです。おかげで、考えさせられるようになって」

「普通は、そうならないものなのに」

ペトロフはふと口をつぐんで自分の茶色の靴を見つめた。飾り房がついている。それから絨毯を見つめ、やっとわたしのほうを見る。

「パートタイムのコンサルティングをシェリルのエージェンシーでやってるんだ」ゆっくりとしゃべる。「彼女は、虐待された子供たちを救う仕事をしている。ぼくらが一緒に過ごす時間は多い」

わたしはうなずく。

「コーヒーを飲まないかって声をかけた」ペトロフは肩をすくめる。「ぼくらは話をした。それから、もっと話をした。もっと長い時間、一緒に過ごしたくなった」

「それで？」

「ねえ、ぼくらはこんな話をするべきじゃないよ」

「理論的には、そうすべきじゃありません。でも先生とは家族ぐるみのつきあいです。それに、先生がこのことを話せる人っていないでしょ？　わたしにもそういう相手は必要なんです。先生が今日話すことは、ここを出たら忘れるって約束します。だから答えて。罪の意識を感じますか？　シェリルはレシュコっていう男と結婚しているんでしょう？」

ペトロフはそれを否定しない。ただ、靴を見ている。

「自分がしてることを大目に見ますか？　急に、してもいいことになったんですか？」

ペトロフは考えてから、柔らかい口調で言う。「大目に見たりはしないよ。けど、もし今きみとのセラピーの時間でなかったら、ぼくはここに座って彼女のことを考えているだろう。仕事に集中しないで。ぼくは取り憑かれたんだ。彼女に会わなきゃならなかった」

「恋してるんですか？」

「話題を変えよう」

「知りたいんです。先生は、以前は不貞は悪いことだと思ってた。なのに今、先生自身がそれをしている。どうしてですか？」

ペトロフは自分の手を見つめた。「たぶん、きみがいつも言ってるとおり、ぼくは偽善者なんだ。それは否定できない。もしかしたら、間違ったことをしている。けど、ほかのことに比べればそんなに悪いことじゃない。もっと悪いことをしてる人もいる。今、誰かを傷つけてるという基準には該当しない」

「シェリルの夫を傷つけているかもしれませんよ」

「彼は、一度に数日も家を空ける」

「なんですって」

「彼も浮気してるかもしれない」

「なんですって」

「けど、もしかしたら――」

「なんですって……」

「まだ何も言ってないよ」

ふたりとも椅子に腰かけたままだ。次のロブに備えてかまえている疲れたテニス選手のように。

「もしかしたら、彼女はご主人のもとを去るかもしれませんね」とわたし。

ペトロフは思いをめぐらせている。

ペトロフ先生の行為は、本当に誰も傷つけないのだろうか？　ショウナがマットの愛人について知らなければ、彼は彼女を傷つけたことにはならないの？　シェリル・ルービンは夫を傷つけているの？

ペトロフ先生は顎を両手の上にのせて、やっとしゃべり出した。「ぼくのセラピストは、精神分析医でね。シェリルがぼくを求めるのは、ぼくが父親的存在だからっていう古くさい説を言い続けている。まるで、二十代後半の女性は五十代の男に惹かれるなんて絶対ありえないとでも言いたげにね。けど、きみはあの教授が好きだったんだろ？　彼はずっと年上だった。医者は、物事を小さな箱に押し込みたがるものさ」

わたしは、ペトロフがセラピストにかかっているという新しい事実を、まだのみ込めずにいた。

「先生のセラピストもセラピストにかかってると思いますか？　で、そのセラピストもセラピストにかかってると思います？　その人もまたセラピストにかかってると思いますか？　先生の知識なら、先生のセラピストのセラピストのセラピストのセラピストのセラピストのセラピストのセラピストにもきっとなれます」

ペトロフとわたしは顔を見合わせた。

それから、急に彼が言う。「時間切れだよ」

わたしはうしろの時計を見た。本当だ。五分超過している。

「抵抗はしません。次のセッションから五分引きます」と答える。

ペトロフはよろよろと立ち上がった。まるで、事故が起きた列車からやっと外に出てきたみたいに。「今日のセッションは興味深かった」

「ええ」

「じゃあ来週」

「そうですね。先生は疲れたかもしれないけど、正直に言ってわたしはたくさん学びました」

「皮肉かい？」

「いいえ。本気です。先生もたくさん学んだと思います」

「ああ。玄関先でキスはするべきじゃないと学んだよ」

今日の会話は、たぶん、少しはペトロフのためにもなったはずだ。もしかしたら、今の関係について考えるようになるかもしれない。シェリルのためにもきっとなる。ふたりが次に会うときには、ペトロフは動揺していて、彼女は優しい声でなだめることになる。女はそういうのが大好きだから。

半面、わたしはペトロフに罪の意識を植えつけた。それって、いいことなんだろうか。それとも悪いこと？

アパートに戻りながら、今日のセッションを振り返る。コーヒー・ショップの〝二十四時間営業中〟という電光掲示を見て、ようやく現実に戻った。

中に入ると、ロナルドがカウンターの上で顔を横向きにして眠っていた。

「ロナルド！」と大声で呼びかける。

彼はぱっと跳ね起きた。「カプチーノ？」

「いらないわ。それより二十四時間営業ってどういうこと？」

ロナルドは手で口元を拭った。「店長のマレイの思いつきなんだ。だからそのシフトで働こうと思って。時給が一ドル高いから」

ロナルドが気の毒になる。時給一ドルのためにつらい仕事をしているなんて。半日は寝て、家賃も払わなくてもいいという自分の生活がうしろめたくなる。以前のわたしは、こういうことで悩まなければいけない人をどこかで見下していた。わたしの中で何が変わったんだろう。

また、みぞおちのあたりが気持ち悪くなってくる。消えるのを待つのは簡単だ。でも、もしかしたら消すべきではないのかも。ちゃんと直視して、解決すべきことなのかもしれない。

わたしは自分が何者かわかっているの？　気に入らないことにも目を背けずにいられる？　話しかける能力が自分にないことを正当化するために、他人を白か黒かの極端な基準で判断していない？　確かにロナルドは聡明じゃない。でもそれがどうしたっていうの？

「最近サイを見かけた？」とロナルドにきく。

「一、二回は」彼が答える。「非常階段のほうは見た？」

「サイはいいやつだよ。ほんとに。ここに来るとみんなに挨拶する。知らない人にだってね。ぼくと長々と話してくれるのは、あいつだけなんだ」

わたしは微笑む。「いい話ね」

「サイは不規則な時間帯で寝起きしてる。深夜勤務《ロブスター・シフト》で働いているときのほうが、よく見かけるよ」

「〝ロブスター・シフト〟？　〝グレイブヤード・シフト〟っていうんだと思ってた」

「ふたつとも意味は同じだと思うよ」

「何が語源なのかしら」

「さあ」

数秒の沈黙。でも、あきらめるつもりはない。もっとがんばって人とつきあってみようと思っているから。

「で、調子はどう？」とわたし。

ロナルドはにやっと笑った。「いいよ。地下にあるアパートに引っ越す手伝いを、両親がしてくれるかもしれない。自分だけの場所になる」

「よかったわね」

「ねえ。きみは、いつも忙しいってわかってるけど、いつか……コーヒーでも飲みたくない？」

「ロナルド。ここはコーヒー・ショップよ。わたしはこの店にしょっちゅう来てるでしょ。でも一度もコーヒーを注文したことはないわ」

「いや、ちょっと思っただけなんだ」とロナルド。ああ、またわたしは意地悪になっている。

「ほかに何かしたいことは？　コーヒーを飲む以外に」

「実はぼくもコーヒーは飲まないんだ。きみは飲むんじゃないかと思っただけさ。ぼくがコーヒーを飲まないから、店長はぼくがここで働くのを気に入ってるんだ」

「宦官《かんがん》（去勢を施された官吏）がハーレムを守っているみたいなものね」

「なんだって？」

「なんでもない。映画は好き？」

「もちろん」

「じゃあ、いつか一緒に映画に行かない？　それともランチか」

「いいアイデアだ！　ぼくのシフトの前に食事できるよ」

気がつくと誰にも会わずに何日も過ぎてしまうんだから、一緒に食事をする人が近所にいるのはいいことかもしれない。それに、顔を合わせたときに交わす基本的な会話だけではなくて、もっとロナルドのことを知りたい。彼となら、友だちになれるかもしれない。

「あなたの次の〝ロブスター・シフト〟のときに寄るから、そのときに計画を立てましょう」

「いいよ!」

「ひょっとしたら、わたしはロブスターを持ってくるかもよ」

ロナルドが笑う。「生きてるやつはごめんだな」

「了解。じゃあ、またね」

「ねえ、キャリー」

「何?」

「サイもだけど、きみもいい人だね」

びっくりした。違う。わたしはいい人間なんかじゃない。

「そうならいいのにって思うわ」

「そうだよ。もちろん、きみはいい人さ。このあいだ、どうしてタンブラーを積み上げてるのかってきいてくれたし、通りで会うといつも、店の調子はどうかってきいてくれる。いつも、ぼくに話しかけてくれる。優しいよ」

「ありがとう」わたしはおぼつかない口調で言った。言われてみれば、サイ以外にロナルドに話しかけている人はいない。近所に住んでいれば、最低限それくらいできるのに。

「あなたもいい人よ」

ロナルドがにやっと笑う。

「じゃあ、またね」

その夜は早く寝て、朝の四時に目が覚めた。疲れは感じない。そこで、窓から顔を出して通りを見下ろした。

シェリルとダニエルが住んでいるビルのほうに目をやる。ペトロフは彼女のアパートの中にいるんだろうか。あれから、この近所に来るのを避けているかもしれない。

電線や鳩《はと》の糞がこびりついた屋根の覆いや、街灯やアンテナのはるか向こうで、マットはショウナと寝ているだろうか。彼は頭を彼女の体にのせ、彼女は手で彼の髪をまさぐって、人生はすべて望みどおりに運んでいると無邪気に信じながら。カーラはバーテンダーかウェイトレスと一緒に丸くなって寝ているだろうか。ステファンとパットも並んで寝ている？　ジョゼフは誰かと一緒かな。

わたしは誰とも一緒じゃない。もしかしたら、今はそれでいいのかもしれない。誰かと一緒にいるのって、とても難しそうだから。

また眠たくなって、結局十時までぐっすり寝た。

クリスマスまであと一週間。マットとショウナの自宅の電話番号は知らない。けど、彼の名字はわかっているから調べると、電話帳に電話番号が載っていた。

午後の二時頃に電話をすると、ショウナが出た。「もしもし」

優しい声だ。ものすごく悪いことをしているような、いたたまれない気分になる。

彼女が前に勤めていた会社と仕事をしたことがあると説明し、そこから、教会のプロジェクトに彼女を推薦されたと告げた。その件でしばらくしゃべってから、ジョゼフ・ナットの電話番号を教える。それからすぐにジョゼフに電話をした。彼は何か食べている最中のようだ。

「嬉しいな。その人からの電話を待とう。ねえ、きみはおそらく、忙しいレディだとは思うけど――」

ああもう。

「きみの自由な時間を侵害してしまっていたら教えてほしい。けどぼくは本当に、きみはこの教派にすごいエネルギーを持ってきてくれると思っている。給料も支払えるかもしれない。PR担当者のようなものになってもらってもいい」

仕事？　ちゃんとした仕事なの？「あの、そんな必要はないですよ」

「きみはちゃんとした学歴も、いいアイデアも持っている。頭がよくて、いっぱい本を読んでいる。この教派をうまく代表してくれるだろう。きみの経験なら、金を払って当然だ。文章は書ける？　編集はできるかい？　法律関係の校正をやっているそうだね」

「まあできるとは思います」

「忠誠心を金で買おうとしているわけじゃないんだ。きみが皮肉屋なこともわかっている。知的な人間はみんなそうだからね。だが、いろいろなサポートを数時間やってくれる人物が必要なんだ。あの説教だって、トピックを思いつくのはいつも難しい。もちろん説教は、すごいインスピレーションを得ての結果なんだが……」

わたしは笑った。「一年間、五十二週、神様がアイデアを授けてくれるわけではないですものね」

「そう。きっと、ぼくにはきみみたいな人が必要だ」

そう言われると、元気づけられた気分になる。こんなふうに感じたのは久しぶりだ。

そのときジョゼフの電話に割り込みが入った。「すまない、ほかに電話がかかってきたようだ」

「ショウナかもしれません」とわたし。

「たぶんね。近いうちに電話をするよ。いろいろ話しあおう」

「わかりました」

「じゃあ《Bye》」とジョゼフ。ちなみに〝グッバイ《Good Bye》〟は〝神のご加護がありますように《God be with ye》〟から来ている言葉だったはずだ。念のために辞書を引く。ずっと、間違ったことを思い込んでいないか確認するために。

あった。それからふと気になって〝辞書〟の意味も調べてみた。理論的には〝今、まさに使ってるだろ？　このばか〟と書いてあってもいいはずだけど。

クリスマスに向けて、リビングルーム用に小さなツリーを買った。今はキッチンの入り口近くに置いてある。周りにポップコーンのように白い光を出す電球がついたコードを巻きつけ、包装紙で包んだ父へのプレゼントをツリーの下に置く。それから壁に釘で、ふたつの靴下もかけた。中には、キャンディをいっぱい詰めてある。何が入っているかわかっているけれど、クリスマスの朝に開けるのが楽しみだ。

父が寝られるように、リビングルームのソファベッドを開いた。ドアから少し離しておかないと。父が夜中に目を覚まして外を歩きまわり、ペトロフとシェリルがいちゃついているところを見たら大変だ。

クリスマスツリーに偽物の雪もスプレーしてみた。けど、はっきり言ってひどい匂いだ。わかっていたのに、やってしまった。もう二度とやらない。

自分で買ったぬくぬくとした厚手のグリーンのセーターを着て、ハミングしながら歩きまわっていると、父から電話がかかってきた。

「部屋を飾ったのよ。靴下まで買っちゃった。あとはソファベッド用に、布団を買うだけ」

「ああ。わたしにそこに泊まってほしいのか、ホテルに泊まってほしいのか、わからなかったんだ」

「パパはここに泊まらなきゃ。ふたりで普通のクリスマスがしたいの。この街でほかの人がみんなするような」

「何時に行けばいいのかな？」と父。

「夕食はわたしに作ってほしい？　それとも何か注文する」

「何か外に頼めばいいよ。面倒はかけたくない」

「じゃあ五時頃に来てくれれば、何かオーダーして、それからテレビか映画が観られるわ。子供のときのように、クリスマスの朝には、プレゼントを開けたいの。それから靴下も」

「靴下？」

「中に、パパの好きなキャンディを入れておいたから……ああ、それは秘密にして驚かせるつもりだったんだけど」

父が笑う。「わかった。おまえの幸せそうな声を聞けて嬉しいよ。じゃあ、金曜日に」

クリスマス前、ペトロフとのセラピーで「父としゃべったときに、幸せそうな声だと言われました」と話した。

「それは悪いこと？」

「いいえ。でも、感情を誰かに判断されるのって好きじゃないんです。もし、わたしが幸せじゃなかったら、父は間違った判断をしていることになる」

「じゃあ、きみは不幸なの？」

「そんなことはないと思うけど」

「ぼくは、きみの状況は変わってきてると思うよ」

「でも信念は変わってません」

「そう。だけど、きみはその話をしたことで、喜んでほかの考え方を受け入れてみてもいいと考えている。以前ぼくがした質問にも、きっと今なら答えてくれるだろう」

「たとえば？」

「何に対して泣けてくる？」

ちょっと考える。「別に何も。でも、悲しくなるようなものはあります」

「いいよ。何に対して悲しくなる？」わたしが答える前にペトロフが制した。「今言おうとしていることは、言わないで」

「どうして？」

「皮肉だろうから」

わたしは肩をすくめた。「わたしは――」

「それも言わないで」

「どうしてわかるの？」

「ぼくの推測は正しかっただろう？」

今度は、ちゃんとした答えを言わないといけないみたいだ。

「〝ママ〟という言葉」

「その言葉で、きみは悲しくなるの？」

「そう。いつも」

「どうして？」

「わからない。いつも無防備な人がその言葉を使うでしょ。ある種の助けを必要としてる人が」

「なるほど。〝パパ〟はどう？」

「新車をねだるお姫さまが使う言葉だわ。そうね、確かに、その言葉でも悲しくなってくる」

ペトロフは笑う。「もう少しだったのにな。もう少しで、きみ自身の感情について、連続してふたつの文でしゃべらせることができたのに」

「もしかしたら、次回は、三つの文が可能かもしれませんよ」

ペトロフは両手を合わせてこすった。「ねえ、いつか、誰かにきみのことを知ってもらわないといけないときがやってくるよ」

わたしはペトロフを見つめた。彼はわたしのことを知りたがっているのだ。それは、あまり悲しいことではなかった。

クリスマス前の二日間、わたしの電話は一度も鳴らなかった。校正の仕事の電話もなければ、セールスの電話もない。

募集広告にメッセージが来ていないか確認するために、最後にもう一度だけ電話をすることにした。ひとりの孤独なはぐれ者からのメッセージが入っていた。

「こんにちは、ジョンです。三十八歳で、経済的には安定し、精神も安定してます。結婚歴が一度もない白人の男で、お酒を一緒に飲んだり、食事をしたり、バケーションに出かけたり、楽しいことを一緒にできる女性を探してます。知能ゲームはやらず、過去に未練はなく、ぐうたらでもないし、玉《たま》の輿《こし》狙いでもありません」書いている文章を読みあげているらしい。「身長は百七十八センチで、体重は七十七キロ。茶色の髪に、茶色の目です。活動的で、美人で、茶目《ちゃめ》っ気《け》があって、セクシーで、余計なお荷物のない人を探しています。ドレスでもズボンでもスニーカーでもハイヒールでもいいけれど、見栄えがよい人。もし、あなたがそうだったら――」

この人は相手を探す前に、自分自身と向きあったほうがいいと思う。誰か彼に連絡をしてそう教えてあげるべきだ。これで三十八歳だなんて、怖い。本当に、彼のこれまでの人生で、そう言ってあげた人はいなかったのだろうか。

彼の電話番号を書き留めて、電話をした。留守番電話につながった。

「こんにちは、ジョン。わたしの募集広告に対するあなたの返事に対して、ほんとの返事はしません。だって、あなたはメモを読みあげていたから。それに、あなたはもっと視野を広げなきゃだめ。奇妙な癖や趣味や不安や夢を持った、現実に生きる人を探さなきゃだめよ。ドレスとハイヒール姿のマネキンじゃなくて。ところで、誰だってお荷物を持っているものよ。お荷物が何もなくてきれいで幸せな女性に出会っても、夫婦のどちらかが病気をしたらどうするの？　どう対応するつもり？　人生は完璧じゃない。その不完全さを楽しむことを覚えたほうがいいわ。気づいたときには遅すぎた、ということにならないうちに」

言い終えてから電話を切る。厳しすぎていないといいけど。ジョンへのアドバイスは、半分は自分自身に対するものだった。

電話を切ってから、クリスマス前の静けさで不安になってくる。

その時間を、いろいろなことを考えるのに使う。

〝抜け穴《Loophole》〟という単語が冗長なことについて考える。

〝ほとんど〟は、はっきりした回数のうちに入るのかなと考える。

破産専門の弁護士は、料金を徴収できるのかなと考える。初めから桜の木など切っていなければ、ジョージ・ワシントンはもっと正直だってことになっていたのかなと考える。

それからついに映画を借りに出かけた。『ことの終わり』『めぐり逢《あ》い』『ある愛の詩』『ジェーン・エア』。人が選ぶ映画や本は、他人のへまや失敗を見て、それが自分でなくて嬉しいと思うことで気分がよくなるためのものだと、どこかに書いてあった。禁じられた情事を描いた映画は、ある種の慰めをもたらすのかもしれない。

クリスマス・イブはそわそわする。子供の頃に、父がわたしのバースデイ・パーティの準備をしていたときと似たような気持ちだ。窓にかけよって、誰か来ていないか見て、それからリビングルームに戻って、父が外国の首都にピンを押すゲームとか、スペイン語のボキャブラリー・ゲームとかを準備するのを眺めていたものだった。八歳になったとき、パーティをするのはやめた。飛び級をしたから、すでにわたしはクラスメートよりも年下すぎたのだ。そのあと、学校では友だちはできなかったけど、ファンはいた――わたしに宿題を手伝ってもらいたがる人たち、母親からわたしに優しくするようにと言われた人たち、少なくともわたしは意地悪じゃないとわかった人たちのことだ。実のところ、友だちは一度もできなかったから、友情をどうやって続けるべきなのかも、一度も学ばなかった。

窓際で待っていると、セダンがわたしのアパートの前で止まるのが見えた。階下に駆け下りて、夏以来、久しぶりに父の姿を見る。

父は、いつも背が高く、白髪混じりの髪と髭をしているけど、髪の白髪が前よりうんと増えていた。父はいつのまに年をとったんだろう。

けど、にこにこと微笑んでいて幸せそうだ。まるでテディ・ベアみたい。外に走っていって、父を抱きしめた。

「なんだかすごく大人になったように見えるよ！」と父が言う。わたしは微笑むと、管理人のボビーが窓から顔を出した。ここをわたしのために借りてから、父が彼に会うのは初めてだと思う。

「やあ、ボブ！」父が叫ぶ。「調子はどうだい？　ちゃんとキャリーを守ってくれているかな？」

ボビーは恐縮したようにお辞儀をした。それから、自分のねぐらへと消えた。

二個のスーツケースを持ち、途中で買ってきた中華料理の保温袋を腕にさげて、父はレインコートを引きずりながら階段を上がった。部屋に入って袋を置くと、お皿を並べる。

椅子に腰を下ろして、父がしゃべる。「さあ、ここのところ何をしていたのか、みんな話してくれ。ペトロフはわたしには話せないんだから」

「先生はわたしをいつも見張ってるわ」リブにプラム・ソースを塗りつけながら言う。

「ああ、わかってる」父はわたしを見る。「わたしも、来年はだいたいニューヨークにいるつもりだ。おまえの友だち全員に、夕食をごちそうするよ」

「安い店を探さないと」

父はにっこりする。

箸を取る。父もそうする。「それで、生活のほうはどうだい?」

「そうね、検討中の新しい教会があるわ。いつも、わたしのほうが、箸を使うのは上手なんだけど。教会に行くのをやめちゃった、シニカルな若者を入れたがっているの。思っていたよりもいい感じ。運営者も、自分自身で考えさせたがっているみたい」

「自分で考えさせる教会? それは新しい」

「ペトロフも同じことを言ったわ」

父はうなずいてタバコを取り出した。「吸ってもいいかな?」

「寿命を縮めてるのはわかってるでしょ」

「ときどきしか吸ってないよ」

「今吸わなければ、七秒、長生きできるのに」

父は手を止めた。「七十歳まで生きるなら、このタバコを吸わないことで、どれくらい寿命を延ばしたことになるんだ?」

小学校のとき、父にいつもこういうテストをされた。わたしはそれが大好きだった。

「寿命の二十億分の一が延びたことになる」

父はうんと驚いた。「そりゃすごい！」

「違うわ。でっちあげた数字よ」自分の部屋に行って計算機を持ってくる。「あれ、十億分の一、違ってた。ほんとは三十億分の一」

「それでも、その機械を使ってでも計算できるなんて大したもんだよ」

「数学はずっと好きだったから」

「どうしてだろうってずっと思ってたよ。おまえは本をたくさん読んだけど、学校で成績がよかったのは、数学、科学、哲学だった。作文と芸術ではなくて」

「数学と科学は正確だから」

「だが、おまえは哲学も好きだ。哲学は正確じゃない」

「哲学も正確さを求めるのよ。たとえばボールに当たって事故が起きたとき、ボールから手を離すと重力に引かれて地面に落ちるとか、加速力や何回はねかえるかとか、どれくらい高くはねかえるかについては、それは科学。哲学で問題にされるのは〝一兆回同じことが起きたとしても、それが偶然だとしたら？　一兆一回目で、同じことが起きるとどうしてわかるか？〟みたいなこと。科学では仮定を出してそうなるの。少なくとも多くの場合には、順序とか公式がある。けど、それに哲学者は満足できない。科学者よりも、もっと正確さを要求するの。それを証明するために、自分の存在さえ疑う人がいる分野なのよ。

科学者なら〝ボールは毎秒九・八メートルの速さで加速する。いつもそうだったから〟って言うでしょう。けど哲学者は〝いつもそうなると証明する方法はない。一兆回そうだったのは偶然かもしれない〟って言う。哲学のそういうところが好きでもあり、嫌いでもあるの」

父は感心しているような、心配しているような表情を浮かべた。「そうだね。だから、無知は幸せなんだと思う。みんな、明日は必ず太陽が昇ると信じたいんだよ」

「聖書は正しくて、天国は存在し、そこに入るためには善良でなきゃならないとかね。善はどういうことか、悪はどういうことかみんな知ってるとか――」

父がふと箸を置いた。「どうやっても、これは使えそうにないな」

わたしは代わりにフォークを渡してあげた。

父と一緒に『素晴らしき哉《かな》、人生』の終わりの十五分を観た――映画のほかの部分はとてもつまらないからここ五年間、わざと終わりの十五分だけを観るようにしているのだ。それから父に、キッチンに座って話さないかときかれた。夕食の間ずっとしゃべっていたのに、もっと真面目な話をしたいようだ。ハリケーンの日以来、父と長い話をしたことは一度もなかった。父はココアを作り、ふたりとも椅子に座った。

父は手で顔を拭った。

「〝大きな嘘〟についてだが」父は話しはじめる。

わたしは首を振った。「わたし――」

「おまえに話したときは、本当にそうだと信じていたんだ」

〝大きな嘘〟について父をうしろめたい気持ちにさせることが、ずっとわたしの計画だった。どういうわけか、そう考えると気持ちが落ち着いた。でも今は申し訳なく思えてくる。何もかもが自分のせいだと父には考えてほしくない。

「おまえにはがっかりする権利がいくらでもある」父はテーブルに目を落とした。

「たぶんわたしは文字どおりに受け止めすぎていたの。パパが言ったように、大学には、まさにわたしと同じような人ばかりがいるんだと思った。そうであってほしいって心底願ってたの。ようやく居場所を見つけるのが待ちきれなかった。あんな大きなギャップがあるなんて、人を理解するのにあんなに苦労しないといけないなんて、わかってなかった」

父は、何年も子供を育てるという重荷を背負ってきたのに、まだ判断できないでいるようだ。「小学校では、おまえはクラスメートよりもずっと先を行っていた。担任の先生も校長先生も、おまえを進級させるのがいちばんだと同意した。進級したあとも、学業ではとてもうまくやれていた。そう、だから大学に入れば、ほかの聡明な学生に囲まれて、つきあいの意味でもうまくやれると思ったんだ」

「大学に入学したときは、ほかの人と少し違うんだって感じるだけだった」と認める。

「でも、親しくなればなるほど、みんな変わっていった。説明もなしにみんなが変われば変わるほど、わたしは自分が変人のような気になっていった。すごく悩んだわ」

父は、顎を両手の上にのせ、わたしに微笑んだ。

「おまえはいい子だ。それは、わかってるね？　おまえがどんな人間になるのか、わたしには予想できなかった。でもこんなにまっすぐに育ってくれた。それが嬉しいんだ」父は椅子にもっと深く腰かけた。「だが、同じ年頃の子供と友だちになる方法をわたしは教えてやれなかった。自分の基準やルールを曲げられないとしたら、自分と違う基準を持っている人間を受け入れることができるかい？　罪を受け入れるのではなく、罪人を受け入れることが」

父は正しい――これは今、わたしが取り組まなければいけない大事なことだ。でも、わたしがほかの人の基準を受け入れたとしても、ほかの人はわたしを自分たちみたいにさせようとプレッシャーをかけてくる。

父は、不可解な目でわたしを見つめていた。ようやく口を開いた。「ときどきおまえを見ていると、母さんを思い出す。おまえが年をとってきたらますますね。当たり前なのかもしれないけど」

父は母のことをなかなか話さない。わたしは黙っていた。

「おまえのお母さんと叔母さんは、なんでも読んで育った――文学や歴史、なんでもね。

お母さんの家族で大学に行った人はひとりもいないのは知ってるね。けどお母さんは、ぎりぎりになってお金を貯《た》めて学校に行こうと決心した。文学を教えられるようにね。で、わたしが勤めていた会社で事務の仕事をするようになった。ある夜、イギリスの政治史について会計部の同僚と議論していたんだ。ある同僚は、まるでわたしがばかに見えるような指摘をし続けた。すると、お母さんがわたしたちのところにやってきた。てっきり仕事の質問かと思ったら、彼女は静かにこう言ったんだ。〝そうじゃありません〟って。そうしてわたしの同僚のほうが間違っている理由について大演説をした。彼女が話せば話すほど、彼女に恋をした。味方をしてくれたからだけではない。毎日、わたしは彼女と話をするために、みんなが帰るのを待った。初めは世間話だったけど、わたしたちは何時間も話し込んだ。彼女は本当にすごかった。言いたいことを誰にでも言った。自分が正しいと思ったら、会社のトップにだって意見したよ、きっと。人間として、彼女にはかなわなかった。とても頭がいい人だった」

　わたしは父のココアをのぞいた。ぐるぐる回っている。

「たぶん、聡明な人が完全に適応できる時代や場所は存在しないんだ。百年前なら、おまえの道徳観はほかの人のそれともっと近かっただろうが、今よりも適応してるってことはなかっただろう。世間に知性を吐き出したくてたまらず、圧迫感を覚えていたはずだ。だが今は、何をしてもいい社会に生きている。その結果、モラルは相対的なものになった。

ところがおまえは、何が正しいか、それを遵守すべきかに関心がある。だから社会から変わり者と見られるが、それは悪いことだろうか？　わたしはお母さんを死ぬほど愛した。彼女もまた、ほかの人と違う人だった。わたしもね。わたしたちは世間とは違っていたが、お互いに似ていたんだ。お母さんにとって大切なことなら、その考えを変えたり、あきらめたりしてほしくはなかった。おまえにも同じようにしてほしい。無理に簡単な結論を出さないようにしてほしい。おまえが悩んでいるような問題を、一生議論する人もいるんだから」

「たぶんわたしはそうなるわ」あきらめて言う。「わたしは、そういうことを一生議論する人間よ」

父が微笑む。「おまえは頭のよさに呪われてるんだ。それをうまく使いなさい。恐れちゃいけない。だが、考えすぎて自滅しないようにね」

その夜、父はリビングルームで寝て、わたしは自分の寝室に戻った。窓の下枠に上り、黒い四角いクッションを抱いて腰かける。通りの向こう側、ガリーノ一家の照明がチカチカ点滅している。レッド、グリーン、イエロー、ホワイト。静かだ。元気づけられる。

寝室の照明を消し、九歳から一度もやっていなかったことをした。ベッドの横にひざまずき、祈る。

「神様。嘘をつくつもりはありません。あなたが存在するのかどうか、もしそうならどう接すればいいのか、わたしにはわかりません。それが何を意味するのかも、毎日、だんだんわからなくなってきます。最近、新しい教会に行ってきました。だから、あなたが存在しようとしまいと、ある意味では、あなたにお世話になっています。おかげで、いい人間になるために何ができるかを考えるようになりました。今日はクリスマス・イブなので、みんないろいろな願い事をしていると思います。わたしは、ホームレスや老人や病人、今、あまりうまくいっていない人みんなのために祈りたいです。それから、今まで人をすぐ判断して悪かったと思っています。最近したいくつかのことも悪かったと思っています」

マットのことを考える。ベスと浮気しているところを見つけてから、一度もわたしに電話をしてこない。また電話してきたら、今度こそ断ろう。でも、怖いのは、わたしがそうするのは、単にほかの女といる現場を目撃したからだということ。彼がショウナと婚約していたからじゃない。ついに関係を終わらす気になったのは、彼が三人目の女といるのを見たからだ。もしあのときベスと一緒にいるところを見なければ、たぶん彼と寝ていた。誰かの浮気の手伝いをするような人間にわたしを変えたものって、何？　わたしがもっと寛容で理解のある人間になったのなら、それっていいことなの？　それとも悪いこと？

「とにかく、神様。この世に産み落としてくれてありがとうございます。そのことに感謝し、もっといい人間になるように、できるだけの努力を続けます。アーメン」

それをこのあいだの言い訳のリストに加えた。わたしは努力しますと。
もっといい人間になろう。
年が明けてから一歩を踏み出そう。
わたしのリストを完了させてから。

11

リストの残りは、大切に思っていると誰かに伝えることと、誰かと大晦日を過ごして新年を祝うこと。

でも新年までたった二日しかないというのに、パーティへの招待はひとつもない。何かしなくちゃ。どうせならちゃんと挑戦してみよう。たった一晩のことだ。勇気を奮い起こして、カーラの留守番電話にメッセージを残す。

「あなたが忙しいのはわかってるけれど、いい新年のパーティを知らないかなと思って……」

情けないけれど、すべてはリストのためだ。もし返事が来なくても、どうにかして出かけよう。

しかし、そのあとすぐにカーラから電話が来た。「キャリー！　どこに行ってたの？」

「別にどこにも」

話によれば、カーラは友人たちと一晩中、飲み食いしながら、アパートからアパートへと移動してパーティを楽しむ予定らしい。最初の会場は彼女のアパートだという。わたしもぜひ行きたいと、カーラに伝えた。

ついに迎えた大晦日の朝。すでに昔の生活に戻りたい気持ちになっている。いつもなら、わくわくして計画を立てている頃だ。今夜は中華料理とアイスクリームを買ってきて、映画を借りてきて、ベッドにもぐっていようって。それとも音楽を聴いてひとりで踊りまくるか。傷つく心配のない安全なビルビー・パーティだ。とても心をそそられる。けど、そういう過ごし方はもうさんざんしてきた。

今日、アパートに閉じこもっていれば、のけ者にされた気にならないですむ。でも四十歳になるまで閉じこもっていたら、思いきって出かけたときには、世の中がすっかり自分の前を通り過ぎてしまったことがわかるだけだ。

人とのつきあい方という修士コースがあるなら、今から大学院に行ってもいい。

七時頃、外出用の服に着がえはじめる。現金とＩＤカードをポケットに入れ、あとでパーティについて書けるように日記はベッドの上に置いておいた。心地よいベッドにうしろ髪を引かれながらも、照明を消して、外に出た。

寒い。

とても寒い。

早くも今日の予定を考え直したくなっている。寒波が鼻や指、肘、つま先、耳を噛み、お尻の周りは固くなっている。外で過ごすなら、セーターを五枚着込んでマフラーをしないと。でも今夜みたいなパーティに、セーターを五枚着てマフラーをしている人は、きっとひとりもいない。それどころか、通りですれ違う女性たちの何人かは、コートも着ていない。毎度のことだけど、常識よりもファッションを優先させているみたい。

玄関の階段を下りる。振り返ると、ボビーの窓から、テレビがついているのが見えた。彼は大晦日にひとりでいる。

でもわたしは違う。久しぶりに。

今夜は、外に奇妙な格好をした人たちがいっぱいいる。ふかふかのピンクのボアや豹《ひょう》柄の帽子、グリーンの髪、チェーン、首輪、レザーパンツでめかし込んだ人たち。どうして、わたしはそういうものが嫌なのか。違っていて何がいけないの？　その理由は、そういう人たちが怖いから。そういう人たちが危険そうだから。

パーティに来ている人たちは、まともでありますようにと望んでいる自分に気づく。でも、何がまともで普通なの？　もしその疑問に答えられるのだったら、すべてについて答えられる。

カーラのアパートにはパーティの開始時刻より十分遅く着いたが、アパートの前には列ができていた。隣の部屋からは大音量で音楽がかかっているのが聞こえる。一九七〇年代の『ゲット・オフ』という曲で、ステファンとパットを含む隣室の男たち全員が〝アー、アー、アー〟と歌っている。一九七〇年代に生きていなくてよかった。きっと、わたしは嫌でたまらなかった。六〇年代も嫌でたまらなかったと思う。ほかの年代に生まれていたら違ったふうになっていたかもと考えるなんて、変だ。

ようやくカーラのアパートに入れた。リビングルームには木のテーブルがいくつか寄せ集められ、ナチョスやディップが入ったボウル、プレッツェル、小さなカップ、いろいろな形や大きさ、色のドリンクのボトルが置いてある。壁際では、三人の女の子が長い脚を組んで座り、マリファナを吸っていた。かなりぼうっとしている様子だ。オレンジ色のシャツを着た、痩せて背の高い男が壁に寄りかかったまま、ブロンドの女の子を抱いてキスしている。そばによって見ると、その女の子はカーラだった。髪を染めたようだ。「キャリー！　すてきよ！」それから痩せた男に言う。「あなたの名前、なんだった？」カーラはしゃっくりをしている。

「バーンだよ」と男は答え、カーラは笑い出す。

「さあ」彼に手を振りながら、カーラがわたしに言う。「あなたも何か飲まないと。タダでね」

「けっこうよ」まだ八時十五分なのにカーラはもう酔っている。これは、いい兆候じゃない。「ここには、あと何軒アパートがあるの?」わたしはきく。

「何?」騒音の中で、カーラが大声をあげる。

「あとアパートは何軒あるの?」

「さあ——」しゃっくり。「——わからない」

「七十五」とバーンが言い、またカーラにもたれてキスをする。両方の二の腕に、黒い糸で編んだアームバンドのような刺青《タトゥ》をしていて、どういうわけだか、彼には似合っている。カーラはバーンから体を離してわたしを呼んだ。「ほかのアパートには、わたし行かないわ!」と彼女は叫ぶ。「キャリー!　ここにいなさいよ。わかった?」

「いいわよ」ともかく、わたしが知っているのはカーラだけなんだから。

「ぼくは行くよ」そう言って、バーンは口を拭った。

「お好きにどうぞ」

何人かは出ていって、もっと大勢が入ってくる。カーラはテーブルの上に座り、わたしにもそうするようにと手招きした。またしゃっくりをする。「もう何か飲んだ?」

冷たくて青い色の液体が入ったピッチャーが置いてあった。カーラは巨大なプラスチックのコップにそれを注いでくれ、わたしはごくりと飲んだ。おいしい。中にアルコールが入っているようには思えない。でも、入っているはずだ。

「何、これ？」とわたし。

「わからない。毒よ……痛っ！」

カーラは立ち上がって椅子から瓶のキャップを取って投げ、その上にまた座った。「誰か、わたしを殺そうとしてるわ」

「瓶のキャップで殺せそうにはないけど」なんだかわからない青いドリンクが入ったグラスを持ち上げ、飲み干した。

「そうでなくちゃ！」とカーラが声をあげる。それからもう一杯注いでわたしに渡し、顔を近づけてきた。このパーフェクトな鼻がもらえたらいいのに。「一緒に屋上に行こう」とカーラ。

クローゼットの天井に掛け金がかかっていて、カーラがそれを引っ張ると、木でできた梯子《はしご》が出てきた。すてきだ。カーラはそれを上っていき、わたしもあとに続く。ドリンクをこぼさないように注意しながら。

梯子はぎいぎいと音をたてる。埃っぽいせいか、くしゃみがしたくなってきた。でもくしゃみについて考えると、出てこなくなるものだ。

あとを追ってくる人はいない。カーラは掛け金をしめる。

屋上に出ると、冷たい風に打たれた。空には星がいっぱい輝いている。無限に続く、見事な銀河だ。

まっすぐ背筋を伸ばして立つ。下には、きれいに手入れされたニューヨークの屋上ガーデンが見える。いくつかは郊外のガーデンよりもグリーンの色が濃い。はるかかなたには花火や飛行機が見え、赤いコントロール・ライトが点滅している。

わたしたちふたりは、世界でいちばん背が高い人間になったような気になった。空がわたしの周りでぐるぐる回る。カーラはわたしの横に立ち、わたしはまたドリンクを飲む。まだ外は寒いけれど、ほとんど気にならない。

「ほら、月を見て」とカーラ。

「カーラー！」誰かが下から呼ぶ声がした。「どこに行ったの？」

「あの人たちと話したくないわ」とカーラは言い、毛布がかかった折り畳み椅子のところに歩いていった。「ここに椅子を持ってきて」と言われ、わたしは屋上の反対側から折り畳み椅子を引きずってくる。屋上の床がでこぼこしているので、ガタガタと音が鳴る。わたしたちのはるか下の通りでは、ばか騒ぎが起きていた。鳴り物、叫ぶ人、悪人、大声で怒鳴る人。

「大晦日の夜って、大変な騒ぎね」カーラはそう言って椅子に座った。そんなパーティのためにアパートを提供したのは、まるで自分じゃないかのような言い方だ。「人間が作ったカレンダー上のことでしょ。春分、秋分とか、夏至、冬至ってわけじゃない。それは宇宙のこと。スピリチュアルよ！　どうせならそういうパーティをしなくちゃ！」カーラの声はきっとニューヨーク中の空に響き、クライスラー・ビルを越え、ウエストチェスターまで届いている。

カーラは椅子から毛布をはがし、床に敷いた。その上に寝そべって空を見つめる。

「こっちに来て」カーラが足を伸ばす。「こっちのほうが眺めがいいわ」

わたしも椅子から下りて寝そべった。横になったとたん、あの青いドリンクにはアルコールがたっぷり入っていたことに気づいた。

カーラがわたしを見る。「また電話をくれると思わなかったわ。わたしね、あなたにこの世でいちばんの親友になってほしいの」

「昼食代を渡さないといけない?」

「友だちにそんな意地悪をされたの? 悪質ね」

「わたしはあなたみたいな人気者じゃなかったから」

「あなたはここでは人気があるわよ」カーラはわたしの顔をつかんでキスをした。それから、体を伸ばす。

「カーラ!」下からまた大声で呼ぶ声がする。「どこにいるの?」

通りからサイレンが通り過ぎる音が聞こえた。警察は忙しそうだ。

「そろそろ戻ろうか」とカーラ。「寒いし」

わたしたちは起き上がり、カーラは腕をわたしの体に回した。「嫌いだわ、わたしの友だち」

「新しい友だちを作ったら」とわたし。

「どこで？」

「教会で」

カーラは笑い出す。

「友だちの中にはすごく子供っぽい人もいるの。もうパーティには行かないつもり。間違った人たちに寄ってこられるから」

「パーティが好きな人たちが寄ってくるのよ」

カーラはただ、わたしを見ている。「あなたってほんとに頭がいい。今日は唇が青いわ」

また、キスをされるんじゃないかと心配になる。でもその代わりに、カーラはただわたしを見つめたまま唇を尖らせて、キスの真似をした。

屋上には風が吹いている。わたしは夜空をそっと見上げた。

カーラが顔を上げて尋ねてきた。「何したい？」

「座りたい」

「違うわ。人生でってこと。何が専攻だった？」

「哲学」

「じゃあ、あなたの答えは正確だったと思う。その専攻と、何か生計が立てられるようなものを組みあわせるべきね。たとえば揚げ物の哲学とか」

わたしは体をそらして、星を見た。背中にあたる屋上の床が冷たい。「いちばんやりたくない仕事って、何？」

「ゴルフ・トーナメントで国歌を歌うこと。信じられる？　世界でいちばんつまらないスポーツの場で、世界でいちばんつまらない歌を歌うなんて」

笑いながらわたしたちは歌い出した。わたしの歌声はひどい。本当にひどい。けど、こうして一緒に歌っていると、こんなに気持ちいいことはない。バンドでも、コーラスでも、お芝居でも、音楽の趣味を持つ人がどうしていっぱいいるのかわかった。誰かと一緒に歌うと、場違いな気にはならないのだ。

『ヤンキー・ドゥードル』を始め、ふたりともが歌詞を知っている数少ない歌を全部歌いおわると、カーラがきいてくる。「あなたの新年の決意は？」

どうしてカーラが人気があるのかわかった。いい話題をつぎつぎ提供してくれるもの。

「新しい友だちを作って、簡単に人を判断しないようにすること」

「なかなかいいじゃない。わたしは、ちゃんと安定した仕事につくこと。もう、テンプスタッフなんてお断り」彼女は、茶色いビール瓶をくるくると回した。「実は先週末、違う弁護士事務所で急に仕事が入ったの。でも翌日、ボスが電話してきて言うには、〝あの事務所にはもうあなたを派遣できない〟って」

「どうして？」

「わたしが誰かのオフィスに入って、音楽を聴いていたって言いつけたスーパーバイザーがいるらしいの。でも、どういうことなのか、さっぱりわからないの」カーラはわたしのほうを向く。「誓うわ、本当にそんなことしてないの」

「あなたを信じるわ」

「でもやってないって言ったら、彼女は〝先方は絶対あなただと言ってる〟って」カーラの声は震えている。「わたしを信じてくれなかった。あんなに長いこと働いたのに。うまくやってたのに……」彼女の声が小さくなっていく。

こんなに悲しそうなカーラは見たことがない。アルコールには、両方の効果があるみたいだ。

わたしはカーラをそっと抱きしめた。父以外の人を抱きしめたのは初めてだ。「〈ディクソン・モンロー〉をやめさせられるの？」

「ううん。でも、テンプ・エージェンシーのわたしのボスは、今、高飛車になってるの。前は、わたしがあそこのエースだったのよ」彼女は鼻を拭う。「でも仕事をしているというより、校正チェックができる肉の塊みたいに扱われてるわ。健康保険は自分で払わないといけないし。テンプスタッフにも友だちがいるけど、その人たちは親がかりなのよ」

カーラは頭をわたしの膝の上にのせた。空を飛行機が横切り、その灯りが雲の波の中に見える。

「カーラ！」誰かがまた呼ぶ。

「ああ、わたしったら何してるんだろ？　パーティのはずなのにね」カーラは起き上がった。「あなたは、とってもいい友だちだわ」わたしを抱きしめる。「酔ってないときに会って、このことを分析しなきゃね。さ、下に行こう」

すっかり冷えた体で階段を下りてリビングルームに戻ると、すぐにカーラは誰かに呼ばれた。カーラについて、おしゃべりしている人の輪に加わる。

輪の中に入って会話を聞くけれど、話題がどんどん変わっていき、ついていけない。みんなは映画や音楽について話しているけれど、ファッションについての話が多くて、その手の議論は得意ではない。それで思い出した。高校のとき、みんなよく、ポップ・カルチャーを代表する有名人のことを議論していた。わたしもテレビは見ていて、みんなが話題にする何人かは知っていたけど、輪に入るためにどうコメントしていいのか、どう考えればいいのかわからなかった。〝○○は太った〟とか〝彼女のヘアスタイルは嫌い〟とか〝彼女のデート相手ったら！〟とか、みんなが話しているとき、何がかっこいいのか、何がかっこ悪いのかについて、どうしてみんなが適切な意見が言えるのか、わからなかった。

ポップ・カルチャーに対する知識は、ほかの知識と同じくらいに重要だと思う。けど、テレビのコメディ・シリーズを百回見ても、主人公の新しいボーイフレンドが〝キュート〟だと、どうしても思えなかった。基本的なことは知っていても、それだけをとりたてて、わざわざ考えたりできない。別にお高くとまるつもりはない。ただ単に興味がないのだ。わたしが興味を持つことに、みんなが興味を持っていないのと同じだ。唯一の違いは、そういう人たちのほうが数が多いから、わたしのほうが合わせないといけないということ。今、カーラのアパートで同じ状況にいる。「彼はもみあげを剃らなきゃ」輪の中の女の子が言う。

「彼のガールフレンドって、ひどい女なのよ」とほかの誰か。

「実生活で？　それとも番組の中で？」

「両方よ！」

「彼女は映画だけやってるべきだったわね」

何を話せばいいのかわからないまま、そこに突っ立っている自分がばからしく思えてくる。もう一杯ドリンクを取りに行って、時間をつぶそう。もしかしたら、戻ってくる頃には、カーラはこの人たちに退屈しているかもしれない。わたしはキッチンに向かった。

キッチンは、すごく幅が狭い。両方の壁際に人が向かいあって立っている。まるで警察官が整列してるみたいだ。コンロの上にワインのボトルがある。プラスチックのカップにそれを注ぐ。

　背の高い男が隣にいる女の子との会話をやめて、わたしがワインを注ぐのを見ていた。そして、アルコール度の高いお酒のあとに低いお酒をたくさん飲むと早く酔うとか、気持ち悪くなるとか、早く気持ち悪くなるとかいったことを、しゃべり出した。お酒を飲むことについてのそんなルールがあるのには驚きだ。いつ習ったのだろう？　またまた、八年生のときに違いない。

　壁際にスペースを見つけて収まる。

「誰の知り合い？」ひとりの女の子にきかれた。

「カーラよ」とわたし。

　女の子は物問いたげに連れの男を見た。「カーラって誰？」

「知らない」と男。

「ここは彼女のアパートよ」とわたし。

「ああ、そうだ！」

　もうひとりの男が言う。「家賃はいくらぐらいだと思う？」

「千百ドルって誰かが言ってた」

「いいね。誰かが安い家賃でアパートを借りてると聞くと嬉しくなる」

「ニューヨークではそうね」

女の子が背の高い男の耳元にささやき、彼がうなずく。そして、わたしのほうに身を乗り出す。「これからアレを調達しに行くんだけど。きみも来る?」

もちろん、すぐに断ろうとした。でもアレがなんなのか知りたいのは確かだ。ドラッグだろうか? 人がドラッグをするところもまだ一度も見たことがない。

「いいわよ」できるだけ洗練された態度で答え、彼らのあとに続いた。

カーラがいる一団を通り過ぎたので、彼女の注意を引こうと手を振る。

「帰るの?」とカーラがきく。

「うん。戻ってくるかもしれない」

「わかったわ!」とカーラが大声で言う。「じゃあ、もし戻らないんだったら、いい新年をね。電話して! 絶対よ!」

わたしはにっこりする。「いい新年をね!」

それからコートをつかんで、廊下に向かう。

廊下では、隣のアパートに入ろうと待っている人たちがいた。その中に、見覚えのある顔を見つけた。

「キャリー!」

目を細め、それから思い出す。「ダグラス・P・ウィンターズ!」

「会えてとても嬉しいよ」と言ってわたしを抱きしめる。ダグラスが一緒にいる男は黒い蝶ネクタイをしていて、わたしたちふたりを変な目で見ている。「彼女はほんとは男なんだ」ダグラスが彼に言う。

「がんばるのよ、シスター」彼の友だちはそう言って、わたしの手を叩いた。

カーラのパーティで会った女の子と男は廊下で立ち止まっている。

「あとで行くわ」と彼らに声をかけた。

「3Bの部屋でね」と男。「おまわりを連れてこないように」彼は微笑み、女の子がウィンクする。

ダグラスに連れられて、ステファンとパットのアパートに入った。みんな踊っていて、ひとりの男は、ダンスの上に座って歌っている。ダグラスはわたしの体に腕を回し、もう一方の腕をデート相手の体に回して、みんなに加わる。歌うのっていい気持ち。彼はわたしを紹介してまわった。「ガールフレンドなんだ」ある人にはそう言う。相手は「そうだろうね。ぼくは、エルビス・コステロさ」と応じる。

このパーティに来ている人たちの一部は、昼間、職場では本当の自分を隠さなきゃいけない。今はみんな、友だちと一緒だから、警戒心を取り払って自由を満喫している。その光景に心が動かされる。

アルコールが置いてあるテーブルに行って、ピンクの液体をグラスに注いだ。レモネードかと思ったが違う。タバコの煙で目が痛い。ダグラスはどこにいるのかと見回したが、彼が会いに来たのはわたしじゃない。

ひとりの男が近づいてきて、わたしと一緒に歌い出した。自分でも驚くほど自意識がなくなっている。周りの人混みがほとんど見えない。何もかもぼんやりしている。わかるのは、わたしの前に誰かいて、音楽が鳴り響き、ドリンクがおいしくて、何もかもすばらしいということだけ。

部屋はぎゅうぎゅう詰めで、煙がもうもうと立ち込めている。でも、あんまり気にならない。本当に久しぶりに神経が鈍くなって、細かいことを考えられない状態だから。一緒に歌っていた男がどこかに行ってしまい、しばらく室内を歩きまわる。ようやくダグラスの姿を見つけたと思ったら、彼は恋人といちゃつくのに忙しいようなので、大音量の音楽の中で、さよなら、と大きな声で呼びかけた。

ダグラスはわたしの頬にキスし、「近いうちにインサイダー校正をしにおいで」と言う。弁護士事務所にいるときよりも、ずっとリラックスしているようだ。ほとんどの時間、隠している本来の姿って、なんなんだろう。

廊下はがらんとして、ほの白く光っていた。歩くと、靴がキーキー音をたてる。

あのカップルに言われたのはどの部屋だったか、忘れてしまった。

変な感じだ。ドラッグのそばには行きたくない。わたしらしくない。危険でも、完全にモラルに反していないなら、受け入れてもいいだろう。でも、自分が好まないものは、無理して受け入れることはない。また傍観していればいい。今夜は、それがどういうものかを見る夜だ。

あの感覚が戻ってくる。お腹のあたりの、変な悲しい感覚が。それを感じるのは、何かについて、特に自分自身について正しいと思えないとき。

そうだ、カップルは3Bと言っていた。

自分の判断に反して、階段を上り、ノックする。

応答がないのでしばらく待った。またノックする。やはり応答がない。

よかった。

階段を下りて、ピンクの液体をコップ一杯、飲み干した。あんまり興奮しているものだから、まっすぐ家に帰りたくない。カーラのパーティに戻ったほうがいいかな。けど、戻ったとして、あそこに何があるの？　もっとお酒を飲む？

暗闇の中を踊りたくなる。先週借りた『雨に唄《うた》えば』みたいに、歩道を飛びまわりながら、誰かの手をつかんでぐるぐる回りたい。地下鉄の車両の上に乗っかりたい。それか、機械じかけの雄牛みたいに。

空になったコップを階段に置き、寒くて騒々しい外の世界に出る。

通りは人でいっぱいだった。みんながグループになっていて、仮装した人もいて、誰もが大声でしゃべっている。大晦日の夜は、ハロウィーンと新歓パーティが一緒にやってきた感じだ。

外はすごく寒いけど、風はない。人混みに合わせて通りを進みながらも、自分がひとりぼっちだということはわかっていた。さっきのパーティで会った人たちは悪い人じゃなかった。けど、特に、自分に近いとも思えなかった。好きになれないとか、一緒にいて楽しくなかったわけじゃない。でも楽しいひとときを過ごす友だちと、もっと近い結びつきを感じる友だちとは違う。

西に向かう狭い通りへと歩き、小学校の前を通り過ぎる。二階の、横に長い出窓に、サッカーボールが押し込まれていた。一階には、引き取り主を探すハムスターの広告ビラがテープで留められ、バザーや学芸会の予定も貼ってある。一瞬、郊外にいるような気分になる。

西に歩き続けるうちに、急に人混みがどこに向かっているのかわかった。タイムズスクエアだ。そこに行ったとあとで話したいから、行くことにした。そうすればペトロフを、永久に黙らせられるはず。

六番街に近づくにつれて、何度も聞いたことのある音が聞こえてくる。自分は招待されていない、どこかのパーティから漏れてくる、どんどんという低い音。ほかの人に向けられたスピーカーのこもった音。そこら中に響き、鼓膜を震えさせる。笑い声が聞こえてくる。煙やビールの臭いも漂ってくる。

また、体がアルコール浸しになる。いい気持ちだ。今夜は何が起きてもいい、そんな気持ちでよろよろ歩く。目の前には、紫紅色の髪をおさげにした女の子がいる。今夜は変わり者たちも外に出ている。わたしは変人の中の変人。ノーマルな人たちの中で、どんなカテゴリーに入るのかな。追い払われた神童？

六番街で北に曲がる。いくつかのブロックは、古い時代のグリニッジ・ビレッジの魅力を奇跡的に残していた。偽のガスライトに、煉瓦を敷いた小道、鉄の手すり。ブラウンストーンの家は四階建てで、石造りの階段は、母親の膝のように広い。ペンキが塗られたドアがある書庫は、ほんの十年前には馬小屋だったに違いない。十丁目を過ぎると、小売店が増え、建物はだんだん高くなってくる。

ポケットに手をつっ込み、人にぶつからないようにしながら北に向かう。建物は、いろいろな建築規制のごたまぜを反映している。白い柱にピンクの非常階段、深緑色の羽目板のビル。その近くの建物は煉瓦がはめ込まれているけれど、汚い染みになっていて、色は真っ黒に近く、屋上には大きな灰色の水タンクがある。それは、まるで円錐形《えんすいけい》の中国帽子をかぶる太った双子に見える。建築的に際だったふたつのビルの間には、やけにけばけばしいレンタルビデオ・ショップがあり、ネオンは七〇年代のテクニカラーのように光り、壁にはジーンズの広告が貼ってある。わたしは歩き続けた。〝ビラを貼らないように〟と書かれた青い建築足場をくぐり、手相占い屋、宝石店、看板に〝ビデオ、電子レンジを修理します〟と書いてある電気店を通り過ぎる。この電気店の昔の看板は〝ラジオ、テレビを修理します〟だったに違いない。装飾がたっぷりついた豪邸風の白い建物がはるか遠くに見えてくる。誰が住んでいるんだろう。けど、近づいてみると、建物には小売店が入っているだけ。素朴な時代と、破損不可能なフロントガラスで守られた未来の間で、わたしは迷う。

だんだん目についてきたことがある。煉瓦造りの建物の横に、消えかかったペンキで、以前のテナントやオーナーの業種が書いてあるのだ。大半は衣料関係で、いくつかはまだちゃんと字が読める。衣料地区に入ったに違いない。古い広告が見える。ここで育ったのに、どうして今まで知らなかったのか。

文字を読むために、歩くスピードを緩める。うしろを歩いていた人がぶつかってくる。二十六丁目には、ゴールドスタイン毛皮&皮革。二十七丁目には、ホランダー社にレディーズ・アンダーウェア。二十八丁目にはブルッカー&アロノフ・ブラザーズ。

今頃、アロノフさんとブルッカー兄弟はどこにいるのだろう？　女性がジーンズをはくようになって、びっくりしているだろうか？　こんなことを考えるのは、わたし以外にもいるのかな？　見回すと、建物を見上げている人は誰もいない。みんな、まっすぐ前を見ている。

押されながら進んでいく。タクシーはお互いにクラクションを鳴らしあい、開いた窓から怒鳴り声が聞こえ、犬はキャンキャンと吠えている。ペンキで塗られた壁がある地区から、ショッピング天国に入り、玩具店と衣料品店を何軒か通り過ぎる。

街灯が黒いカモメのようにM字の形に羽根を広げ、そこから明るい電球が滴のように垂れている光景に目を奪われる。かすかにピクルスに似た匂いを嗅ぎながら進む。子供の頃を思い出して、なんだか幸せな気分になってきた。

三十八丁目あたりでは、ヘビを見た。光に照らされた極彩色のヘビが、ビルの角で揺れているのだ。もっと近づくと、壁一面に広がるタイムズスクエアの広告に照明があたり、それが横から見えたものだとわかった。

色とりどりのヘビに近づくにつれ、タイムズスクエアのもうひとつのトレードマークが見えてくる。オレンジ色の文字でニュースを表示している電光掲示板〝ジッパー〟だ。オフィスの窓がミラーになって、数百万の光を反射している。ステーキレストラン、ナッツの屋台、似顔絵描きが並び、財布を目当てに漂うお香屋スタンドの薄い煙が鼻をくすぐる。

街は騒音にあふれ、ガンガンという大きな音に、サイレンやシグナル、キンキンいう音、キーキーいう音が混じる。人混みは膨れあがり、すぐに、身動きできなくなる。

みんな楽しそう。笑ったり、しゃべったり、抱きあったりして。わたしはまたみじめな気持ちになる。みんな背が高い。建物も高い。わたしはただその下にいる。

人の数はどんどん増えていき、タイムズスクエアのほぼ真ん中で、やがて完璧に動けない状態になった。

どこにも行けない。人の肩がぶつかりあっている。赤、青、ピンク、グリーンの照明がまぶしい。人々の話し声が、大きな騒音になっている。そこら中から、紙吹雪がゆっくりと落ちてくる。次から次に変わる、夢のようなすばらしい万華鏡だ。

人混みはますますぎゅうぎゅう詰めになってきて、肩が激しくぶつかりあう。携帯電話を耳にあてた女が、これからパーティに向かうらしく、会場の場所を確認している。そこも、誰でも参加可能なパーティらしい。それから周囲を見渡したけれど、わたしのほかにひとりでいる人はいないみたいだ。男がドレスに身を包んだ女を抱きしめている。たくましい男たちは友だちと笑いあっている。ひとりぼっちのみんなは根性がないの？　ひとりでも何かしようとする勇気があるのは、わたしだけなの？　勇気があるのはわたしだけなのに、ペトロフはどうして、わたしが問題を抱えていると思うの？　タイムズスクエアにひとりでいるのは、わたし以外にいないの？

でも、家にこもっている人たちを責められるのかどうか。ひとりでいるのって大変だ。奇妙なことに、世間に溶け込んでいると感じるためには、あとひとり人間が必要だ。カップルは、ひとりにたったひとりを足しただけ。たったひとりが加わることで、人生は八百パーセントよくなり、突然、世間における人間関係に適応できる。そのひとりがいないせいで、ひとりで歩き、ひとりで食事をし、ひとりで旅行し、ひとりで寝ないといけない。気が合って、わたしに感謝してくれる人がひとりいれば、世間のほかの人に何も証明する必要はないのに。ふたりともはみだし者というカップルもいるはず。でも、ふたりは気が合っているんだから、はみだし者でも関係ない。

突然、背の高い男たちに挟まれているのに気づいた。

「ぼくら、この女の子を押してるよ」とひとりがもうひとりに言う。

「平気よ」とわたしは大声で言う。

最初の男が言う。「ジム、こっちに来なよ」それからわたしに向かって、「ひとりなの？」と尋ねる。

「友だちと会うことになってるの」

「ここで？」最初の男が言う。「なんて言ったの？　〝タイムズスクエアで会おう〟って？　そりゃ無理だね」

「あなたの言うとおりみたいね」わたしは陽気を装う。チャンスという窓が閉まる前に、飛び降りるべきだと気づいた。「あなたたちふたりは、何してるの？」

「何か面白いことが起きるのを待ってるだけ」とジムが言って、鼻を鳴らす。彼の吐く息が見える。「ここは、いつもこんなに寒いの？」彼は、合わせた手に息を吹きかけた。

「大晦日の夜はね。あなたたち、どこから来たの？」

「フレズノ」ジムの友だちが言う。「大学時代の友だちのところに遊びに来てるんだ。けど、ぼくら、ばかにされててね」彼は片手を差し出す。「ところで、ぼくはルディ」

「キャリーよ」と言って、握手をする。肉づきのいい手だ。

「ぼくはジム」とジムが言う。

「ボーイフレンドはいるの？」ルディにきかれる。

「ううん」とわたし。ふたりがわたしを見つめてきたのでつけ加える。「話が合う人ってなかなかいないから」

ジムが言う。「じゃあ、セックスだけするのも、ありにしてみたら？」

思わず笑う。

「違うよ。真剣な話」とジム。

「とっても面白いわ」

彼はひどく真剣だ。ふたりとも。「大晦日の夜じゃないか」とルディ。「ただくっついちゃえば？」

「知らない相手とただセックスするの？」

ルディはジムを意味深な目つきで見る。そして、わたしに言う。「そうだよ。もし、その女の子がキュートならね」

「そうじゃなかったら？　でも、性格は気に入ってるとしたら？」

「どうやって性格がわかるのさ？」

「あなたは、キュートじゃないと話しかけないの？」

ジムとルディは顔を見合わせて、笑う。

わたしはふたりを改めて見た。ルディの体重は百五十キロ近くはありそうだ。ジムは染みがついたイラストつきのトレーナーを着ている。で、ふたりともえり好みしている。ルディが左手をわたしの肩に置く。「じゃあ言ってみてよ」彼はろれつの回らない舌できく。「ジムはきみのタイプ？」

ジムを見る。心が広いふりをして。「もしかしたら。共通点があるってわかったらね」

「ああ……きみはまさに太陽だな。自分でわかってる？」ジムが皮肉っぽく言う。「きみにボーイフレンドがいないなんてびっくりだよ」

どうして彼から軽蔑されるようになったのか、わからない。可能性のある異性をルックスで判断するのはいいのに、外見とは関係ない基準について触れようとすると、突然、お高くとまっていると思われるなんて。

「それじゃあね。会えて楽しかったわ。探しものが見つかりますように」わたしは、ふたりを置いて先に進んだ。ひとりがわたしを呼ぶのが聞こえたけれど、そのまま人混みをかき分けて先に行く。がっかりだ。物事はわたしが思っていたほど悪くないって信じはじめたときに、こんなばかなふたりに出会うなんて。これが現実？

もしそうなら、どうして、わたしはここにいたいの？

振り返ると、ジムがルディに向かって〝いやな女《ビッチ》だよな〟って表情をしている。

妥協点を見つけようとしても、相手が完全に別世界の人間なら意味がない。また胃のあたりが気持ち悪くなってくる。

人混みの中で聞いた、携帯電話の女が話していたパーティ会場はどこだっただろうと思い出そうとした。十階建てくらいのホテルへ人が大勢入っていくのに気づき、そのうしろにつく。そのうちのひとりがちらりとわたしを見るけれど、みんな自分たちのことに精一杯で、わたしのことなんか気にしていない様子だ。ベルボーイにも気づかれることなく、ぎゅうぎゅう詰めのエレベーターに乗る。

誰かが四階のボタンを押した。たぶん、そこでパーティが開かれているのだろう。

さっきわたしをちらっと見た男が、またわたしに目を向けた。「どの階？」ときく。

ドア脇の番号の一覧を見て、いちばん高い階を告げた。そうすればみんなが降りるまで待ってから、どこに行くか決められる。

エレベーターのドアが四階で開くと、集団はいっせいにぞろぞろと降りていった。騒がしいフロアで、誰かがマイクでアナウンスしているのが聞こえ、廊下には風船やリボンが飾ってあった。ドアが閉まり、わたしはエレベーターの中にひとり残された。

感情がこみ上げてくる。

もっと高いところに行かなくちゃ。

もっと、もっと高いところに。

この世界よりも高いところに。

エレベーターで上へ上へと昇っていく。途中、音楽が聞こえてくる階もあれば、何も聞こえない階もある。

目的の階で降りると、そこはしんとしていた。廊下の端まで歩き、テレビの音が聞こえる部屋、静まり返った部屋、くぐもった話し声や笑い声が聞こえてくる部屋の前を通り過ぎる。それから、非常階段に続く赤いドアに行き着いた。

ドアをそっと押す。

階段の壁は白いペンキが見苦しく塗られ、茶色い染みがついている。

上っていくともう一階その上にあり、粗末な灰色のドアに行き着いた。ノブがあるべきところに穴があいている。

ドアを押すと、冷たい風が吹きつけてきた。そこは屋上らしく、まるで月に降り立ったような感じだ。金属パイプや空き瓶が転がっている。その向こうにはライトに照らされた、クリスマスツリーでできた森のような街が見えた。もっと向こうには満天の星。

黒いマットの上を歩き、端のほうに積まれていた牛乳瓶のケースに近づく。押しつぶされたタバコとビールの缶があるけれど、今夜、ここに来た人は誰もいないみたいだ。タイムズスクエアを眼下に一望しながら、ケースの上に座り、地上にあふれるクラクションやサイレン、歓声に耳を傾けた。冷たい風が渦を巻くように吹いているけれど、気持ちがいい。ちょうど同じくらいの高さに親のための相談サービスの看板があって、〝子供をきちんと養える親になるためには、働かなくてはなりません〟〝子供をきちんと養える親になるためには、家にいなくてはなりません〟と書いてある。なんとか電話番号も読み取れたので、無意識に暗記する。

見回すと、黒い鉄製の避難用階段が見えた。廃材や観葉植物などが置かれた屋上や、脚が壊れて蜘蛛みたいになったテーブルがある屋上も見える。そのずっと下には、照明で照らされた窓に、人々の頭や踊っているカップル、猫、ランプ、コンピュータが見える。黒い照明、青い照明、赤い照明、青白い照明。窓の外を眺めている女がひとりいて、男が彼女にドリンクを差し出している。

ふと、あることに気づいた。

わたしはこの街が好きだ。

そう、心から好きなんだ。

自分でもどうしてなのか理解できない。ニューヨークを称《たた》えるような人には、いつもいらいらさせられてきた。子供のときに打たれた結核予防注射を懐かしむようなものだ。ここは都会だ。貧困と煤《すす》のどこがいいわけ？　こんな場所への偏愛を語るなんて芸術家気取りもいいところ。街にはホームレスもあふれている。

それでも、わたしはこの街が大好きだ。

ケースから下りて膝をつき、今度はマットの上に寝そべって空を見上げた。小石が背中にあたって痛いことを除けば、とても気持ちがいい。演劇が終わってステージに下ろされていくカーテンみたいに、白い幕が星を覆いはじめていた。ビル群に降り注ぐ、赤、青、緑、黄色の、色とりどりの照明。

仰向けに寝そべっていると、自分の上にも何か降り注いでくるんじゃないかと思えてくる。電球が爆発して、黄色や紫や白い光になって、きらきらと落ちてくればいいのに。体じゅうになんだかエネルギーを感じる。ほかの人はいつもこんなふうに感じているんだろうか。

もしかしたら普段のわたしは本当に鬱病で、今のわたしの状態がほかの人の普通の状態なのかもしれない。だから人はみんな、わたしよりも世の中が苦にならないのかも。ペトロフが正しかったのだろうか。でも、自分のいつもの状態しか知らないのに、どうやったらそれがわかるの？　今のこの気分に、抗鬱剤をのめばなれるのなら？　こんなに気分がよくなるのなら、のんでみたほうがいい？　自分が鬱だとは本当は信じていない。ただ、気持ちがよくなるものをなんでも拒否するべきじゃないのでは。

世界の見方を考えないといけない。

わたしはほかの人より頭がいいと思っているし、ほかの人に対して忍耐力がない。どうして、わたしはそんなふうなんだろう？

誰かに受け入れられたと思えるのは、いつもいい成績を取ったときだった。教師が微笑むと、抱きしめてもらえたような気持ちになった。宿題やテストでちょっと努力するだけで、しょっちゅうそれが可能になった。一生懸命勉強していれば、抱きしめてもらえた。

宿題にテストにコンテスト——いっぱいほめられた。通知表はほめ言葉だらけ。Ａはそれぞれ賞賛の印。大学でもたいていそうだった。けど学校を卒業してからは、どうしたら抱きしめてもらえるのか、いくら考えても答えが見つからない。

その代わりに、わたしはひとりで部屋にこもっている。部屋の中にいさえすれば安全だ。まずは、他人に対する、そして自分に対する評価は、テストの得点や出身校とはなんの関係もないと認めなくては。心の中ではわかっている。違う人を受け入れることがわたしにはできるはずだ。

同時に、新しい物事を学んで理解するのが好きだということも認めよう。光にぱっと照らされて、新しいことが見えてくると嬉しくなる。同じ見方をする人と出会って、お互いの考えをよりよいものにさせて、わくわくと楽しみながら過ごせたらどんなにいいだろう。それがわたしの理想。人がわたしに受け入れてもらいたいのなら、わたしのことも受け入れてもらわないと。なんでもかんでも徹底的に分析しないと気がすまないせいで、その人の行動の理由を明らかにして、納得せざるを得ないということもわかっている。あきらめてそれをしなくなれば、わたしがわたしでなくなる。

けど、ほかにもわかっていることがある。

わたしはこの先も、パーティで男の人に壁に押しつけられてキスをされるような人間にはきっとならない。

セントバーナード犬を連れた男と、ハーバードの広場でふざけあう人間にはきっとならない。

大学の同窓パーティで、複数の男の関心を引くような人間にはきっとならない。

わたしは、それでいい。わたしのままでいい。

何よりもわかっていなくちゃいけないことは、自分が正しいことをしているということ。他人にとっては意味のない人生に思えるかもしれないけれど、わたしは思うとおりに生き、新しいことを常に学んでいる。

ハリソン教授と一緒にいたときには、自分ははみだし者だなんて感じたことは一度もなかった。確かに終わり方はむなしいものだったけれど、なんでも彼のせいにするのは、言い訳にしかならない。ハリソン教授に出会っていなければ、たぶん、冬の間ずっと勉強と読書をして、誰とも話さずにいただろう。たぶん、ほかの学生と外出することはなかった。たぶん、ひとりでいたはず。

今もときどきひとりでいるけれど、それだって悪いことじゃない。完璧にはほど遠い人間だとしても、わたしは自分が好きだ。

そっと起き上がると、冷たい風が吹きつけてきた。寒い。群衆の声がだんだん大きくなってくる。

今夜は楽しかった。以前のわたしならそう認めなかっただろうけれど、それほどひどいことは何ひとつなかったし、自分に正直でいられた。

八百万人が住む街の、五十万人の群衆の上に座っていながらひとりぼっちだとしても、悪い一日ではなかった。

屋上を出てエレベーターで下り、地下鉄の駅に向かって人混みの中を進んだ。すごい人だ。

プラットフォームで列車の到着を待ち、やがて大勢の人にまじって乗り込む。ぎゅうぎゅうに混みすぎていて息ができないほどだ。やっと自分の駅に着き、冷たい空気の中を歩いて帰る。

まだ寝る気にはなれなかった。世界はお祭り騒ぎの真っ最中で、わたしも参加したい。窓の外から、まだ騒ぎ声が聞こえてくる。

管理人のボビーの部屋は、窓のブラインドが下りていた。寝ているか、外出しているかのどちらかだ。音をたてないように階段を上り、鍵を錠に入れる。部屋は暖かい。

十一時三十分。これから、どうしよう？

留守番電話をチェックするけれど、メッセージは入っていない。そこでふと思いついて、さっき屋上から見えた広告の、親のための相談センターに電話をかけてみた。

男が出る。「ＣＯＰＥホットラインです」

「大晦日の夜に、外に出ないで何してるの？」と尋ねる。

彼は一瞬黙り込んだ。「ＣＯＰＥホットラインのボランティアをしています」

「いいことね」

「誰かがやらないと」

「お名前は？」

「ボブ」

「ボブ？　あなたのこと、尊敬するわ」

彼は笑う。「何か話したいことはありますか？」

「ええ、いろいろ。でも自分で立ち向かっているところなの。〝いい新年を〟ってあなたに伝えたいわ。一年の終わりにも、こうしていいことをしているあなたに」

「ここにはほかにも何人かいるんですよ。ぼくらは喜んでやってます」

「じゃあ、あなたたちみんなに伝えるわ。いい一年を」

「ありがとうございます。謎めいたあなたにも、幸せな年が訪れますように」

わたしは電話を切った。

さて、次は何をしよう。


日記と懐中電灯を取り出して、非常階段に上る。検査されていないけれど、気にしない。錆びついた金属の階段の上に座ると、お尻がひんやりと冷たい。外は充分に明るく、懐中電灯は必要ない。

〈新年の決意〉と書く。〈どのルールを守り続けるべきかを考える。哲学として〉

もっとましな決意を考えないと。

突然、小さな物音が聞こえた。わたしの右手隣、三軒先の非常階段に、誰かが出てきたのだ。

サイだ。今日は帽子を被っていない。髪はいつものようになめらかで、ものすごくすてきだ。今にも、彼の隣にきれいな女の人が現れて、ふたりで月明かりの中スローダンスでも踊り出しそうに思えてくる。だけどサイは台本らしきものを小脇に抱えているだけで、ひとりだ。

「ねえ！」わたしは呼びかけた。

「やあ、きみか！」サイがわたしに気づく。「ここで練習しようとしていたところなんだ。今晩は誰にも気づかれないだろうと思って」

すごい。大晦日の夜の十一時半に、しゃっくりもしないでちゃんとしゃべれる人がいた。

「外に出た？」

「今、初めて」サイが大声で答える。わたしたちの下では、ベレー帽を被った太った男が、ブタのぬいぐるみと踊っている。「ちょっと行き過ぎだよね」とサイが言う。「ぼくは違う時代の人間なんだ。生まれ変わってきた」彼はそう言ってにっこりした。顔の髭がきれいに剃られている。「『ラマンチャの男』を知ってる？」

「ええ」

彼は本を見て、片手を差し出すと、口ずさむ。

「〝見果てぬ夢〟――」

と、タイミングよく遠くからサイレンが聞こえてくる。

「ほら、あなたのせいよ」

サイが笑った。

「ねえ、こっちに来たら？　もうすぐ新年だ。普通の人はひとりでは過ごしたくないものだろ。まあ、ぼくは普通じゃないけど」

思わず笑ってしまう。「でも練習をしないといけないんでしょ?」

「むしろ練習のしすぎだよ。4Rだから」

その部屋の番号はずっと忘れないだろう。部屋に這い戻って、鏡に映った自分を見つめる。髪についた青緑色の紙吹雪を除けば、まずまずすてきに見える。セーターについていた小さなコーンチップのかけらをブラシで払ってから、鍵をかけて外に出て、階段を下りて三軒先のアパートに向かう。

サイの部屋は趣味がよかった。キッチンには、額に入れたブロードウェイのショーのポスターが飾ってあり、レコードの山と蓄音機、キーボードが置かれている。「やっとニューヨークに住めるようになったなんて、信じられないよ。嬉しくてたまらない」

「ここに来るまでに時間がかかったの?」年齢を聞き出すつもりで尋ねる。

「ロナルドに聞いてない? 前まで南ジャージーに住んでたんだ。あまり言いたくないけど、親のガレージにね。けど、自分の力でニューヨークに来たかった。親にお金を借りたり、ルームメート四人と部屋をシェアしたりするんじゃなくて、演劇で生計を立てる人間としてね。いつもそう立派にできてるわけじゃないけど」

「全然やれない人もいるわ。自分のことを誇りに思わないと」サイの顎先はわたしの鼻とほぼ同じ高さにある。髭をきれいに剃ったその顔に鼻をすりつけたい。アルコールのせいなのかなんて、気にしない。「大学では演劇を勉強したの？」

「ああ」それから入学年を言ってくれたので、二十九歳か三十歳なのだとわかった。わたしよりも十一歳年上だ。でもペトロフは、わたしは実際の年齢よりも大人だと言ってくれた。

サイはキッチンのほうへ歩いていった。広々としていて、床は白くて清潔だ。「ぼくのアパートの中で部屋らしい部屋はここだけなんだ。ちょっとこれを見て」蓄音機に七十八回転のレコードをかける。「祖母のだったんだ。こういうのが好きだった。変わった子供だったんだ」

酒でもドラッグでもないものに、こんなに夢中になっているなんて。思わず微笑んでしまう。サイはぐるぐる回り、立ち止まると、わたしの両手を取った。

ここに引っ越して以来出会った中で、サイはいちばん変わった人だ。そこがいい。しばらくスローダンスを踊ってから、わたしをソファに座らせ、サイはいろいろなものを見せてくれた。まるで誰かに見せるのを十年間待っていたみたいに。七十八回転のレコードの山と電子キーボードを持っていて、ミュージカルを書いているそうだ。どんな曲もキーボードで弾ける。

彼は、ずるいことをたくらんでいそうもないし、自意識過剰でもない——悪い行いを意識的に避けているんじゃなくて、そもそも悪い行いには関心がないようだ。古いレコードを聴いたり、帽子を被ったりすることに、いちいち言い訳しない。ただ、それが彼の趣味なだけ。わたしはすっかり心を奪われてしまった。

彼に大学進学適性試験《SAT》の得点なんかきく必要ない。ラブレーを読んだことがあるかなんてきかない。もしかしたら、彼って生身の人間じゃないのかも。

「ほら」サイは小さな帽子を取った。「ショーで被ってるんだよ」と言って面白い踊りを披露してくれる。

「初めてあなたを見たときに、それを被ってたわ。あなたは地下鉄でブツブツひとりごとを言ってたの。頭がおかしい人だと思った」

「実際おかしいよ」サイは椅子からコーヒーテーブルに飛び乗った。「子供のときに、こんなことをしたことない？　床は海だってふりをして、落ちると溺れるから、できるだけ落ちないように椅子やテーブルの上を移動するんだ」なるほど、サイがお酒を飲まないはずだ。陽気になるのにお酒なんて必要ないんだもの。

「ええ。船で逃げたふりをして遊んだわ」

「ベッドが船だった？　お菓子のお代わりをしに床を横切らないといけなくなるまでは、続けられるんだよね」サイがテーブルから飛び降りて、帽子をわたしに被せる。「似合うよ」

「わたしにはちょっと大きいわ」

「『ビクター／ヴィクトリア』だ」彼はソファに座る。「ミュージカル映画だよ。男のふりをしてる女の――」

「女のふりをして、男のふりをして、女のふりをして、男のふりをして……よね？」

サイがにっこりする。「よく知ってるね！」

「だって有名でしょ？」

「知らない人のほうがびっくりするほど多いよ。高校のとき演劇部にでも入ってた？」

「ううん。演劇部は入部オーディションをしていたけど、ほとんどが落とされてたわ。ついにはリハーサルに誰も来なくなった。演劇好きの人たちは、芸術系の高校に行ったから。わたしの学校には才能がある人はいなかった」

「きみを除いてね」

「わたしには才能はないわ」

「あるよ。ぼくにはわかる」

「そんなことない」

「ある」サイはわたしの鼻を一瞬押して、離した。「高校では何をしてた？　どんな生徒だった？」

「ガリ勉でオタク」

「そうじゃなくてさ。放課後、何かしてただろ?」

「そうね……数学チーム、科学チーム、知識の十種競技、数学競技、知恵のオリンピック、物理代表チーム、それから……」

「ガリ勉の中のガリ勉だな」

「あなただって演劇オタクでしょ」

「いや」とサイ。「学校では〝舞台野郎〟か、ドラァグクイーンにかけて〝ドラマクイーン〟って呼ばれてた。で、しばらくバンドにもいたから、〝バンドばか〟とも言われてた。誰がこういうのを思いつくんだろ?」

「わからないわ」

「まあ言われても仕方ないけど」サイが体を寄せてくる。近くで見ると、もっとすてきだ。右手でわたしの手を取り、もう一方の手に伸ばしてくる。「リクエストはある?」と七十八回転レコードを探った。

「ポルカ」

「どのポルカ?」

「あなたが持ってるものならなんでも」

サイはレコードの山から一枚取り出した。レコードはかび臭いけれど、わたしはこの匂いが好きだ。祖父母の家を思い出すから。サイはレコードを慎重に蓄音機にのせた。ガリガリという音がやんでから、調子のいい、きれいな旋律が流れ出した。わたしたちは、キッチンから廊下、ソファの上を踊ってまわった。

サイが左手をわたしの腰に回し、意味深に見つめてくる。

ちょうどそのとき、外からの騒々しい音がぴたりとやんだ。

「ハッピー・ニュー・イヤー！」下から金切り声が響いた。それから叫び声、どしどし足を踏みならす音、クラクション、笑い声が聞こえてくる。

サイがわたしをもう一度見つめた。ふたりとも静かなままだ。

「いつか、きみがここに来てくれればいいなって思ってたんだ」とサイ。

それから、頬にそっとキスをした。

「きっときみは、数学競技で強かったんだろ」

「三角関数の問題でも出してみる？」

サイは笑って、今度はわたしの唇にキスをした。「こっちにおいで」と言ってわたしの手を取る。

「あなたの本当の名前は？　サイってなんの省略なの？」

サイはにっこりする。「サイクロン。なんてね」寝室のドアの前で彼が立ち止まる。「キャリーはなんの省略？」

「キャリー」

「ミドルネームは？」

彼はわたしのミドルネームを知りたがっている。

「コンスタンス。キャリー・コンスタンス・ピルビーよ」

「いい名前だ」

「あなたのフルネームは？」

「サイラス・ジョージ・パナトゴラス」

「サイって呼ぶわ」

寝室はとても暗かった。ブラインドは黒。もしかしたら、いつも遅くまで起きていて、昼間寝ているのかもしれない。なんだ。わたしみたいなんだ。

ドアが閉まると、部屋は真っ暗になった。一瞬怖くなるけれど、彼はわたしの手を取り、ふたりでまたスローダンスを踊り出す。永遠に続くようなひととき。サイは三十分前よりもさらにすてきになったみたいだ。

すぐにダンスが終わり、暗闇の中でサイはわたしにキスをした。

それからのすべてにおいて、サイはどこぞの教授よりもずっとすてきだった。

朝の四時頃、ゴミ収集車が通る時間に目が覚めた。横にはサイが胎児のように体を丸めて眠っている。シーツは皺くちゃだ。

起き上がると、自分がミュージカル『ゴッド・スペル』のTシャツを着ていることに気づいた。どうしてこうなったのだろう？　後悔はないけれど、変な感じだ。どう考えても、これはいつものわたしらしくない。

あとでしっかり考えてみよう。とにかく……これでリストは全部こなすことができた！　あとひとつを除いて。

服を手探りで探していると、「どこに行くの？」とサイが半分寝たまま、左手を差し出してきた。

「戻ってくるから」そう言って、わたしは階段に向かった。

よろよろと千鳥足で家に帰っている人もいるけれど、騒音を出しているのはゴミ収集車だ。昨夜の大騒ぎの証拠を、大きな音を出して詰め込んでいる。通りを埋めつくしているのは、紙やアルミホイル。砂利の中に挟まっている銃身や一セント硬貨や金属類もある。どうしてそんなところにあるのかはわからない。

角のコーヒー・ショップはまだ開いている。朝の四時なのに、ロナルドは中にいた。わたしを見て、顔を輝かせる。「やあ、キャリー！」本当に喜んでくれているみたいで、なんだか嬉しい。

四つか五つあるテーブルは満席だけど、誰ひとり話していない。みんな二日酔いなのか、ストローが入っていた袋をもてあそぶか、お互いを見つめあっているだけだ。「ロナルド！」わたしも声をかける。

蜘蛛の脚のようなヘアスタイルをした男が、大声を出したわたしをにらみつけた。

ロナルドはにっこりする。

「元日に働かなきゃいけないなんて気の毒ね」とわたし。

「平気さ。外はやかましすぎるもの」

「ねえ、長いあいだ気づかなかったけど、あなたのこと友だちとして好きよ」

ロナルドはにやっと笑って、恥ずかしそうにカウンターに目を落とした。

「それを伝えたくて。あなたはとってもいい人で、わたしはほんとにあなたが好き。あなたは嘘をつかないし、正直な人。そういう人はあまりいないわ。あなたはそのままでいるべきよ」

ロナルドは大きな口を開けて笑った。「ありがとう、キャリー。嬉しいよ」

「あなたのことを大事に思ってるわ」そう言って体を前に乗り出し、ロナルドを抱きしめた。

「ぼくもさ。きみは大事な友だちだ」

「明日、食事でもどう？」とわたし。

「明日、明日……明日って今日のこと？」

「つまり……明日は明日」

ロナルドは大きな口を開けてまた笑う。「いいよ。もちろんだ！」

「これがわたしの電話番号」ナプキンに番号を走り書きする。「明日、電話して。ほんとの明日に」番号を彼に渡す。

今回は、いつものように体に穴があいたような気分にはならない。彼は本当にわたしを友だちだと思ってくれている。そんなふりをしているんじゃない。

ぼうっと立ちつくすわたしを、ロナルドがいぶかしげに見つめる。「コーヒーを飲んでく？」

「けっこうよ。コーヒーはほんとに飲まないの」

「あ、そうだ。新年おめでとう」

わたしは微笑んだ。「新年おめでとう」

もしかしたら今年は、本当にいい一年になるかもしれない。

わたしのアパートがあるビルを通り過ぎるとき、ボビーが下着姿のまま窓から顔をのぞかせた。わたしが手を振ると、ボビーはにっこりと微笑んだ。いやらしい笑みじゃなくて、心から嬉しそうに。

数軒先の玄関の階段には、目の下にクマを作ったサイがボタンダウンのシャツと、皺だらけの折り目入りズボン姿で座っていて、わたしを見るなり立ち上がった。こんな時間に外でわたしを待っていてくれたのだ。彼はわたしの手をぎゅっと握った。

12

九時十五分にまた目が覚めた。サイはまだ寝ている。

アルコールが体から抜けた今、急に恥ずかしくなってきた。

こんなふうに違う場所で目覚めるときの感覚に、どうなじんでいいのかわからない。カーテンの隙間から射し込む光も、室内の匂いもいつもと違う。ひょっとしたら、いずれ慣れてくるのかもしれないけれど、今はまだそう思えない。

上半身を起こしてサイの寝顔を見下ろした。いい夢でも見ているみたいに、かわいらしい寝顔だ。もう少し見ていたいが、このままでは教会に遅れてしまう。

今日の説教は聞き逃せない。ジョゼフにいくつかアイデアを送っておいたのだ。今日の説教はきっとすばらしいものになるはずだ。

サイを起こさないように自分の服を着ると、家に戻ってシャワーを浴びた。

教会にはやはり遅れてしまい、後ろの席にそっとつく。たくさんの人がいるにもかかわらず、ジョゼフはわたしに気づいて、微笑んでウィンクしてきた。元日なのに、どうしてこんなに人が多いんだろう。みんな、新しい年の始まりに片づけておきたい、なんらかの罪の意識を抱えているのかもしれない。

数列離れたところに、罪の意識を感じているに違いない人物を見つける。マットだ。隣にはショウナが座っている。ショートのブロンドで、優しそうな雰囲気だ。マットのほうを向いて何やら話しかけている。その服装と表情からして、がんばって男性の気をひく必要などきっと一度もなかった女性だ。メイクをあまりしていなくても、なんの心配もないとわかる。マットがいなくならない限り、自分を変える必要も、周囲になじもうとする必要もない。自分を磨く努力も、相手を選ぶ際に妥協する必要も。

認めたくないけれど、スーツ姿のマットはなかなかハンサムだった。髪はまだ朝のシャンプーのせいで濡れたまま。ショウナの髪は濡れていないから、一緒にシャワーを浴びたわけではないのだろう。どういうわけか安心する。でも、そんなのはばかげている。もうマットのことなんかどうでもいいはずなのに。

「状況に応じた倫理、というものは」ジョゼフはステージの上を歩きながら聴衆に語りかける。「はたして公平でしょうか？」

みんな、耳を傾けている。

「悪いとわかっていることをしながら、ほかの状況ほど悪くはないという都合のいい言い訳をする。そんなことで罪から逃れられるものでしょうか？ 昨夜は大晦日でした。この中にいるみなさんのうち、何人が誇りには思えないことをしたでしょうか？」

みんなあたりを見回す。マットから見えないよう、わたしは席についたまま身を縮めた。

「そうですね、みなさんは酔っぱらいました。新しい一年の始まりですから仕方がないことです。で、今朝は、教会に来てその行いの償いができると思ったのですね？」

全員、ぴくりとも動かない。

「みなさんと違って、たいていの人は今朝はまだ起きてさえいません。ここにお集まりになったみなさんには感心しています。本当に。しかし、みなさんは、なぜここにいらっしゃったのでしょう？ 何かを施すため？ それとも何かを求めて？」ジョゼフは間の取り方をわきまえている。彼が黙り込むと、わたしたちは考えさせられ、不安にもなるのだ。

「あとで許しを請うことになるとわかっていて、悪い行いをした方は何人いますか？ 登場人物が銃や野球バットを振り上げながら、〝主よ、これからわたしがしようとすることをお許しください〟と言う映画を何本観たことがあるでしょう？ そんなことを言わなくてはならないのなら、今すぐやめなさい！」

ジョゼフは背筋を伸ばしてステージの中央に立った。

「許しは正直な過ちに対してです。ええ、わたしたちは人間です。良心と矛盾する欲求や感情を持ち、ときには負けてしまう。しかし、悪いとわかっているのにしてしまうのは不《ふ》埒《らち》です。過ちを犯せば、許しを求めることができます。しかし故意に人を傷つけるのは、もっと悪いことです。望んだからといって、罪は許されません。そうでなければ、好き勝手にふるまって、罪をあがなうために日曜日に教会に駆け込めばいいことになってしまいます」

わたしはジョゼフの次の言葉を待った。

「たとえば不倫」ジョゼフが言う。「それから浮気」

そう、今日の説教は浮気についてだ。

「結婚生活が三十年になる、五十代か六十代の社会的に成功した男性。彼が奥さんに出会ってから、奥さんが唯一の相手だったという可能性はどれくらいでしょう？　最近は、そんなことはほとんどありえないように思えますね？」

マットは体をこわばらせているように見える。

「では、ささいな浮気のどこが悪いのでしょうか。どうして浮気と呼ばれるのでしょうか。配偶者にはよく思われないということはわかっているのです。すべきでないことをしているのです。誓いを立てたときには、誰にも強制はされなかったのに。もしかしたら、浮気によって、健康に害が出るかもしれません。もしかしたら、配偶者か子供に費やすべき時間やお金、そして愛情を費やしているかもしれません。言い訳はできます。ささいな浮気は、離婚するよりましだと言う人もいるでしょう」

ショウナはマットに微笑みかけてから、ジョゼフに視線を戻した。きっと、マットは一度も浮気をしていないと思っているに違いない。ショウナは浮気に絶対反対だろう。たぶん、真剣につきあっている相手がいる女性の多くはそうだ。もちろん、そう。ちゃんとした相手がいるとき——欲しいものが手に入っているときには、道徳的であることは簡単だ。

「そうじゃありませんか?」とジョゼフはきく。「離婚を避けるために浮気する? 浮気が浮気と呼ばれている理由は、こっそりと相手に気づかれないようにするからです。誰かを傷つける可能性があることだから。でも嘘をつくことで、すでに誰かを傷つけているのです」

ジョゼフは立ち止まり、聴衆席に座っているぼろぼろのスーツを着た男を見据えた。

「わたしは審判を下すためにここにいるのではありません。わたしは神ではないし、あなただけがあなた自身の状況をご存じなのです。しかし、黄金律はどうなったのでしょうか? 浮気してもいいとお考えかもしれませんが、自分が浮気されたらうろたえることはわかっているはずです。お互いに浮気してもいいと納得しているなら、公平な関係です……まあわたしとしてはあまり気持ちがいいとは思えませんが。けど多くの場合、それは浮気よりも正直です」

これはよくない展開では? 浮気を擁護しているみたいに聞こえる。けど、いい問題提起ではある。

「人からしてほしいと思うことを人にもせよ。多くの宗教で、それは決定的な原理です。ユダヤ教や東洋のいくつかの宗教では、少し異なった言い方がされています。〝自分がされたくないことは、ほかの人にもするな〟と。結局は同じことです――敬意を払って他人に接せよ。確固たる規範を持ち、状況や時によってその規範を変えるな。もちろん、過ちを犯したら、許しを請う権利があります。しかし、自分で悪いとわかっていることをやって、言い訳をするなんてことはやめなさい」

マットは微笑みながらショウナを見ている。きっと、あとから彼はもっともな説明を思いつくに違いない。罪の意識なしに、エネルギーをいろいろなところに出し続けるために。

ジョゼフは話し終えるとステージから下り、エッピーからタオルをもらって額を拭いた。今日は、エッピーの妻も一緒にいる。背の低い小柄な女だ。結局のところ、エッピーはジョゼフの恋人ではなかったらしい。

ショウナとマットが通路をこちらに向かって歩いてくる。マットのことを告げ口するにはいいチャンスだ。

一瞬、そのことについて考えてみた。今何か口にしても、それは復讐したいという欲求を満たすだけで、ショウナを助けることにはならない。それは、ある意味では正しいことだ。マットは実際ショウナを傷つけていて、彼女にも真実を知る権利はあるから。でも、本当に正しいかどうかは自信がない――結局、ただショウナを傷つけるだけかもしれない。

もしかしたら、マットは自分で変わらないといけないのかも。どうするのが正しいのか、わたしにははっきりわからない。彼女に言いつけることは、正しいようでもあり、間違っているようでもある。

正しい答えが存在しない問題ってあるのだろうか。これが、白と黒で片づけられない状況なんだろうか。

わたしはふたりが近づくまでその場に立っていた。わたしに気がつくと、マットの目は顔から飛び出したみたいに大きくなった。

「こんにちは、ショウナ」わたしは彼女と握手した。

「キャリー?」とショウナが言い、マットは驚いている。「こっちはマットよ。マット、こちらはキャリー」

マットはわたしと握手をした。まるで幽霊を見るような表情で。

「ショウナとはここで一緒に仕事をすることになっているんです」とわたし。

マットはまだ言葉が出てこない様子だ。

「大丈夫ですか?」とわたしはマットにきく。

「結婚式前だからそわそわしてるのよ」とショウナが微笑む。「四月に結婚するの」

「それは楽しみね」とわたし。

マットが「こんにちは」とようやくつぶやく。

「遅いわよ」ショウナがくすくす笑う。

「説教はよかった？」わたしは彼にきいた。

「とてもよかったよ」にこりともせずにマットが言う。

「おふたりはよく教会に来るの？」

ショウナはにっこりしてマットを見た。「以前はよく通ってたわ。また通おうかしらと思ってるの。この仕事ができてよかったわ」

「ジョゼフ・ナットもすばらしいしね。答えをすべて持っているってふりをしないもの」

わたしはマットを見た。「何事も自分自身で判断を下さないとね」

それからジョゼフがやってきて、マットと挨拶をした。ジョゼフとショウナとわたしは彼のオフィスに向かい、マットは〝友だち〟とランチに出かけるからとその場を離れた。〝友だち〟というのがほかの女かどうかは知らないが、どうでもいい。何が正しい行動なのか、マットも気づくといいけれど。

結局、ショウナには言わないでおくことにした。少なくとも当分は。何が正しいのか自分でわかるまで。

ショウナとジョゼフとの話しあいは、なかなか実りが多い。ショウナは初めての大きな仕事でわくわくしているようだ。新しい、しかも大きくなりそうなプロジェクトにかかわるのだから、それはそうだろう。文章作成はわたしが手伝うことにした。仕事をしている若いニューヨーカーを大勢誘い込み、ここ数年間のあらゆる布教活動で、最大の人数の獲得を目指すつもりだ。

ジョゼフの本も読んだ。彼は聡明だ。最初はジョゼフの本を人に売るのが嫌だったけれど、その内容は宗教やスピリチュアルではなく、もっと哲学的なものだった。時代が違えば、哲学の本として発売されて人気を博しただろう。

ショウナが帰ったあともわたしは残ってジョゼフと話をした。ジョゼフには、本が気に入ったけれど心配にもなったと伝えた。普通、信じられそうな人に出会うと、知れば知るほどだんだん悪いところがわかってくるという恐怖と闘わなければいけないから。

ジョゼフが笑う。「十九歳なのに洞察力があるね。きみと一緒にいると、ぼくのほうが年下のような気分にさせられるよ。しばらくこんな気分になったことはなかった」

わたしは微笑んだ。

「もちろん断ってくれてもかまわないが、よければ昼時だから、ランチでも一緒にどうかな。エッピーと奥さんがまだいるなら、ふたりも一緒に」

「いいわ」わたしは喜んで答えた。

ペトロフとの次のセラピーで、元日のこと、サイのこと（淫らな部分は割愛した）、ジヨゼフのことを話した。元日には何をしたのかとペトロフにきくと、娘夫婦や孫と過ごしたという。きっと、シェリルと一緒にいたかったに違いない。たぶん彼女は、元日は夫と過ごしたのだろう。

わたしの考えがわかったのだろう。「彼女は出かけていて――」と先生は話しはじめる。

「わかってます」

ペトロフは一瞬黙ってからつぶやいた。「答えはぼくにもわからない」

心理学者が答えを持っていないのなら、説教師が答えを持っていないのなら、そして、わたしも持っていないのなら、いったい誰が答えを持っているんだろう？　もちろん、答えを知っているふりをしている人ではない。そういう人こそ何もわかっていない。

「ねえ先生。シェリルのミドルネームは？」

ペトロフは椅子に深く腰かけた。「……ステファニーだ」

ペトロフ先生は恋の病にかかっているのだ。治せるのだろうか。

その夜、やっと日記にまとまった文章を書いた。

はっきりわかっていることがひとつある。人は自分の行動に責任を持つべきだ。一連のモラルを守っているからといって、必ずしも他人を裁くことができるとは限らない。しかし、何かについてきちんとした態度を取るのは大事なこと。たとえ、ときには傷つくことになっても。たぶん、絶対に正しいこと、絶対に間違っていることはある。いつも答えがはっきりしているとは限らず、見極めようとするうちに間違いを犯すこともある。もしかしたら、何が大事なのか、大事でないのかについて、人は大人になるにつれてだんだん学んでいくのかもしれない。でも実際のところ、だんだんと学ばなくなっていく人も多い。

ある信念を守るためには、周囲になじむべきでない場合もあるだろう。自分と同じ意見を持つ人がひとりもいない場合もある。それでも可能性がある限り、相手の信念がどんなものなのか知る努力はしてみるべきだ。

ペンを置いて、借りていた映画『スミス都へ行く』をレンタルビデオ・ショップに返しに行く。この映画にはいささかがっかりした。現代の政治家はジェファーソン・スミスをまるで偉大なお手本みたいに引用するけれど、実際のところ彼は若い子とぶらついて、新聞記者をこてんぱんにするばかり。まったくすてきじゃない。

アパートの外に出ると、ロナルドに出くわした。

「やあ、キャリー！　今晩どんなものを食べたい？」

「わからないわ。あなたは？」

ロナルドが肩をすくめる。「イタリア料理？　中華？　メキシコ料理？」

「メキシコ料理以外なら」

「きっと楽しい食事になるよ」とロナルドが言う。

気取りがなくて楽観主義なところは、ロナルドの魅力だ。

「コーヒー・ショップで六時にどう？」とわたし。

「いいよ。ねえ、なんの映画を借りたの？」

「ああ」わたしは脇に抱えていたＤＶＤに目を落とした。前回の話を忘れたらしい。「ごめんなさい、どんな映画を借りたかは言いたくないの。あなただけに対してじゃなくて」

「わかった。ごめん」

「気を悪くしないで。みんなにきかれることなの。ただ、わたしは変わってるから。あなたのせいじゃない」

ロナルドがにやっと笑う。「きみが変わっていて、ぼくは嬉しいよ」

「じゃあ、またあとで」

「またね」と彼。

ロナルドと別れたあとレンタルビデオ・ショップに入り、ＤＶＤを返して、代わりにミユージカル作品を何本か手に取る。今の目標は、サイに専門家だと思わせることだ。楽しいチャレンジでもある。ちなみに念のために言っておくと……わたしはあの夜、サイと性交はしていない。確かに、いろいろなことをしたのは認めよう。けど、一線を越える寸前でやめたのだ。もしわたしの話を聞いて彼と性交をしたと思い込む人がいれば、それはその人がすれている証拠だ。

今日もレンタルビデオ・ショップのレジ係は袋をくれない。だから、いつものように袋が欲しいと頼まないといけない。この人たちは、ちっとも学ばない。

帰宅して、また日記を開く。〝論理的で理にかなっていて重要で、自分の信念に欠かせないルールは、たとえ世間から反対されても曲げてはいけない〟

それは、三カ月前と同じく、今も真実だ。

日記を閉じて、ＤＶＤをプレイヤーに入れ、真新しくて暖かい靴下をはき、ベッドに丸くなる。映画はまあまあだったけれど、やっぱり途中で眠ってしまった。

訳者紹介　川原圭子

英米翻訳家。エンターテインメント小説、実用書をはじめ、さまざまなジャンルの翻訳・編集に携わる。

ハーパーBOOKS

マイ・プレシャス・リスト

2018年10月20日発行　第1刷

著　者　カレン・リスナー

訳　者　川原圭子《かわはらけいこ》

発行人　フランク・フォーリー

発行所　株式会社ハーパーコリンズ・ジャパン
東京都千代田区外神田3-16-8
03-5295-8091（営業）
0570-008091（読者サービス係）

印刷・製本　株式会社廣済堂

ISBN978-4-596-55097-2

ISBN978-4-596-55004-0